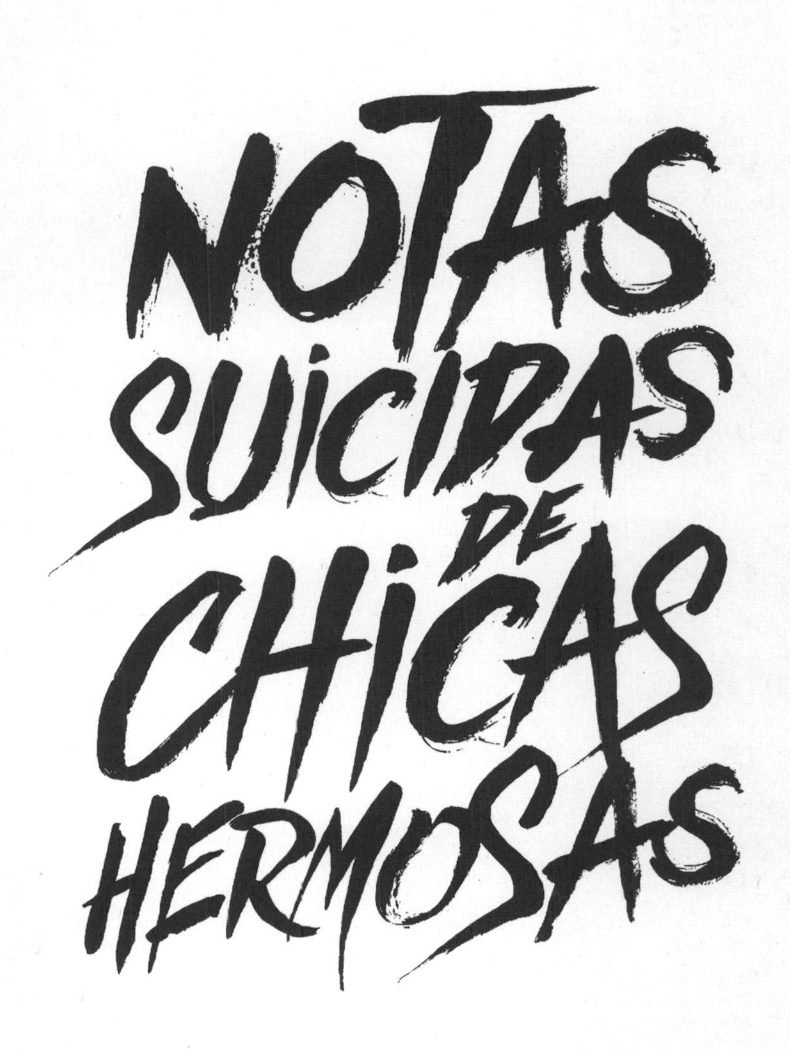

GRANTRAVESÍA

LYNN WEINGARTEN

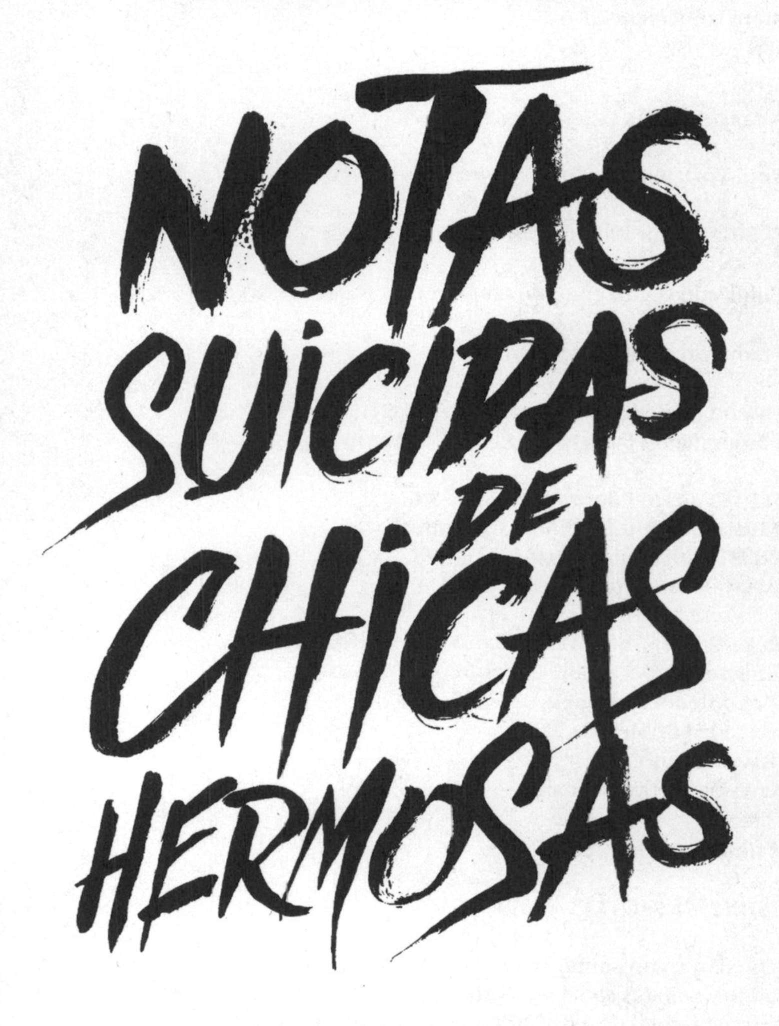

GRANTRAVESÍA

Esta es una obra de ficción. Los nombres, personajes, lugares e incidentes son producto de la imaginación del autor, o se usan de manera ficticia. Cualquier semejanza con personas (vivas o muertas), acontecimientos o lugares de la realidad es mera coincidencia.

NOTAS SUICIDAS DE CHICAS HERMOSAS

Título original: *Suicide Notes from Beautiful Girls*

Publicado según acuerdo con Lennart Sane Agency AB

Traducción: Mercedes Guhl

Diseño de portada: Jorge Garnica / La Geometría Secreta
Fotografía de Lynn Weingarten: © Aaron Lewis

D.R. © 2016, Editorial Océano, S.L.
Milanesat 21-23, Edificio Océano
08017 Barcelona, España
www.oceano.com

D.R. © 2016, Editorial Océano de México, S.A. de C.V.
Eugenio Sue 55, Col. Chapultepec Polanco
Del. Miguel Hidalgo,
C.P. 11560, México, D.F.
www.oceano.mx
www.grantravesia.com

Primera edición: 2016

ISBN: 978-607-735-796-4

Impreso en México / *Printed in Mexico*

Capítulo 1

Había olvidado lo que era estar tan sola.

Durante los diez días de las vacaciones de Navidad me la pasé manejando. Dejé atrás las casas medio derruidas de mi vecindario, luego las mansiones unos cuantos kilómetros más adelante, camino de las colinas, y después de regreso por zonas de tierra llana y fría. Siguiendo el río Schuylkill y el Delaware para arriba y para abajo, puse el radio a todo volumen y canté a todo pulmón. Necesitaba oír una voz humana, y la mía era mi mejor opción.

Pero las vacaciones ya terminaron y voy camino de la escuela desde el estacionamiento más alejado, y estoy feliz de estar aquí en este momento, porque me siento tan contenta de que hayan acabado. Ya sé que se supone que me deberían gustar las vacaciones, pero estaba muy sola, eso fue lo que sucedió, como si flotara a la deriva en el espacio, sin nada que me atara.

Mi teléfono vibra en mi bolsillo. Lo saco. Es un mensaje de texto de Ryan, a quien no he visto porque regresó apenas anoche: A propósito, traje una cosa de Vermont para regalarte. Y un segundo después: No es herpes.

Le contesto: Qué bien, porque sería muy extraño que los dos nos tuviéramos el mismo regalo.

Hago clic en enviar con un dedo congelado. Veo que de mi sonrisa se escapan nubecitas tibias de vapor.

Entro a mi salón, y Krista me mira como si hubiera estado esperándome.

—¡Dios mío, June! —exclama. Tiene los ojos medio cerrados, y en lugar de sus habituales lentes de contacto lleva un par de gafas de montura roja—. ¿Es médicamente posible que aún tenga resaca de la fiesta del martes? ¡Eso fue hace dos días! —retira su gran bolsa anaranjada del pupitre a su lado para que me pueda sentar.

—Dadas las circunstancias, creo que es perfectamente posible —respondo. Me sonríe dando a entender que considera un cumplido lo que dije.

Lo único que hice fuera de andar en mi auto de un lado a otro durante las vacaciones fue ir a una fiesta en casa del novio de Krista, lo cual fue un poco extraño porque no somos amigas cercanas ni nada parecido. Pero supongo que es porque a veces hablamos en el salón y ninguna de las dos tiene muchas otras opciones. Cuando recibí su mensaje de texto para invitarme a la fiesta, llevaba tantos días sola que acepté sin miramientos.

Rader, su novio, vive a unos 35 minutos de aquí, justo en los confines de Filadelfia, en un departamento en malas condiciones que comparte con amigos. Es mayor, y también sus amigos. Algunos ya tienen veintitantos. En la fiesta había sobre todo tipos, y el aire se veía denso, con diversas clases de humo. Cuando llegué, Krista ya estaba fuera de combate y se dirigía a la habitación de Rader, sentí que todos esos tipos me miraban para barrerme de arriba abajo. Entonces entendí por qué había sido invitada: no por ella, para ellos. Me pasé toda la fiesta recostada contra una pared sin apenas hablar con alguien en serio, viendo todo como si fuera una película.

—Rader me pidió que consiguiera tu teléfono para dárselo a Buzzy —me dice y se restriega los ojos.

No tengo idea de quién es Buzzy. A lo mejor el tipo alto que se metió mil veces al baño para salir luego aspirando y limpiándose la nariz; o el que tenía las letras *A S S S* tatuadas en los nudillos; o el de la camisa de terciopelo que se la pasaba preguntándome si quería tocarla (y yo no quería) y que trató de verter un chorro de tequila en el acuario (yo lo impedí).

—Tengo novio —contesto.

—¿Qué? ¿Quién?

—Ryan Fiske.

Krista levanta las cejas, como si estuviera tomándole el pelo.

—En serio —digo.

Niega con la cabeza.

—No jodas.

Me encojo de hombros. No me sorprende que le cueste creerlo. Llevamos poco más de un año de novios, pero casi nadie lo sabe. Supongo que no parecemos la típica pareja perfecta: "el uno para el otro".

—Jamás habría pensado que salías con alguien tan... tan *normal* —Krista lo dice en tono peyorativo.

—Bueno, no lo conoces —digo. Pero lo cierto es que es un tipo normal. Y eso de alguna forma es un alivio.

Ryan es una de esas personas que puede encajar en cualquier grupo social sin hacer el menor esfuerzo. En todas partes parece sentirse cómodo, y es alto y guapo y aunque no sea precisamente del tipo que una preferiría, es imposible no apreciar la estructura ósea de su rostro y reconocer que todo lo tiene en su lugar.

Ryan es un poco de todo, supongo que ése es el punto. Y yo no sé bien qué soy. No creo que mucha gente se detenga a pensarlo tampoco y, para mí, así está bien.

—Espero que, al menos en confianza, sea un poquito raro —dice Krista, y guiña un ojo y suelta un gemido de dolor—. Mis ojos aún no están en condiciones de hacer guiños.

Un momento después, empiezan los anuncios del día: *Buenos días, alumnos y profesores de la Preparatoria North Orchard. ¿Serían tan amables de prestarme su atención?*, es la voz del subdirector Graham. Se detecta algo extraño en ella. Me enderezo y escucho: *Con el corazón acongojado por la tristeza, tengo que darles malas noticias: durante las vacaciones de invierno hubo un fallecimiento entre nuestros compañeros de North Orchard.* Se aclara la garganta. Y en ese momento dejo de respirar. Creo que todo el mundo lo hace. En ese momento podría ser cualquiera de nosotros. *La alumna de último año, Delia Cole, murió ayer. La señorita Dearborn y el señor Finley, junto con el resto del personal de consejería, estarán a disposición de todos los que necesiten hablar del tema: asimismo, la puerta de mi oficina permanecerá abierta. En estos difíciles momentos, nuestros pensamientos y plegarias piden por los amigos y familiares de la estudiante Cole.*

El altavoz enmudece. Y luego no hay más que silencio, y el timbre de la campana. El día escolar acaba de comenzar oficialmente.

Mi cabeza se desprende de mi cuerpo. Se eleva y flota hacia la puerta, yo la sigo.

—Ni siquiera dijo qué fue lo que pasó —susurra alguien—. ¿Qué sería? —parecen confundidos, como si su muerte fuera algo muy poco probable.

Pero no tengo dificultades para imaginarme un millón de maneras en que Delia pudo haber muerto. A lo mejor trepó el viejo puente clausurado que avanza sobre la presa y se alejó hasta la parte podrida, más allá del anuncio que dice *Prohibido el paso*. O a lo mejor estaba en el tejado de la casa de alguien, mirando una luna muy brillante, y se inclinó sobre el borde por más que le suplicaron que no lo hiciera. A lo mejor atravesó una carretera con los ojos cerrados, jugando a ser la más valiente, como solía hacerlo, y exhaló su último suspiro entre un bocinazo estertóreo, una oleada de adrenalina y una repentina luz enceguecedora.

Ryan me espera afuera de mi salón. Nos miramos a los ojos y él se queda allí, paralizado, como si no supiera bien qué cara poner. Y yo tampoco, porque mi rostro ya no parece ser el mío. Empiezo a acercarme a él hasta que tira de mí para abrazarme. Sus brazos son fuertes y tibios, como siempre, pero en este momento apenas logro sentirlos.

—Esto... —empiezo a decir, y guardo silencio porque mi cerebro no encuentra palabras, y no tengo nada más que aire en la cabeza.

—Es un absurdo —dice Ryan. Niega con la cabeza. Me pasa por la mente que es la primera vez que uno de los dos ha mencionado a Delia en más de un año. Pensaba que en algún momento lo haríamos, y que sería raro cuando sucediera.

Atravesamos el campus y Ryan me deja en la puerta del área de inglés y literatura, donde tengo mi siguiente clase. Se inclina para abrazarme de nuevo. El nylon de su chamarra se siente frío y liso contra mi mejilla.

Cuando nos separamos, está mirando hacia el suelo.

—No puedo creer que esto haya sucedido.

Pero el hecho es que, ahora que sucedió, parece como si fuera lo que tenía que ser. Como si todo este tiempo Delia se nos hubiera adelantado, muerta, y sólo hasta ahora empezamos a notarlo.

—Tal vez sonará raro que lo diga ahora, pero de verdad me hiciste falta —dice.

Y sé que en una versión diferente del mundo en el que estamos ahora, esa frase me hubiera producido un escalofrío de placer por toda la médula. Así que contesto:

—Y tú a mí —pero eso de estar sin él todas las vacaciones y lo demás que sucedió antes de este momento parece muy muy lejano. No logro recordar qué se siente extrañar a alguien, no consigo avivar sentimiento alguno.

Capítulo 2

Asistí a todas mis clases pero mi cerebro no registró información alguna. Todo me importó menos que de costumbre.

Acabo de comer. Estoy en el baño, frente a un lavabo. Tres lavabos más allá hay dos chicas, de tercer año, igual que yo. No las conozco mucho, pero sé sus nombres: Nicole y Laya. Nicole siempre usa enormes aros plateados en las orejas y Laya se peina estirándose tanto el cabello para recogerlo en una coleta que parece que el rostro se le fuera a rasgar de tensión. Se están pasando una a otra un delineador.

En realidad no les estoy prestando mucha atención, ni a ellas ni a nada, hasta que se oye un zumbido: Laya acaba de recibir un mensaje en su teléfono. Medio segundo después, su voz chillona grita:

—No puede ser.

Levanto la vista. Nicole se está pintando un párpado inferior, jalando su mejilla hasta hacer visible la parte rosada bajo el párpado.

—¿Qué pasa?

Aunque no tengo idea de lo que Laya va a decir, mi corazón decide jugar a ser adivino y empieza a latir con furia.

—Sí sabes que el hermano mayor de Hannah está estudiando para ser policía, ¿cierto?

Nicole asiente, y su cabeza se bambolea como si fuera demasiado pesada para su delgado cuello.

—¿Y oíste que no dijeron cómo murió Delia? Bueno, Hannah dice que es porque... —Laya hace una pausa, para crear suspenso y soltar algo sustancioso—: fue un suicidio.

A través de la niebla del vacío, mi estómago se hunde en caída libre, mi corazón deja de latir. Me inclino hacia el frente como si me hubieran dado un puñetazo.

Nicole se vuelve hacia Laya.

—¡Guau!

—¡Ajá! En año nuevo.

—¡Qué cosa más triste! —Nicole parece emocionada—. ¿Y cómo fue?

—El hermano de Hannah no le dio detalles —Laya se encoge de hombros.

—Una vez leí por ahí que las mujeres suelen usar pastillas y, no sé, pero creo que puedo imaginármela... —Nicole se mete dos dedos en la boca, y luego deja caer la cabeza hacia un lado y saca la lengua.

El agua cae con fuerza en el lavabo y me salpica la blusa. Creo que voy a vomitar.

—Siempre me pareció que estaba un poco chiflada —dice Laya.

—Volada del todo. Como cualquiera de esas celebridades que hacen locuras, sólo que ella no era famosa.

—Exacto... o sea... famosa sólo en su cabeza.

El lavabo ante mí se ha llenado y el agua se desborda hacia el piso.

Las enfrento. Algo dentro de mí echa chispas y se enciende.

—Dejen de hablar así de ella —intento impedir que me tiemble la voz. Se vuelven hacia mí, como si hasta este momento se dieran cuenta de que existo—. Paren de una maldita vez.

—Hola, disculpa... —dice Nicole—, ésta es una conversación privada. Además, ¿acaso tú y ella eran amigas?

—Sí, éramos amigas —respondo.

—Ah, lo siento —dice Laya. Por un instante parece sincera. Las dos intercambian una mirada y se dirigen a la puerta sin decir más. Son mejores amigas, no necesitan hablar para comprenderse. Las veo alejarse. Siento que algo se me encoge en el pecho, y que mis ojos se tensan. Las lágrimas amenazan con brotar, pero aprieto los dientes y logro detener su caída.

El hecho es que, cuando dije que Delia y yo éramos amigas... bueno, no estaba siendo completamente honesta.

Si hubiéramos seguido siendo amigas, cuando hace dos días vi su nombre centelleando en la pantalla de mi teléfono por primera vez en más de un año, en lugar de ni siquiera molestarme en oír su recado, hubiera aceptado la llamada. Habría oído su voz, y habría sabido que algo andaba mal. Entonces, sin importar lo que pudiera estar planeando, la habría frenado en seco. Habría podido detenerla.

Capítulo 3

Un año, 6 meses y 4 días antes

Era un alivio saber que no tendría que explicar nada. Que no tendría que decir ni una palabra acerca de ese dolor en el pecho, de ese vacío en el estómago, de por qué sentía eso y lo poco que quería hablar al respecto... Delia se daría cuenta de todo. Igual que siempre.

June se imaginó lo que Delia iba a decir, tal vez algo como *Padres... que se vayan a la mierda...* o *Sólo la gente aburrida tiene una vida perfecta*. Delia lograba que sintieras que las cosas que no tenías eran cosas que en realidad ni siquiera querías. Hasta ese punto lograba cambiar el mundo.

Eso era lo que June esperaba, de pie bajo el sol del verano, aguardando a que Delia arreglara la situación.

Delia inclinó la cabeza a un lado, como si estuviera meditando algo. Pasó los dedos entre sus bucles para organizarlos tras su oreja, se arremangó sus pantalones cortos, y estiró el brazo para tomar la mano de June. La apretó con fuerza, pero guardó silencio. Sonrió y movió las cejas.

Y luego empezó a correr.

Y como sujetaba la mano de June con fuerza, y ésta continuaba en su brazo que estaba pegado a su cuerpo, June no tuvo más alternativa que correr con ella. Al principio tropezó, y la adrenalina le corrió por las venas cuando se vio caer, pero consiguió enderezarse. Delia iba delante de ella, con el brazo hacia atrás, corriendo por el potrero desierto, las piernas sin dejar de moverse, tirando de June todo el tiempo.

—¡Espera! —suplicó June—. ¡Por favor! —calzaba sandalias que hacían ruido sobre el césped, hasta que por accidente una quedó atrás—. ¡Mi sandalia!

Pero Delia no se detuvo.

—¡A la mierda tu sandalia! —gritó Delia.

¿Qué podía hacer? Se quitó la otra y empezó a mover las piernas con ritmo feroz. ¿Cuándo había sido la última vez que había corrido lo más rápido que podía?

—¿Adónde vamos? —gritó June.

—Sólo estamos corriendo —contestó Delia con alaridos. Los árboles pasaban veloces como si volaran por el aire.

El vacío en el estómago de June se disolvió, le corrió el sudor por la espalda, sus pulmones parecían a punto de estallar. Pero siguieron adelante, aturdidas y sin aliento, y los trozos de vida de June iban cayendo uno a uno, quedándose atrás hasta que ella no fue más que un par de piernas en movimiento, brazos, un corazón, una mano, una mano que alguien sostenía. Un cuerpo, que se tropezaba, que se tambaleaba y casi caía. Sólo que ella no iba a caer, ése era el punto. Delia no lo permitiría.

Capítulo 4

Después de clases me reúno con Ryan afuera, frente a la escuela, y lo sigo a su casa, como cualquier otro día. Allí es donde siempre vamos, aunque en mi casa nunca hay nadie a esa hora y en la suya suele haber gente, y se supondría que queremos estar solos.

Ryan me rodea con su brazo al entrar al enorme y amplio vestíbulo. La familia de Ryan tiene dinero. Por alguna razón no me di cuenta de eso cuando empecé a venir a su casa. Sabía que era más bonita que la mía, que era más agradable estar allá, en ese hermoso y amplio espacio, que en cualquier rincón de mi casa, pero no más. Delia fue la que me lo explicó la única vez que vino. Él estaba fuera de la habitación y ella se inclinó por encima del borde del gigantesco sofá de piel y me miró con los ojos desorbitados, intensamente, de esa manera que sólo era posible cuando ya estaba borracha.

—Mierda, June —exclamó. Tenía en sus manos una de las cobijas suaves que cubrían el sofá, y la acariciaba como si fuera un conejito—. ¿Por qué no me dijiste que tu amorcito es millonario? —pero las cosas ya se habían puesto un poco raras entre las dos, así que no respondí con la frase que tenía en la cabeza: *Espera, ¿es en serio?* Tan sólo me encogí de hombros, como si no me pareciera nada importante.

Ahora estoy en ese sofá y Ryan fue a la cocina. Alcanzo a verlo desde donde me encuentro.

—¿Estás segura de que no quieres algo? —abre el congelador—. Puede ser que te sientas mejor si comes.

Niego con la cabeza. Estoy hundida bajo el agua.

Mientras Ryan pone algo en el microondas, miro el teléfono que tengo en mis piernas, al pequeño icono en la pantalla: el mensaje de voz de Delia que aún no he escuchado. No he sido capaz de mencionarlo siquiera.

El microondas timbra para avisar que terminó, Ryan saca su plato, lo trae al sofá y se sienta a mi lado. Saca su computadora y se la pone sobre las piernas, para abrir el sitio web de Kaninhus, que en sueco quiere decir "casa del conejo". Básicamente, es un tipo en Suecia que tiene dos conejos que viven en una especie de corral, y hay una cámara filmándolos todo el día. Ryan me los mostró cuando empezamos a salir. *De verdad, de verdad, de verdad me gustan estos conejitos, en serio,* dijo, casi como si lo avergonzara, y a mí me pareció encantador. Me dijo que sus amigos podrían pensar que era una cosa muy rara (sus amigos tienen unos estándares extraordinariamente bajos para lo que puede considerarse raro). Los conejitos no hacen mucho más que olfatear por ahí, mover su naricita y comer lo que encuentran. Hablamos mucho de ellos, como si fueran reales y tuvieran esperanzas y sueños y complejas vidas interiores.

—¡Hola, Adi! ¡Hola, Alva! —les dice a los conejos que ve en el monitor. Lo dice fingiendo un terrible acento nórdico, que es otra de nuestras cosas de pareja—. ¿Cómo están hoy, conejitos? —uno de los conejos está comiendo en un platito. El otro está dormido.

Supongo que Ryan está tratando de distraerme, de alejar mi mente de ciertas cosas, como si fuera posible. O quizás es que no sabe cómo hablarme de ella, o de todo este asunto. La verdad es que yo tampoco.

Lo que pienso es que no me siento bien aquí, mirando a los conejos, mientras Delia está muerta.

Y pienso que ella diría: *Estoy muerta, ¿qué me va a importar? Quédate viendo a esos conejos de mierda si quieres.* Y luego, torcería la boca, como hacía siempre que sabía que estaba haciendo algo impertinente.

—¿Cómo va tu guión, Adi? —pregunta Ryan.

Normalmente yo me uniría a la conversación preguntándole a Alva por sus poemas o algo así (porque jugábamos a que los dos eran escritores frustrados en un retiro para literatos en Suecia). En lugar de eso, siento que voy a estallar con todo lo que no he dicho sobre Delia.

—Escuché que no fue un accidente —no puedo más. Mi boca se abre y las palabras salen a trompicones.

Ryan se voltea muy despacio. La sonrisa ha desaparecido de su rostro.

—Espera un momento. ¿Quieres decir que...?

Asiento con la cabeza.

—Que se mató.

—Por Dios. ¿Cómo?

—No lo sé, pero hay algo más —mi corazón late apresurado. Necesito sacarme esto de encima—: me llamó hace dos días —y odio tenerme que oír diciendo esto. Odio tanto que sea cierto—. Pero no contesté. Me dejó un mensaje de voz. No lo oí en ese momento porque yo... —guardo silencio. No lo escuché porque no me sentí capaz. Porque me había esforzado tanto en sacármela de la mente.

—¿Y qué dijo? —me pregunta.

—Todavía no lo escucho.

Ryan exhala lentamente.

—Tal vez no hace falta que lo hagas —dice—. A lo mejor sólo sirve para empeorar las cosas.

—¿Pero cómo pueden empeorar más?

Mueve la cabeza, mira hacia abajo, y después se estira hacia atrás y me extiende los brazos de esa forma que me fascina cuando soy capaz de sentir algo. Ahora me resulta imposible.

Me dejo arrastrar hacia él, y me abraza con fuerza. Nos quedamos así hasta que se abre la puerta principal, unos minutos después, y entran su mamá y Marissa, su hermana. Nos sobresaltamos, yo me pongo de pie.

—¡Junie, querida! —la mamá de Ryan me obsequia una enorme sonrisa—. Te echamos mucho de menos durante Navidad —deja sus llaves y su bolsa de marca en el mesón de la cocina.

Su hermana me saluda con la mano mientras va subiendo las escaleras.

—Marissa me contó lo que sucedió hoy en la escuela —dice la mamá de Ryan. Frunce el ceño—. ¡Qué tristeza! ¡Qué pérdida más trágica! ¿Alguno de ustedes conocía a la chica?

No quiero que la señora arme un espectáculo, como sé que lo haría si se enterara de la verdad.

—Yo la conocí algo, hace tiempo —digo—. Pero no últimamente.

—Ay, querida, en todo caso es horrible. Lo lamento mucho —dice.

Se acerca y me da un abrazo. Sé que si lo prolonga demasiado, voy a derrumbarme del todo, porque de repente me doy cuenta de que a duras penas logro mantener la calma.

Me desprendo torpemente de su abrazo.

—Tengo que ir al baño —necesito salir de aquí. Siento la mirada de Ryan sobre mí.

Una vez que estoy a salvo, abro la llave del agua y me deslizo hasta el piso, con la espalda contra la puerta. Pesco mi teléfono en el bolsillo y marco el número para escuchar los mensajes de voz.

No puedo esperar más. Sostengo la respiración.

Primero, la grabación automática: *Mensaje recibido el martes 31 de diciembre a las 3:59 pm,* y después, Delia. *Hola, June, soy yo, tu vieja amiga,* su voz suena a la vez completamente familiar y como si jamás la hubiera oído en mi vida. *Llámame cuando puedas, ¿sí?,* hace una pausa. *Hay algo que quiero contarte.*

Y eso es todo. Todo lo que hay.

De repente, siento el filo de la puerta hundiéndose en mi espalda. Alguien está tratando de entrar.

—Un momento —digo, y se me quiebra la voz.

Deslizo el teléfono de nuevo a mi bolsillo, me pongo de pie tambaleando. Me echo agua en el rostro y me la seco con una de sus toallas perfectas.

Suponía que habría algo en su voz que le diera sentido a todo esto, pero no hay nada más que la Delia de siempre. No parece alguien que estuviera preparándose para morir.

Pero sí lo estaba. Era el día antes, y ya debía saberlo. ¿Acaso llamó para contarme? ¿Me llamó para que lo impidiera?

Abro la puerta. Marissa está en el pasillo, sonriéndole a su teléfono.

—Perdón —dice cuando me ve—. Pensé que estabas con Ryan. Está en su habitación.

Camino hacia el extremo del pasillo. Me está esperando en su cama, con su colcha de cuadros azules hecha un amasijo tras de sí.

—¿Lo oíste? —pregunta.

Asiento con la cabeza.

—Decía que había algo que quería contarme. Pero eso es todo. Siempre le gustó dejar a los demás en suspenso. Supongo que así quedaré para siempre —trato de sacar una carcajada. A Delia le hubiera gustado ese chiste. Pero la carcajada se atasca en el camino y sale algo entre tos y sollozo. No voy a permitirme llorar. No puedo—. No lo entiendo —murmuro.

Ryan mueve la cabeza de lado a lado, aprieta las mandíbulas.

—Está más allá de lo que podemos entender —él parece también a punto de llorar.

—¿Junie? —la voz de Ryan me saca de mi trance. Ha pasado un buen rato. No hemos dormido. Hemos estado tendidos en la cama, abrazados. El sol ya se puso y la habitación está oscura. Sostiene algo ante sí:

—Tu regalo.

Es una pequeña esfera de cristal que contiene una escena de esquí invernal. Cuando lo miro más de cerca, veo que el esquiador es en realidad un conejo.

—Es Alva —dice Ryan—. O Adi —sonríe—, cuando fueron de vacaciones.

Trato de responder a su sonrisa pero mi boca se resiste.

—Gracias —digo—. Es perfecto —y pienso en la billetera con un conejo que tengo en casa, y en cómo la pedí especialmente para él, hecha a mano, de un lugar de productos artesanales, y en lo emocionada que estaba cuando la recibí. Pienso en todo el tiempo que estuve pensando si comprarle un regalo que hiciera referencia a ese chiste privado sería demasiado. Y también pensé durante bastante tiempo si pedirla con un conejo o con dos.

Recuerdo a la chica que sólo tenía esas preocupaciones. Y me parece que fue hace un millón de años.

Bajamos de nuevo. La cocina está tibia y llena de luz y huele a cebollas dulces. Hay música que brota de la elegante bocina ubicada en el mesón, detrás del fregadero: algo instrumental y alegre, con mucha percusión. Marissa está sentada en la mesa de la cocina, con su computadora. Mac, el hermano mayor de Marissa y Ryan, también está ahí, en la isla de la cocina. Hay una maraña de pimientos y cebollas chisporroteando en una sartén, frente a él.

Mac tiene 19 años y es distinto al resto de su familia. Los demás encajan con tanta facilidad en el mundo… su amplia y linda casa, sus alegres cenas en familia, sus sonrisas despreocupadas. Incluso Ryan es así, aunque a veces creo que quisiera no serlo. Es un pequeño mundo agradable para visitar, pero siempre me he sentido apenas como una visitante. A veces es como si Mac se sintiera igual que yo. Se graduó de la preparatoria el año pasado, y se fue a Europa con su banda. Regresó hace un par de meses y está montando una compañía con sus amigos, alguna cosa relacionada con tecnología y producción de cine que supuestamente es un secreto. Vive acompañado en un departamento en el centro de Filadelfia, pero viene de vez en cuando para cenar. Siempre me da la sensación de que tiene una especie de vida secreta, a lo mejor en ese mundo al que yo solía pertenecer antes de conocer a Ryan, cuando mi vida giraba alrededor de Delia.

—Mamá está en algo en el gimnasio y papá se va a quedar hasta tarde en la oficina —dice Mac—. Aquí hay comida, si quieren, muchachos —nos entrega a cada uno un plato con una pila de camarones asados y salteado de pimientos y cebollas. Pone una bandeja con tortillas en el centro de la mesita de la sala, y la rodea con crema y guacamole casero. Mac cocina muy bien, pero en este momento la sola idea de comer me parece un disparate. Pero no tanto como la idea de que Delia esté muerta, ésa sí que no tiene el menor sentido.

Me siento con el plato sobre las piernas, y a duras penas me muevo.

Delia devoraba la vida a dentelladas, a bocados hambrientos. Nunca tuvo fáciles las cosas... había asuntos difíciles en su familia, y tan difíciles que a lo mejor la marcaron hasta en su forma de pensar. Pero no importaba qué tan mal anduvieran las cosas, ella jamás hubiera decidido dejar este mundo si aún había oportunidad de cambiarlas. Y siempre pueden cambiar. Siempre hay esperanza. La Delia que yo conocí lo sabía. Entonces, ¿qué diablos sucedió?

Nadie dice mayor cosa durante la cena. Ryan se come mis cebollas y me pasa su guacamole. Como apenas un bocado. Cuando ellos tres terminan, Ryan se lleva los platos a la cocina para meterlos en el lavavajillas, y Marissa sube a su habitación. Quedamos sólo Mac y yo. Se acerca al sofá donde estoy sentada y se inclina, para hablarme en voz baja:

—Organizaron algo en su nombre esta noche —dice—. Sus amigos de Bryson, quiero decir.

Miro fijamente a Mac. Me pregunto si me lo dice a propósito cuando Ryan no está presente. Me pregunto si, quizá, Ryan le habrá contado lo que sucedió hace tanto tiempo.

—¿Dónde? —pregunto.

Mac niega con la cabeza.

—Lo lamento. Quisiera podértelo decir, pero sólo oí que se iban a reunir en su lugar favorito. Y no sé dónde será eso.

Me limito a asentir y casi se me escapa una sonrisa... porque yo sí lo sé.

Capítulo 5

2 años, 5 meses, 24 días antes

Para cuando Delia y June llegaron a la presa, los chicos ya estaban allí.

Delia enganchó su brazo al de June.

—No te pongas nerviosa —susurró—. Siempre puedes cambiar de idea —hablaba con ese tono afectuoso de voz dulce que sólo usaba con June y con su gato.

Pero June negó con la cabeza.

—Quiero terminar con esto de una vez —era el verano previo a ingresar a la preparatoria, y June había decidido que ya era hora.

Delia dejó escapar una risotada.

—Bueno, ésa es una manera de verlo.

Siguieron acercándose a la orilla, y June podía oír a los demás... el sonido de las risas, el entrechocar de botellas, la música que salía de algún teléfono. Según Delia, solían estar allí casi todas las noches durante el verano. Todos estaban en Bryson, la escuela a la que Delia hubiera tenido que ir si no hubiera convencido a su mamá de decir en el distrito escolar que aún seguían viviendo en su antigua casa, a pesar de que ya se habían mudado con su padrastro.

—En Bryson por lo general son más atractivos —le había dicho Delia—. Del tipo patineto más que futbolista, y por eso es mejor no tener clases con ellos. Así no tiene uno que verlos en las mañanas cuando acaban de exprimirse los granos del rostro al salir de la regadera, ni oler sus pedos aroma café, y no tener más remedio que encontrarlos repugnantes para siempre.

Así que cuando June comentó que no quería empezar la preparatoria sin haber besado a alguien, Delia hizo un chiste sobre besarla ella misma, se rio y luego dijo: *Entonces, que sea con uno de Bryson,* como si nada. Delia con frecuencia decía las cosas con tanta seguridad que sus ideas y opiniones parecían hechos. Por supuesto que ella había besado a muchos. Once, según el último conteo.

Avanzaron hacia la pequeña fogata y se detuvieron. Delia estiró el brazo para alcanzar el hombro de uno de los muchachos y, sin decir nada, le arrebató la botella de cerveza de la mano. Luego retrocedió y fue a sentarse en una piedra. Se mantuvo a distancia del fuego. Como hacía siempre. El fuego era la única cosa en el mundo que la asustaba.

—¡Hola, D! —dijo el tipo sin voltearse. Tenía el cabello largo y le caía sobre los ojos, y llevaba una playera de rayas blancas y negras.

—¡Hola, chicos! —dijo Delia—. Les presento a June —se volvió hacia ella y le entregó la cerveza—. June, no logro recordar el nombre de ninguno de ellos. En realidad no importa —Delia le sonrió. Estaba ejecutando su truco, ése en el que mostraba que nada le importaba, y que tanto les gustaba a los chicos. June sostuvo la cerveza con fuerza, para disimular el temblor de sus manos. Fingió beber un trago, y los miró.

Eran cuatro: uno, que estaba sin camisa, se veía flaco pero musculoso; dos tenían playeras negras y parecían duros e interesantes, y el dueño de la cerveza que tenía en la mano. Lo observó quitarse el cabello del rostro. Tenía un tatuaje en la muñeca, en el lugar donde tendría que ir un reloj, un símbolo semejante a un ocho, pero no estaba segura. Lo vio mirarla, y a la luz de la fogata le pareció detectar un asomo de sonrisa.

—Dinos la verdad, June —dijo el que no tenía camisa—. ¿Delia te paga para que le hagas compañía?

—No —dijo June—. Soy su amiga imaginaria.

No tenía idea de lo que iba a decir, hasta que las palabras le salieron de la boca. Cuando estaba con Delia, era una versión diferente, mejor y más ingeniosa de sí misma. Como si de verdad fuera alguien que Delia hubiera imaginado.

Todos los muchachos se rieron. Y por un momento June se sintió mal, a lo mejor no estaba bien unirse a las bromas de los chicos. Pero Delia también reía, y sonaba muy orgullosa, tanto que rodeó a June con el brazo.

—Si es así, ¿por qué te podemos ver? —preguntó el que no tenía camisa.

—Será que tiene una imaginación muy poderosa —dijo el de playera de rayas—, y muy sucia —miraba directamente a June, que se sintió sonrojar, y agradeció que estuviera oscuro. Le gustaba el sonido de su voz, sexy pero juguetona, como si, al mismo tiempo que decía eso, estuviera haciendo un chiste sobre alguien que lo dijera, todo a la vez.

June observó a Delia, que miraba a cada uno de los chicos. Le hizo un leve ademán con la cabeza a June. Ése. Un minuto después, cuando los muchachos las invitaron a sentarse con ellos, Delia se las arregló para que June y el de playera de rayas quedaran juntos. Y entonces, al minuto, Delia caminó hacia el agua.

—Oigan —gritó—. Los que no vengan son unos gallinas — y todos la vieron quitarse la ropa hasta quedar en brasier y calzones, para luego treparse a las rocas de la orilla y lanzarse al agua.

—Mejor vamos a ver si se mató —dijo el sin camisa, aunque ya podían oírla salpicando en el agua y llamándolos para que fueran con ella. El sin camisa se levantó, y también los dos de negro. El de playera de rayas se quedó.

—La próxima vez que tomes de esa agua —dijo el sin camisa—, ¡recuerda que mis pelotas estuvieron ahí! —saltó desde el borde de la roca, y los otros lo siguieron.

Y ahí quedaron June y el de playera de rayas, solos, tal como Delia lo había planeado. El chico se inclinó para apoyar los codos en sus rodillas. June pudo ver el tatuaje de nuevo. Estaba cubierto con una película plástica. Se frotó como queriendo que ella lo notara.

—Me lo hice hace un par de días —dijo—, y todavía me da comezón.

—¿Tiene algún significado?

—Sí —contestó él. Y June no supo si debía seguir preguntando.

Tomó un palito delgado y empezó a meter el extremo entre las llamas. Cómo hubiera querido que Delia estuviera allí en lugar de lejos, en el agua. El corazón de June latía con fuerza. Se sentía pequeña y asustada. Pero sabía lo que tenía que hacer. Era ahora o nunca. Cerró los ojos e imaginó a Delia asintiendo. Ése.

June tomó aire y se volvió hacia el chico para tomarlo por el cuello de la playera. Con un solo movimiento tiró de él hasta que sus labios se tocaron.

Durante un horrible instante, él se quedó así nomás, con los labios flojos. Su boca se sentía fría y tenía un regusto a cerveza, y June pensó en los peces del fondo de la presa que a veces les mordisqueaban los dedos de los pies cuando iban a nadar, y en que besar a uno de ellos debía ser algo como esto. Pero medio segundo después, el chico empezó a responder a su beso, y un segundo más tarde empujó los labios de ella con su lengua. Ella abrió la boca y la dejó entrar.

Éste es mi primer beso, pensó. *Me están dando mi primer beso.*

Sin embargo, no se sentía como nada sofisticado ni agradable y ni siquiera bueno. Era raro e incluso asqueroso. Pero como ya lo estaba haciendo, continuó. Y de repente se dio cuenta de una cosa: ahora y de ahí en adelante, no importaba cuántas veces la besaran, ni quién la besara o el significado de esos besos, éste era el primero de todos, ahí en la oscuridad, con un chico sin nombre. Él siempre sería el primero.

El chico levantó una mano y la apoyó sobre uno de sus pechos. La mano se sentía pequeña, daba la desagradable sensación de ser la de un niño. June se dijo que a lo mejor quería detenerse y hacer de cuenta que nada había ocurrido, pero no sabía bien cómo.

Poco después, Delia y los demás estaban de regreso, trepando por las rocas, chorreando agua, temblorosos. June y el de la playera de rayas se separaron cuando los otros se acercaron.

El que no tenía camisa gritó:

—¡Uy! ¡Oigan! —y empezó a retroceder.

Pero Delia se quedó donde estaba, exprimiéndose el cabello. Miraba fijamente a June, quien sintió que iba a llorar.

—Ven aquí, D —dijo uno de los chicos—. Me parece que nuestro muchacho y tu amiga imaginaria necesitan estar solos.

—¿Cómo estaba el agua? —preguntó June. Trató de sonar casual, pero esperaba que ella entendiera todo lo que no podía decir. Que dedujera qué era lo que estaba mal y lo arreglara.

Delia levantó el dedo meñique y se lo llevó a la boca, para pasárselo por los labios. Miraba a June a los ojos.

June se llevó una mano a la oreja y se la rascó. Era la señal.

Al instante, Delia miró de reojo su teléfono y dijo en voz alta, con un tono que sólo June podía saber que era falso:

—Nos tenemos que ir, Lo siento, Junie, mi mamá se dio cuenta de que no estamos y me va a matar.

June se puso de pie de inmediato.

—¡Qué joda! —dijo el que no tenía camisa.

—¡Padres! —dijo otro.

—¿Vas a venir otro día? —le preguntó el de la playera de rayas. Y June asintió, sin sentirlo y sin mirarlo siquiera.

Se alejaron en silencio. Delia sostuvo la mano de June a lo largo de todo el camino. Y nunca volvió a hablar del tema.

Capítulo 6

Cuando llego a casa, todo está oscuro, pero alcanzo a oír el ruido del televisor a través de la puerta de la habitación de mi madre. Son más de las nueve y no está en el trabajo. Eso significa que está ebria, y no hay mucho más qué decir al respecto. Desde hace ya tiempo me acostumbré a que las cosas sean así. En general, trato de no pensar mucho en eso. Pero al subir las estrechas escaleras, por un instante de debilidad me permito imaginar lo que sería si pudiera tocar a su puerta y contarle lo que sucedió. La imagino abrazándome como lo hizo la mamá de Ryan. La imagino diciéndome que todo va a estar bien. Siento una oleada de algo, tal vez añoranza. Me la sacudo de encima. Mi mamá nunca haría eso. Y si lo hiciera, yo no le creería.

Entro a mi habitación, me arrodillo en el suelo y empiezo a sacar cosas de los cajones. En ese momento estoy en calma de nuevo, una calma distante y extraña, como si no estuviera aquí ahora.

Ryan trató de convencerme de que me quedara en su casa. *A mis padres no les importará*, dijo, *dadas las circunstancias...* Su voz era dulce y suave, y aunque a duras penas pude sentir algo, supe que en otro momento me habría hecho feliz que él quisiera que me quedara. Y una parte de mí deseaba de verdad poder hacerlo, poder sentarme en el sofá de la sala de su casa, donde todo parece seguro y bueno. Cuando su papá llegara a la casa haría chistes malos y pondría las noticias. Besaría a la madre de Ryan en los labios y Ryan, al verlo, torcería los ojos divertido. Después Marissa prepararía palomitas de maíz con toneladas del aerosol con sabor a mantequilla que le encanta, y nos sentaríamos todos juntos. Dejaría que su normalidad me envolviera. Podría fingir que nada de esto sucedió.

—Debería irme a casa —le dije a Ryan—, para pasar un rato sola, creo —y él pareció entender, o al menos creyó que así era. Me acompañó hasta mi auto y se quedó mirando mientras me alejaba. Sola. Me sentí mal por mentirle, pero no tenía otra salida.

Ahora, en mi habitación, me desvisto. Saco un par de calcetas de lana, negras y gruesas. Me las pongo debajo de los jeans. Me encajo las botas grises oscuras de cuero y me ato las agujetas. E intento con todas mis fuerzas no pensar en nada, no pensar adónde voy ni por qué.

Revuelvo en mis cajones hasta dar con lo que busco. El suéter verde oscuro, tan suave, con hebras doradas muy finas. Era de Delia. No me lo he puesto en mucho tiempo. Me lo regaló cuando las cosas estaban bien entre nosotras.

—Cuando me lo pongo, me veo con cara de enferma —dijo, y me lo tiró en las manos—. Sálvame de eso, por favor —Delia siempre hacía cosas así, generosas, y luego se portaba como si no fuera nada. Como si uno le hiciera un favor al aceptar cualquier cosa que ella le diera.

Por mucho, es el suéter más lindo que tengo. Me lo pongo, debajo de mi chamarra, y una bufanda negra casi del tamaño de una cobija, porque estamos en enero y sé que hará frío a la orilla de la presa.

Estaciono en una especie de nicho que hay al lado de la carretera y me bajo del automóvil. Hace años que no vengo por aquí, pero aún me sé el camino de memoria. Hay un auto frente al agujero en la puerta que lleva a la presa, y meneo la cabeza. Se supone que uno debe estacionarse a cierta distancia porque la entrada está prohibida. Se supone que nadie debe saber que hay alguien dentro.

Me meto por el hoyo en la barda y camino por el estrecho sendero de tierra. Mi estómago da vueltas y vueltas. Oigo susurros, y cuando me acerco se vuelven palabras.

—¿No eres capaz de encender una fogata? —dice una voz masculina—. Hace demasiado frío.

—¡Púdrete! —dice otra voz—. Fui Boy Scout... tengo mis habilidades.

—¿En serio? —dos voces ríen—. ¿Te dan insignias por saber armar un porro?

Ya puedo distinguirlos, un pequeño grupo apiñado alrededor del lugar para encender fogatas. Hay una figura inclinada que acerca un encendedor a una pila de ramitas. Se encienden apenas y delgadas cintas de humo ascienden, rizándose.

Mis ojos empiezan a ajustarse y, a la luz de la enorme luna resplandeciente, puedo vislumbrar chamarras de cuero, chamarras militares, gorros y guantes, nubecitas blancas que se forman con sus alientos en el aire gélido.

Me acerco por detrás del grupo, con el corazón latiendo rápido. Éste no es mi lugar, aquí entre sus amigos.

—¡Hola! —digo. Un par de personas medio se vuelven.

Me abro un espacio en el círculo, entre un tipo alto y flaco y una chica alta de cabello corto y oscuro, con los labios tan rojos que puedo verlos a la luz de la luna.

Alguien saca vodka, del barato que viene en un bote grande de plástico.

—Por Delia —dice uno de los tipos—, una chica que sí sabía beber.

—Por Delia —responden los demás. Y luego hay un ruido de líquido que se riega, cuando alguien vuelca la botella en el suelo. Y siento una profunda oleada de tristeza: éste es el adiós, nada más ni nada menos, unas cuantas personas de pie en una helada noche de enero, derramando trago malo sobre la tierra helada. Pasan la botella y le dan largos sorbos. ¿Quiénes eran ellos en la vida de Delia? ¿Qué tanto la conocían? ¿Qué tanto les importaba?

Cuando me llega la botella, la sostengo a distancia de mi rostro para no tener que oler su contenido. No sé cómo empezar, pero sé que ésta puede ser mi única oportunidad de obtener respuestas, así que de alguna forma hay que dar el primer paso.

—¿Delia estaba metida en líos? —mi voz suena hueca y rara.

—¿De qué hablas? —un tipo se voltea hacia mí.

—Pregunto que si Delia estaba en problemas.

—¿Y tú quién eres?

—Soy June, una amiga —digo. Y me siento como una mentirosa.

Se hace un silencio.

—Delia no estaba en problemas. Ella los era —dice el tipo. Se percibe que considera que su respuesta fue extremadamente ingeniosa. Lo odio, quienquiera que sea.

Alguien deja escapar una risita. Continúo:

—Pero algo debía andar mal —digo—, para que ella...

—Bueno, evidentemente —interviene otro—, por lo general, nadie que esté bien va a suicidarse.

—Y ella no era el tipo de persona para andar comentando esas cosas.

—Si la hubieras conocido bien, lo sabrías —alguien tiende una mano y toma la botella que tengo—. Delia no le contaba a nadie sus asuntos personales.

No es así, quisiera gritar. *A mí siempre me los contó.*

—Oye —dice otra voz, esta vez femenina y más amable que las demás, con un leve acento sureño. Pero antes de que pueda decir cualquier cosa, una luz brillante se cuela por entre los árboles e ilumina los rostros, uno por uno. Dos puertas de auto se cierran de golpe y los haces de luz de dos linternas resplandecen en la noche.

—Mierda —dice alguien—. La policía.

—¿O los de Tig? —pregunta uno de los tipos.

¿Los de Tigre?

Luego se oye otra voz, profunda y baja:

—Yo me largo, muchas gracias.

Y de repente hay un frenesí de movimiento: todos corren en todas direcciones. La adrenalina me inunda las venas, pero me obligo a quedarme donde estoy. Hay algo que sé que ninguno de ellos parece saber, y que Delia nunca entendió: si corres, te perseguirán; si te quedas y peleas, puedes perder. A veces, cuando hay peligro, lo mejor es encogerse sobre uno mismo y esperar. Me alejo a pasitos silenciosos hacia el agua, trepo por encima de la enorme roca y me agacho.

Hay mucha paz ahí, la conmoción quedó atrás, la luna se refleja en la lisa superficie del agua.

Me volteo y miro hacia la carretera. Las puertas de la patrulla de policía están abiertas, la luz sale a raudales por ella. Veo la silueta de uno de los policías sosteniendo una botella ante sí. Alguien fue lo suficientemente idiota como para llevarla consigo.

Me quedo donde estoy durante un largo rato, mientras piden nombres y entregan las multas. A uno se lo llevan a la parte trasera de la patrulla, y los demás se van, en sus autos o en los de quien los trajo.

Y estoy sola de nuevo. Y tengo miedo. Y esta vez ni siquiera sé por qué. Empiezo a subir hacia la carretera. La punta de mi bota se enreda en una raíz y tropiezo, pero logro enderezarme antes de llegar al suelo. El corazón me martillea, y no sé si se debe a que casi me caigo o a algo más. Sigo adelante, en silencio, con cuidado. Puedo oír mi respiración y el viento y los latidos de mi corazón.

Entonces, unas pisadas.

Hay alguien más. Veo un cuadrado luminoso azul que relumbra.

Quisiera darme la vuelta y salir corriendo pero sé que, al hacerlo, esta persona me oiría. Me obligo a respirar hondo. Quien quiera que sea debe haber venido por esta especie de homenaje, al igual que yo. En todo caso, me llevo la mano al bolsillo y cierro el puño alrededor de mis llaves, cuidando que la parte metálica y filosa sobresalga por entre mis dedos. La luz azul brilla de nuevo y se detiene sobre mí.

—¿Hola? —dice una voz. Es baja y masculina. Las pisadas se acercan—. Por favor —sigue—, espera.

Está cerca. Sostiene el teléfono frente a su rostro y eso hace que brille. Mandíbula protuberante, boca delgada, nariz corta. Sé a quien pertenecen. Sé quién es.

Lo vi con Delia hace unos meses, en el estacionamiento de la escuela. Recuerdo que los observé con curiosidad de enterarme qué había entre ella y este tipo que no era para nada su tipo. Era un luchador, no muy alto sino ancho y macizo, como un bulldog. Y se veía como alguien sano también. Delia le había saltado a la espalda, se había aferrado a él con brazos y piernas, y él salió corriendo por el estacionamiento muy rápido, como si ella no pesara nada.

—Me llamo Jeremiah —dice—. Te reconozco.

—Vamos a la misma escuela —respondo, porque a veces cuando encuentro a gente de mi escuela en la calle tengo que decirles eso.

Jeremiah niega.

—No me refiero a eso. Te reconozco de una foto que ella tenía en su habitación, las dos traen sombreros. Hablaba de ti. Eres June...

—Pero si nosotros... —sé exactamente a cuál foto se refiere porque tengo una copia. La mía está en el fondo de mi armario y no la he visto en mucho tiempo.

—Lo lamento pero llegas tarde. Para el homenaje, digo. Había gente aquí hace poco —trato de calmar mi corazón al galope—, otros, pero llegó la policía.

—Ya lo sé. Lo vi todo.

—No bajaste.

—No vine para tomar con ésos —hace una pausa—. Quería respuestas.

Detecto algo en su voz que me impacta en pleno pecho.

—Yo también. Quisiera saber por qué lo hizo.

El viento silba. Me arrebujo en mi chamarra.

—Ella no se suicidó, June —Jeremiah se inclina hacia mí—. La mataron.

Un chorro de energía al rojo vivo me recorre. Miro su rostro fijamente, medio iluminada por esa gran luna amarilla.

—¿De qué hablas?

—Andaba con un montón de gente dañada. No le temía a nada ni a nadie, aunque quizá debió hacerlo. No se hubiera matado, y si parece que así fue... —hace una pausa— tal vez es porque alguien se tomó el trabajo de que así pareciera.

Busco algo a qué aferrarme, pero no hay nada más que aire.

—Así que tenemos que averiguar quién lo hizo —concluye—, porque nadie más va a hacerlo.

—Pero si alguien... o sea... Tenemos que ir con la policía —agrego.

—Ya fui, y no están dispuestos a escuchar nada. Me dieron el gusto de ponerme atención durante unos minutos y luego me entregaron unos folletos sobre la pérdida de seres queridos y me mandaron a mi casa —Jeremiah se inclina de nuevo hacia mí—. Tenemos que hacer las averiguaciones entre nosotros.

Sus palabras resuenan en mis oídos.

—Tú eres la única otra persona que se interesa lo suficiente por hacer las preguntas correctas.

A duras penas consigo respirar.

—Ella no lo hubiera hecho, lo que dicen que hizo —continúa.

—¿Pero qué están diciendo?

Jeremiah aguarda en silencio largo tiempo.

—Ven —me dice al fin—. Tengo que mostrarte algo.

Capítulo 7

Sigo a Jeremiah de regreso a la carretera. *¿Qué diablos estoy haciendo?*

Me siento en medio de un sueño. *Este chico está loco de tristeza. Tal vez no debería seguirlo.*

Nos subimos a nuestros vehículos.

Abro mi auto y abordo. Cierro la puerta.

Nos alejamos por carreteras estrechas y llenas de curvas. Subimos a Beacon y bajamos por McKenna para seguir por Red Bridge. Parece que vamos directamente a casa de Delia pero, en lugar de estacionar al frente, Jeremiah da una vuelta brusca en la cerrada que va a dar al bosque tras la casa. Se estaciona, y yo hago lo mismo detrás de él.

Durante unos instantes, estoy sentada en la noche silenciosa, las únicas luces provienen de los círculos amarillos del porche de alguna casa. Cierro los ojos con fuerza y me aprieto el pecho con una mano. No he andado por estos lugares desde hace más de un año. Solía venir aquí casi todos los días. La sentía más como mi casa que la mía propia.

Abro la puerta y me bajo. Jeremiah me está esperando. Obligo a los recuerdos a retroceder. En este momento no los puedo enfrentar.

—Hay que bajar por el bosque —me dice en voz baja.

Sostiene su teléfono en alto otra vez, y enciende la luz azul. Sin decir más, se adentra por el pastizal entre las casas y se pierde en los árboles.

Lo sigo. La oscuridad nos envuelve. Las hojas crujen bajo nuestros pies. Respiro pesadamente. El aire entra, sale, entra. Y es ahí que percibo el olor: ese olor extraño que no logro entender. Era tenue al principio, pero al acercarnos al final del bosque me golpea de lleno como un puñetazo en la cara. Hay madera y hojas quemadas, hule chamuscado, plástico derretido, gasolina. Me tapo nariz y boca con la bufanda. Pero no sirve de nada, así de penetrante es el hedor.

—¿Qué diablos es eso? —pregunto.

Estamos en el fondo del patio trasero de la casa de Delia. Jeremiah ilumina con su teléfono los restos de una estructura sobre el césped. No distingo qué es.

—Dicen que así lo hizo —explica.

—¿Que ella...? —me interrumpo. De repente recuerdo: acá es donde estaba el cobertizo del padrastro de Delia. *Le sirve para encerrarse a beber y masturbarse,* decía ella. Y ahora me doy cuenta de que lo que estoy viendo son sus restos: media pared, un marco de metal y una pila de cosas quemadas.

Jeremiah se vuelve hacia mí.

—Así dicen que Delia se suicidó. Que se prendió fuego aquí.

Respiro. Puedo percibir el sabor. Mis piernas comienzan a temblar.

—Dicen que había leña dentro, que la regó con combustible de encendedor, que se empapó también ella y que le prendió fuego a todo. Una llamarada y ya.

Siento el calor que me trepa desde el estómago. Unas imágenes me relampaguean en la mente: Delia atrapada, las llamas a su alrededor, el miedo, los gritos.

Y todo se vuelve real. No puedo respirar. Delia, que era tan valiente y aguerrida, que le decía las cosas a la cara a cualquiera, que era capaz de lo que fuera, de ir a cualquier lugar, tenía una sola cosa que la asustaba. Los recuerdos me atropellan: me acuerdo de esa noche en que la vi encogerse ante una fogata pequeña, y que me confesó su miedo. Recuerdo esa vez en que perdió el control porque había un tipo jugando con un encendedor muy cerca de ella. Recuerdo su mirada cuando me contó que a veces tenía pesadillas horribles de llamas y más llamas. *Si llego a tener una mientras estás aquí,* me dijo, apretándome las manos con las suyas, *prométeme que si tengo una, me vas a despertar, pero prométolo.*

Delia sólo le temía a una cosa: al fuego.

—No hay manera de que ella haya hecho esto —en ese momento me doy cuenta de que digo algo muy cierto.

Jeremiah asiente. Se vuelve hacia mí en la oscuridad.

—Ahora entiendes por qué necesito tu ayuda.

Estamos junto a mi auto, los dos. Y estoy a punto de perder el control por completo.

—Tal vez deberíamos volver con la policía —propongo—. A lo mejor deberíamos decirles que... —estoy desesperada por agarrarme de algo.

—Ya estuvieron aquí. No sirve de nada volver con ellos mientras no podamos contarles algo que no sepan.

—Hace tanto tiempo que no la veo... que no la veía, más bien... que no sé nada acerca de... ¿Por dónde podríamos comenzar?

—Quizá tengo una idea —se voltea un poco, levanta la mano y pone un dedo enguantado en el vidrio del coche—. Hace unas semanas hice algo que no me enorgullece mucho

—dibuja un círculo en el vapor que se ha condensado en el vidrio—. Delia recibía muchas llamadas cuando estábamos juntos, y no siempre las contestaba. Supongo que yo estaba algo celoso. Ya sabes que ella no era una persona sencilla para tener como novia —las palabras se agolpan en su boca, cada vez más rápido—. Por lo general se llevaba su teléfono cuando iba al baño, pero esta única vez, hace cosa de dos semanas, lo olvidó, me imagino. El teléfono empezó a timbrar, había sonado toda la tarde. Así que, no sé, en realidad no tenía intención de hacerlo pero... contesté. La persona que llamaba era un tipo, y dijo: *De nada sirve que trates de evitarme. Sé quiénes son tus amigos, sé en dónde te la pasas. Sé cómo encontrarte*, sonaba loco de furia. Le dije: *¿Quién eres y qué diablos quieres?*, pero colgó. Revisé el nombre en su lista de contactos y decía Tigger. Cuando Delia volvió del baño no le dije nada. Sabía que se enojaría conmigo por meterme en sus cosas, y no quería que lo hiciera. Soy un idiota. Debí decirle algo. Mejor enojada que... —Jeremiah hace una pausa. Sigue dibujando el mismo círculo en el vidrio. Lo borra con la mano y levanta la vista—. Si necesitamos un punto de partida, creo que debemos empezar con él.

No digo nada. Pero de repente me doy cuenta de algo:

Tigger, Tig.

Contengo la respiración.

¿Los de Tigre?

Yo me largo, muchas gracias.

Las piezas van encajando, trocitos de recuerdos que se acomodan y forman una imagen.

—¿Qué? —pregunta Jeremiah. Me mira fijamente, con la mandíbula apretada y la cabeza inclinada a un lado—. ¿Qué pasa?

En la orilla no estaban hablando de ningún tigre sino de Tigger.

Abro la boca para explicarle, pero un pensamiento me frena. ¿Puedo confiar en Jeremiah? ¿En un tipo al que jamás le había hablado, que se pasó el rato de hoy escondido en la oscuridad, que contestó el celular de Delia y nunca se lo dijo?

—Nada —contesto, y aprieto los labios. Pero, ¿qué es eso de *los de Tigger*? Es la clase de cosas de las que tipos como los de la presa podrían hablar en una noche de farra. La clase de cosas que uno en verdad quiere esconder de la policía.

Y a medida que voy comprendiendo, me doy cuenta de algo más: ya sé a qué se dedica Tigger.

Capítulo 8

Antes de que saliera el sol, yo ya estaba allí, sentada dentro de mi auto en el estacionamiento de Bryson. No había dormido. Había pasado cinco horas en el camino pensando en Delia. Había sido igual que en Navidad, cuando estuve sola, pero esta vez me acompañaban imágenes de las que no podía deshacerme. Cada vez que parpadeaba, veía el cobertizo chamuscado y en cenizas. Cada vez que respiraba, sentía ese hedor. Encendí el radio a todo volumen y me forcé a cantar, a gritar las canciones. Eso fue lo que tuve que hacer para frenar las lágrimas que luchaban por salir.

Ahora estoy sentada, arrebujada en mi chamarra y mi bufanda, viendo el cielo pasar de negro a gris y luego a un azul glacial sin nubes. A las 7:20 salgo del coche y camino hacia la entrada de la escuela, a esperar la llegada de los estudiantes. Si éste fuera un día común y corriente, estaría muy nerviosa de pensar en lo que estoy a punto de hacer. Normalmente, me angustiaría mucho eso de tener que hablar con tanta gente que no conozco, hacerles preguntas. Pero resulta que hay muchas cosas peores de las cuales asustarse.

Al fin empiezan a llegar, poco a poco… dos chicas altas con botas peludas y abrigos marineros, un tipo bajito con una mochila enorme, tres chicos muy grandes con chamarras de fútbol americano.

No estoy muy segura de a quién busco, pues bien poco alcancé a distinguir anoche, pero el tipo de persona que le llama la atención a Delia nunca es difícil de encontrar.

Hay una chica toda de negro, con cabello corto y oscuro. Voy hacia ella:

—¿Conocías a Delia Cole? —le pregunto.

—¿A quién? —inclina la cabeza hacia un lado, confundida. Sonríe ligeramente. Repito la pregunta. Niega con la cabeza.

Le pregunto a un tipo con una patineta y a dos chicas que se envuelven con una misma bufanda muy larga, un chico con una cresta de cabello a lo *mohawk* y como a una docena de personas más. Todos responden que no, pero poco importa porque en alguna parte de esta escuela hay alguien que sí la conocía y no me voy a dar por vencida hasta que lo encuentre.

Veo a tres tipos que se acercan adonde estoy. Dos son altos y larguiruchos, y el otro es más bajo y macizo. Van vestidos de negro y verde y gris. Siento un cosquilleo en las tripas.

Doy un rodeo para quedar detrás de ellos sin que lo noten. Están hablando, y presto atención.

—... llevarme al juzgado —dice uno.

—No puedo creer que ya estés de vuelta.

—Mi mamá pagó la fianza a las dos de la mañana, y luego se paró al lado de mi cama a las seis en punto y me dijo que me levantara para ir a la escuela.

—¡Qué pesada!

—Ajá —resopla el primero—. Gracias por el apoyo.

—Bueno, tú fuiste el que les llevó el vodka. ¿Qué querías? ¿Que te prepararan un martini?

Son los tipos de anoche.

Camino más rápido hasta coordinar mis pasos con los de ellos.

—Oigan.

Se vuelven hacia mí. Uno sonríe levemente, me mira de arriba abajo, como suelen hacer los hombres. Siento el cabello que me revolotea por el rostro. Jamás he pensado que sea la gran cosa… estatura promedio, más rellenita que flaca, ojos comunes y corrientes, nariz ordinaria, cabello rubio oscuro más arriba de los hombros.

Delia siempre insistió en que yo era más atractiva de lo que pensaba. *Todos los que te miran ven algo que tú no has descubierto,* solía decirme. Pero ella era el tipo de persona que decía esas cosas, que podía pensar esas cosas, por puro cariño. Aunque tal vez estos tipos vean algo ahora… lo sé por la forma en que me miran, por la sonrisita. Parecen complacidos de verme hasta que digo:

—Ustedes son amigos de Delia —y entonces las expresiones cambian.

Empiezan a caminar más rápido. Les sigo el paso.

—Los vi anoche —digo.

—¿Ah? —responde el más alto. Se detiene y me mira fijamente—, ¿qué onda?

Tiene el cabello oscuro recogido en un chongo hasta arriba de la cabeza, pómulos pronunciados, una mandíbula marcada y labios llenos. Ya de cerca me llega también un tufo agrio del trago de anoche que despide su piel. Los recuerdo en la orilla de la presa, bebiendo entre carcajadas.

—¿Tigger? —pregunto, en caso de que sea uno de ellos.

Guardan silencio un momento.

—¿Qué dices? —pregunta el del chongo.

Hago una pausa.

—Estoy buscando a un tal Tigger.

—¿Tigger el de *baila, brinca, salta y bota*? —pregunta lentamente el del chongo.

—Búscalo en los libros de Winnie Pooh —dice otro, sonriendo irónico. Éste se ve demacrado, desaliñado, con un gorro negro de lana que casi le tapa los ojos.

Rechino los dientes e intento responder con una sonrisa.

—Busco a un tipo llamado Tigger —digo—. Pensé que a lo mejor lo conocían.

El demacrado y el del chongo se miran.

—No, pues no lo conocemos —dice el demacrado, pero miente. Su voz es profunda y baja. La reconozco. Es quien dijo que Delia era igual a problemas.

Siento que las manos me empiezan a sudar. Tengo una idea.

—Necesito algo que me lleve a él —digo—. Delia siempre era quien lo buscaba, para las dos. Y no sé adónde más ir ahora. Necesito... —hago una pausa—. Necesito que me ayuden.

Me miran, desconfiados, los tres.

Me llevo la mano al bolsillo, donde guardo un billete bien doblado para las emergencias. Lo saco y se los extiendo con torpeza.

—Por sus molestias —explico.

El del chongo y el demacrado intercambian miradas otra vez, y sé que metí la pata. Ahora desconfían aún más.

—¡Qué pena! No podemos ayudarte —dice el demacrado—. Que tengas un buen día —los dos altos se dan vuelta y empiezan a caminar hacia la escuela.

Pero el bajito duda. Es más ancho que los otros dos y su rostro se ve más suave, más joven. A lo mejor él sí percibe la desesperación en mi voz. A lo mejor necesita el dinero de verdad. Mira a sus amigos, que ya se dieron cuenta de que no está con ellos y se han detenido a un par de metros. Lo observan. Extiende el brazo y toma el billete.

—Mira —dice en voz baja. Mete la mano en su maletín de lona negra y saca un lápiz mordisqueado y un cuaderno verde. Tiene una calcomanía minúscula en la portada, de un pollito rechoncho con una sombrilla. Abre el cuaderno y empieza a escribir—. Hay una fiesta esta noche en su casa. Si necesitas algo, allá lo puedes conseguir —me mira a los ojos—. Pero tal vez sea mejor que no menciones el nombre de Delia.

Me obligo a respirar pausadamente, para que no se note el temblor de mi voz:

—¿Y eso por qué?

—No siempre andaban en buenos términos.

—Ya veo... —respondo—. Delia nunca me dijo...

El muchacho se encoge de hombros.

—No sé qué pasaría. Creo que ella pudo haberle robado algo, no hace mucho. Pero si mencionas su nombre, él podría querer que le pagues lo robado. A veces se porta así.

—Gracias por el consejo.

—No le digas a Tig que te advertí. Ni tampoco que te conté de la fiesta.

—No hay problema —le digo, y sigo—, ni siquiera sé quién eres.

Se muerde el labio al entregarme la hoja de cuaderno doblada. Allí, en su muñeca, donde podría estar un reloj, veo algo que ya había visto y que recuerdo de una noche con Delia hace mucho tiempo: un símbolo del infinito tatuado en negro sobre la piel. Recuerdo cuando ese tatuaje estaba recién hecho y lo vi a la luz de una fogata. Recuerdo lo asustada que estaba en ese momento, un miedo muy diferente del que siento ahora. Mis mejillas se calientan. Cuando levanto la vista, me está mirando.

—No —dice el del tatuaje de infinito. Me mira directo a los ojos y muestra una sonrisa apenas perceptible. ¿Se acordará?—, supongo que no lo sabes.

Desdoblo el papel. Allí está la dirección: Parque Industrial Pinegrove, Bloque 7, y también mi billete doblado.

Levanto la vista. Me observa.

—Queda en Macktin, a la orilla del lago.

—Gracias —le digo.

El chico del tatuaje se encoge de hombros.

—Suerte —se vuelve para alejarse, pero se detiene y regresa—. Ten cuidado. Tig… Tig no siempre es la persona más amigable del mundo.

—Sé cómo manejarlo —digo, y me encojo de hombros. Parezco más segura de lo que realmente me siento.

Me devuelve un saludo tímido con la mano y se va con sus amigos. Y yo empiezo el largo y helado camino hasta el auto.

¿En qué diablos se había metido Delia?

Capítulo 9

2 años, 4 meses y 17 días antes

Delia y June estaban tendidas de espaldas en el césped, con los dedos entrelazados, mirando el amplio cielo abierto.

—Imagínate lo que será flotar allá arriba —dijo Delia. Se oía soñadora y nostálgica, cosa que sólo sucedía cuando estaba drogada, pero eso era muy común en ella—. Si alguna vez tengo la oportunidad de ir al espacio, sin duda voy a hacerlo.

Y June se rio. Cerró los ojos. Ni siquiera quería mirar hacia el cielo.

—En serio. Me iría sin pensarlo dos veces. Aquí todo es tan insignificante…

June no estaba drogada como Delia. Estaba tan sobria como siempre. Odiaba la idea de tanto vacío sobre ellas, a su alrededor, en todas partes.

—… y allá arriba aún no ha sucedido nada malo —terminó su frase—. Todo es nuevo —inhaló profundamente, como si estuviera aspirando el cielo mismo—. Y si yo voy, tú vienes conmigo.

Sin quererlo, June también inhaló profundamente y percibió los sentimientos de Delia revoloteando en su interior.

Cuando abrió los ojos de nuevo, no vio nada más que una oscuridad aterciopelada y posibilidades infinitas. Era hermoso.

Capítulo 10

Ya es de noche otra vez y voy sola, manejando por las calles polvorientas de Macktin, donde jamás había estado. Es un lugar extraño y deshabitado lleno de bodegas y bloques industriales desparramados, casi todos desiertos.

Entro al estacionamiento. El edificio que está a un lado parece una cárcel. El miedo que he estado tratando de suprimir empieza a burbujear de nuevo. Puedo cuidarme, no soy una idiota. Tal vez éste no es el lugar y el chico del tatuaje de infinito me mintió. A lo mejor debí pedirle a Ryan que viniera conmigo. O le pude haber dicho adónde venía.

Sólo que no podía hacerlo. Desciendo del auto y pienso que decirle sólo lo hubiera preocupado. En la tarde, le mencioné la posibilidad de que alguien le hubiera hecho algo a Delia. Negó con la cabeza, y se le dibujaron líneas de preocupación en el entrecejo.

—Todo este asunto es realmente triste, pero eso no quiere decir que encierre un misterio —dijo. Posó su mano en mi mejilla, tan suavemente, y me habló como si fuera una persona frágil y delicada. Nunca había usado ese tono de voz conmigo, y me dio vergüenza. A sus ojos, yo soy dura y firme.

Eso le gusta. Y a mí también—. Era una chica desquiciada, que se metía en muchos líos. Es por eso que dejaste de ser su amiga, ¿o no? Eso me dijiste.

Tenía razón. Yo dije eso. Puede ser que incluso lo pensara en ese momento. Pero no era toda la verdad.

No quise ahondar en la materia. Y de verdad es mejor estar sola por la misma razón por la que me pregunto si es lo más sensato: porque así no intimido a nadie. No soy ninguna amenaza. La gente me cuenta cosas a veces sin darse cuenta.

A lo mejor sucede eso esta noche.

Estoy frente a la puerta. Un ladrillo en el piso la mantiene abierta. Entro.

Del techo cuelgan focos desnudos, por un largo pasillo. Al fondo hay una escalera y una hoja de papel pegada a la barandilla que dice *Vía al caos* sobre una flecha rosa brillante que apunta hacia arriba. Así que subo y subo y subo hasta que siento que me arden los músculos de las piernas, y llego al último piso. Hay otra puerta. El pulso me late en los oídos, en las sienes, en la garganta.

Abro la puerta y me veo ante un amplísimo espacio, como de antigua bodega.

Es sobrecogedoramente hermoso. Jamás había estado en un lugar como éste.

Hay apenas unas treinta personas, pero cabrían cientos. Decenas de lucecitas blancas penden del techo, y cientos de gruesas velas blancas en pequeños grupos iluminan desde el suelo. La música parece algo sobrenatural y hace que me vibre el pecho por dentro. El aire huele a yeso y a cera.

En un rincón del espacio hay una cocina moderna, con mucha laca blanca y mucho cromado. Hay filas de botellas alineadas en la isla de la cocina y personas alrededor que se sirven tragos.

Empiezo a caminar hacia ellas, pero una mano se cierra sobre mi hombro. Me volteo. Hay un hombre trajeado que me retiene. Tiene una cabezota muy redonda y un hueco entre los dos dientes frontales.

—¿La contraseña? —dice, como gruñendo.

¿Contraseña?

—Yo... —comienzo. Pienso con rapidez—. Mis amigas ya están aquí —apunto con la barbilla hacia dos chicas que pasan. Son algo mayores que yo, y llevan vestidos transparentes y muy cortos con tacones enormes. Yo sigo con los jeans y el suéter de Delia—. Creo que se les olvidó...

El hombre niega con la cabeza.

—Nadie entra sin la contraseña. Voy a tener que pedirle que se vaya.

Pero no puedo irme. La idea de que alguien me expulse me envalentona. *Tú eres lo más dulce y tierno del mundo,* me dijo Delia una vez, *hasta que alguien te dice que no puedes hacer algo*.

Aclaro mi voz.

—Ten cuidado con lo que dices. Tig me espera, y si tú no me dejas pasar...

El tipo se lleva las manos a las caderas, y aprieta la mandíbula. Y luego, de repente... estalla en carcajadas como si fuera el mejor chiste que ha oído en su vida.

—Pero si sólo era una broma, muñequita —me mira directo a los ojos. Sus pupilas son descomunales—. Es cosa del traje, ¿cierto? Me hace ver como si fuera yo quien puede imponer las reglas —me hace un guiño y retrocede—. ¡Qué disfrutes!

Siento una oleada de alivio y al instante viene otra, de miedo helado, porque estoy dentro. Aprieto los dientes. Es hora de hacer lo que vine a hacer.

Avanzo. Soy la más joven aquí. Todos parecen disfrazados... coloridas medias de malla en los brazos, sombreros de copa, esmóquines, vestiditos de lentejuelas. A Delia le habría fascinado este lugar. A lo mejor así fue.

Doy un vistazo al resto del espacio. Es eso, espacio abierto. Hay unas esculturas blancas enormes a un costado... una cabeza de tres metros de alto, una bailarina sin brazos, dos cuerpos entrelazados. Al fondo del lugar hay un gran ventanal que da a edificios oscuros y, más allá, una luna blanca que también parece hecha a mano.

—¿Es para mí? —dice una voz femenina.

Me volteo. Hay dos chicas junto a mí: una muy alta y con una gargantilla ancha y brillante. La otra, más baja, con los ojos delineados en verde. La de la gargantilla saca una bolsita plástica diminuta, toma dos pastillas de su interior, y le entrega una a la del delineador verde. Ésta levanta sus cejas en arcos perfectos.

—Sí —dice la de la gargantilla—. De la mejor que tiene.

Se colocan las pastillas en la punta de la lengua y se las tragan en seco.

Miro la bolsita vacía, como si quisiera de lo que había dentro.

—Oigan, ¿saben dónde puedo encontrar a Tig?

La del delineador me mira, y señala hacia el rincón más alejado del espacio. Una puerta.

—¿Dónde más iba a estar?

Me obligo a inhalar lentamente, a exhalar lentamente. Paso al lado de una pareja que se balancea abrazada. Paso junto a tres chicas riéndose.

Aquí es.

Miro por la puerta, que lleva a otra habitación mucho más pequeña que la primera. En el centro hay una enorme cama antigua, cubierta de cojines. En la cama hay un tipo sentado con las piernas cruzadas, tiene la cabeza rasurada.

Tig.

Una chica con cabello largo y decolorado hasta ser casi blanco está sentada sobre sus piernas. Se inclina hacia él y aprieta sus labios con los suyos. Retrocedo. Él levanta la vista. Se distancia del beso.

—Pasa —dice. Su voz es aguda y jadeante. Me señala con un dedo y luego me invita a seguir con un gesto. Entro.

El rostro de Tig es delgado a la luz de la lamparita de vitral que hay en el buró. Me es imposible adivinar su edad.

Se recuesta sobre la cama y acaricia el cabello de la chica como si fuera una gata. Tiene la camisa abotonada a medias, puede verse su pecho firme.

—¿En qué puedo ayudarte, princesa?

—Esperaba que me compartieras de tu bufet —contesto. Pego mi lengua al paladar. El miedo me sube desde el estómago.

Tig inclina la cabeza hacia un lado.

—¿De qué tienes ganas?

—De algo... divertido —digo.

Tig tuerce la boca.

—No te conozco. ¿Con quién viniste?

—Con nadie.

Tig se pasa la lengua por los labios y sonríe, pero la sonrisa no le llega hasta los ojos.

—Entonces, ¿qué estás haciendo en mi casa?

Otra oleada de miedo me inunda. Pero le sostengo la mirada.

—Vine porque... —porque quiero saber si mataste a mi amiga— me enteré de que había fiesta.

—Déjate de mierda —niega con la cabeza—. Dime con quién vienes o lárgate de aquí.

Un choque eléctrico me recorre la médula. Me acuerdo del chico del tatuaje de infinito y de mi promesa, pienso en mi mejor amiga muerta y que ya nadie puede hacerle ningún daño. Pienso que alguien ya se lo hizo. Cierro los puños.

—Delia me envió.

Tig apenas levanta una ceja.

—Ajá, un mensaje del inframundo, entonces —le susurra algo a la chica que sigue sentada en sus piernas. Ella se levanta, se arregla la diminuta falda blanca y se encamina a la puerta. Una vez que ha salido, la sonrisa de Tig desaparece—. Ahórrate el rollo. ¿Qué quieres? —dice.

Tal vez el fantasma de Delia verdaderamente está aquí porque ella no le hubiera tenido ni una gota de miedo a este tipo y, de repente, tampoco yo.

—Quiero saber qué te robó Delia —digo. Pero en realidad sólo quiero que hable.

—Entonces, te contó de eso —aprieta la mandíbula.

—Me dijo un montón de cosas.

—Entonces tú sabes mucho más que yo —algo cambia en la habitación.

—¿Qué fue lo que te robó? ¿Y qué hiciste para recuperarlo?

—Bueno, bueno —dice Tig—. ¿Vienes a vengar a tu amiguita? —hace un gesto frunciendo labios y cejas—. ¡Qué tierno!

Algo explota en mi interior. Abro la boca y luego parece que no pudiera detenerme.

—Sé dónde vives y a qué te dedicas. Y si le hiciste algo a Delia...

—¿En serio me estás amenazando? —sus ojos se ven raros. Me doy cuenta de que está drogado con algo, probablemente con muchos algos—. Sería extremadamente idiota de tu parte hacerlo.

Quisiera darme la vuelta y salir corriendo. Dejo salir el aire por la nariz y no me muevo.

—No te estoy amenazando. Nada más planteo los hechos.

—Bien, pues entonces yo voy a hacer lo mismo. No deberías andar metiendo las narices en los asuntos ajenos. Pero tienes pantalones y eso me gusta en una chica —hace una pausa—. Así que te voy a hacer un favor y te contaré una cosa de tu amiguita: estaba metida en un asunto tan complicado que ni siquiera yo quería participar, y eso ya es algo. Pero no le hice nada, si es lo que quieres saber. Me dijo que lo necesitaba para protegerse. Ésa fue su excusa.

—¿De quién necesitaba protegerse?

Tig se encoge de hombros y sus labios se abren en una sonrisa lenta.

—A juzgar por las circunstancias, diría que necesitaba protegerse de sí misma.

Se levanta de la cama. Es alto y musculoso. Abre el cajón del buró, busca dentro y saca un frasco de pastillas. Camina hacia mí, vacilante. Me prensa la muñeca. Su mano es fuerte y se siente demasiado caliente. Me obliga a recibir algo en la mano y me suelta.

—¿Qué es esto? —en la palma de mi mano hay una pastilla blanca.

—Un regalito de despedida —dice—, porque ya es hora de que te vayas de mi fiesta.

Se queda ahí parado, con las manos en sus estrechas caderas. Y me doy cuenta de que no tengo nada más qué hacer. Tig no va a contarme nada más.

El cuerpo entero me vibra. Camino hacia la gran habitación principal. Alguien me observa: una chica de cabello corto y oscuro. Por un instante me resulta familiar. Levanta la mano y me saluda.

—Vete, pues —dice Tig, parado detrás de mí—. No te lo voy a pedir tan cortésmente la próxima vez.

Dejo caer la pastilla en el piso de concreto y la destrozo con la bota. Estoy enojada, con los nervios de punta, más asustada que nunca. No sé qué pensar de lo que acaba de pasar. No sé qué opinar o creer.

Me detengo en la puerta de entrada y miro hacia la fiesta una última vez. La música es diferente. La gente baila con los brazos en alto. Una chica con un largo vestido dorado está agachada en el sitio donde dejé la pastilla, y aspira el polvillo que quedó.

Empiezo a bajar las escaleras de dos en dos. El gentío que sube aumenta mientras más bajo. Mis ojos empiezan a nublarse. Los rostros se funden y confunden. Arriba, alguien le sube el volumen a la música.

Vine en busca de respuestas, pero estoy más llena de preguntas. Sin embargo, hay algo que sí logré saber: si Delia pensaba que necesitaba protegerse, todo esto no fue una sorpresa.

Eso quiere decir que ella lo vio venir.

Capítulo 11

5 años, 3 meses y 8 días antes

Más adelante, Delia le explicaría a June que encontrar a tu mejor amiga es como hallar tu verdadero amor: cuando sucede, lo sabes. Pero a las tres semanas de haber empezado el sexto grado, cuando la nueva de la clase, que se veía tan *cool*, invitó a June a dormir a su casa, June sintió nervios y una especie de feliz conmoción. Y se preguntó si Delia se había equivocado al pensar que era alguien más cuando la había invitado. O a lo mejor era que Delia aún no había tenido oportunidad de hacerse amiga de nadie más interesante.

June estaba dolorosa y desesperadamente sola. Se pasaba los fines de semana sin compañía, leyendo y limpiando el desorden que dejaba su mamá. Le gustaba esta nueva alumna, con sus grandes aretes de turquesa y la enorme sonrisa. Le gustaba el hecho de que nada parecía importarle. Así que, aunque a June jamás la habían invitado a dormir sino a pijamadas grupales, y que la sola idea la ponía muy nerviosa, aceptó.

Esa noche, el padrastro de Delia se iba a quedar hasta tarde en el trabajo, así que su mamá les permitió pedir pizza y Coca-Cola en lata y comer en la habitación de Delia.

—Mi padrastro es diabético —dijo, saboreando su refresco—, así que aquí sólo hay refrescos de dieta, que no son sino veneno. Mi propia madre quiere envenenarme —no se sentó mientras comían, dio vueltas por la habitación señalando cosas, cual guía de museo: había un cuadro de una diminuta escena invernal que Delia había comprado en una tienda de vejestorios; un frasco de pastillas que le había robado a su mamá (aunque Delia guardaba mentas allí ahora); un palito de cereza con un nudo que Delia había atado con la lengua (y como era la única vez que había conseguido hacerlo, había conservado la prueba). June jamás había visto una habitación como ésa, tan llena de cosas interesantes. Era como si contara con tener amigos de visita para mostrárselas.

Después de las diez llegó el padrastro de Delia y empezó a gritarle a su mamá tras la puerta cerrada de su habitación. Gritaba en forma descontrolada, como un desquiciado. Fue entonces que Delia dijo que era hora de escapar de allí.

Salió por la ventana y se dejó caer al césped del jardín. June estaba asustada, pero siguió su ejemplo. Caminaron de un extremo a otro de la cuadra varias veces. Metieron dientes de león en los buzones de los vecinos. Espiaron la ventana del guapo vecino de Delia y lo vieron desvestirse hasta llegar a los bóxers. En ese punto, la cortina se cerró.

—¡Maldita sea! —dijo Delia. Y luego sonrió—. Se me ocurre una idea —entonces, aunque June no podía creer lo que estaba sucediendo, Delia se llevó las manos a la espalda y se desabrochó el brasier por encima de la blusa. Luego metió los brazos por los huecos de las mangas, manipuló un poco bajo la tela, y de repente tenía el brasier en la mano, allí, en plena calle. Era negro, con aros de soporte. Un brasier de verdad, porque Delia tenía busto de verdad. Convenció a June de hacer lo mismo, y le enseñó cómo quitárselo sin quitarse la blusa. June estaba algo avergonzada porque su brasier a duras penas era más que una camisetita interior brillosa. Pero a Delia no pareció importarle.

—¿Y ahora qué? —preguntó June. Estaba sin aliento pero divertida.

—Ahora marcamos nuestro territorio —dijo Delia. Tomó a June de la mano y ambas se escabulleron hasta alcanzar el buzón de granjita roja de la casa del muchacho, y Delia metió dentro los dos brasieres.

—Listo —dijo—. Y ahora ya tenemos un secreto.

June asintió como si comprendiera, pero no era así. Sólo comprendió hasta que Delia continuó:

—Los secretos compartidos hacen las verdaderas amistades —dijo—. Los secretos crean lazos que te unen —y June de repente se sintió mareada de la emoción porque Delia quisiera estar atada a ella de alguna forma.

Después se metieron de nuevo por el porche de la casa de Delia. Y aunque no hablaría bien a su favor, June le contó a Delia que probablemente ésta era la primera vez en su vida que hacía algo que se suponía no debía hacer. Delia se limitó a sonreír:

—Me imagino que no has pasado suficiente tiempo conmigo —dijo—. Vamos a tener que cambiar eso.

Subieron las escaleras de puntitas, y Delia hizo gran alboroto a la hora de cerrar con seguro la puerta de su habitación. Luego, se inclinó hacia June y le explicó en secreto:

—Mi padrastro es un imbécil, así que prefiero encerrarme, por si acaso.

June sintió que el miedo le cosquilleaba el estómago.

—¿Por si acaso qué?

—Por si acaso se le ocurre hacerme algo.

—¿Lo ha hecho?

Se encogió de hombros y negó.

—Pero si se le llegara a ocurrir y viniera... —Delia abrió un cajón, metió la mano hasta el fondo y sacó una navaja automática. La sostuvo en alto—, estoy preparada —June abrió la boca para formar una pequeña *O* de consternación. Y entonces Delia apretó el botón plateado que había en la base de la navaja y de inmediato emergió un peine de plástico. Antes de que June pudiera sentir el impacto de su vergüenza, Delia empezó a reírse. Eran carcajadas gozosas, ruidosas, incontenibles. Pero no se reía de June sino que la invitaba a unirse a su festejo de la broma.

—¡Si te hubieras visto el rostro! —dijo Delia, y movió la cabeza de lado a lado—. Estabas pasmada, fue increíble —rodeó a June con su brazo—. Mi padrastro es una mierda, sí. En realidad, mi familia en general es una completa mierda. ¿Y la tuya?

—Sólo tengo a mi mamá —contestó June—. Y también es bastante mierda.

Y entonces, por alguna razón desconocida, o tal vez porque a June le había gustado el sonido de la risa de Delia o quizá porque no podía recordar la última vez que había sido sincera de verdad con alguien, o a lo mejor sencillamente porque era tarde en la noche y ése es el momento más difícil del día para guardarse los pensamientos, June empezó a hablar. Contó que su mamá salía casi todas las noches, incluso cuando no tenía turno en el trabajo. Contó que volvía a casa de madrugada, chocaba con los muebles y apestaba a trago. Contó de su padre, a quien sólo había visto dos veces. Contó de la vez en que su mamá se cayó tras tropezar con la mochila escolar de June y se hizo un esguince en la muñeca, y culpó a June, que sintió muchos remordimientos pero tampoco supo qué pensar por la manera en que olía el aliento de su madre.

June habló y habló sin parar, y las palabras salían de su boca como si ésta fuera un grifo y hubiera olvidado cómo cerrarlo. Al fin, cuando terminó, sintió una oleada de terrible vergüenza por haber revelado demasiado a alguien que prácticamente no conocía. Y a lo mejor con eso había arruinado esa nueva amistad que apenas empezaba.

—Perdón —murmuró apenas. Las mejillas le ardían de vergüenza y de rabia consigo misma, por lo débil y necesitada que se había mostrado.

Pero al levantar la vista, vio que Delia la miraba con la cabeza inclinada a un lado. No parecía aburrida ni asustada ni tenía cara de pensar que fuera extraña, sino que sonreía de manera que parecía muy sensata.

—Es increíble que tengamos semejante porquería de familias pero que de alguna forma nosotras hayamos resultado tan fabulosas, ¿no te parece?

June sintió que algo en su interior daba brincos. *Nosotras.*

—Cierto —dijo. Forzó una sonrisa que luego fue auténtica.

Se cepillaron los dientes y después se pusieron la piyama. Delia sirvió tres vasos de agua:

—Necesito dos por si llego a soñar con un incendio —dijo, y se acostaron una junto a otra en la enorme cama queen size. Delia peinó a June con el peine-navaja automático. Insistió en hacerlo pues sus rizos eran demasiado rebeldes y podrían romper los dientes del peine, y aún no lo había usado con nadie. June se sintió casi drogada de felicidad y alivio. Ahora que esta chica era su amiga, todo podía estar bien. Ya no volvería a estar tan sola. Ya no estaría sola. Esta chica iba a cambiarlo todo.

Capítulo 12

El hueco que hay en mi estómago es tan grande que podría abarcar mi habitación, la casa, el mundo entero.

Abandoné a Delia y ahora está muerta.

Un puñetazo de tristeza me golpea las tripas, y es tan intenso que a duras penas consigo respirar. Abro mi armario. Meto la mano hasta el fondo y tanteo en busca de la foto. La saco y me dejo caer en mi cama.

El portarretratos es rosa con escarcha brillante y dos ositos en la parte superior que sostienen entre ambos un corazón. Delia me lo dio en el verano después de concluir sexto grado. Era una broma pero también era en serio. La foto es de ambas, asomándonos por debajo del ancha ala de esos sombreros playeros que Delia nos había comprado. Ahí estoy yo, rubia y con un rostro perfectamente olvidable, y junto a mí está Delia, con su cabello oscuro y rizado que ocupa casi la mitad de la foto, la piel morena, una nariz grande y fuerte, la barbilla decidida. Su amplia boca se abre en la sonrisa más grande del mundo. Delia siempre insistió en que tenía pinta un poco de loca. *No soy bonita*, decía, *más bien sexy*. Pero se equivocaba porque cuando sonreía como en la foto era la persona más hermosa del mundo.

Cuando dejamos de ser amigas, me estuve diciendo que era algo temporal, que algún día todo volvería a la normalidad. Siempre estuve muy segura de eso.

Por fin, empiezan a asomar las lágrimas. Nunca vamos a poder reconciliarnos. Nunca voy a poder disculparme. Nunca voy a poder decirle nada más. Se fue y ya no volverá.

Dejo la foto sobre mis piernas y saco el teléfono de mi bolsillo. Llamo a mi buzón de mensajes para poder oír su voz, para oír las últimas palabras que me dijo en vida.

Hola, June, soy yo, tu vieja amiga…

Tuve tantas oportunidades de arreglar las cosas entre nosotras… tantas oportunidades que dejé pasar. Sin importar lo que estuviera pasando en su vida, si yo hubiera estado ahí, la habría salvado.

—Hola, Delia —hablo por encima de su voz. Necesito decirlo, aunque ya no pueda escucharme—. Ya sé que no hemos hablado en mucho tiempo, y que han pasado un montón de cosas, pero te extraño —siento tanto peso en el pecho que mi corazón podría estallar.

Hay algo que quiero contarte, concluye en el mensaje.

Las lágrimas brotan, un flujo incontenible. Sigo hablando:

—Y lamento tanto todo lo que ha sucedido… Yo debía…

Y ahí me detengo porque en ese momento pasa la cosa más extraña. El mensaje ya ha terminado pero la grabación continúa, siguen saliendo sonidos de mi teléfono. Se oyen ruidos como de pasos que corren y luego la voz de Delia. Sólo que esta vez no le habla a mi buzón de mensajes sino a alguien al fondo. *Voy a contar,* dice. Su voz tiene un dejo de broma, pero debajo se nota algo más oscuro. *Voy a contar lo que hiciste.*

Me acerco el teléfono todo lo posible al oído. Hay otra voz, al fondo, que grita. Una voz de hombre. No logro distinguir las palabras pero puedo percibir lo que transmite el tono: rabia. Es feroz y atemorizadora. Contengo la respiración y siento como si el cuerpo se me llenara de hielo. Después, el mensaje termina con un clic.

La adrenalina me corre por las venas. Ya no estoy llorando. No es posible que haya oído lo que oí... No puedo haberlo oído.

Repito el mensaje, y de nuevo está la voz de Delia y la persecución. Delia: *Voy a contar. Voy a contar lo que hiciste*. Y luego la voz en el fondo, la voz masculina, la rabia.

La sangre bombea en mis oídos. No me engaño. Sé quién es el que grita.

Es Ryan.

Me tiemblan las manos. Casi no logro respirar. Miro la hora. Es más de la una. Ryan debe estar durmiendo.

El teléfono timbra cuatro veces y me manda al buzón. Cuelgo y llamo de nuevo. Timbra y timbra.

Al fin contesta.

—¿Hola? —me lo imagino con el rostro contra la almohada, una pierna que asoma de debajo de las cobijas, porque así suele dormir. Me lo imagino con Delia, gritándole el día antes de que ella muriera.

—Tengo que hablar contigo —mi voz se oye extraña y no me reconozco.

—¿Estás bien? ¿Qué hora es? —me lo imagino sentado en la cama, rascándose el pecho. Me imagino su corazón adormilado que empieza a latir a otro ritmo—. ¿Sucedió algo?

Sí, pienso yo, algo muy muy malo. Pero lo que digo es:

—¿Podemos vernos? —porque sé que esto tengo que hacerlo frente a frente.

Titubea durante menos de un instante. Me lo imagino pensando en lo tarde que es y en lo temprano que tiene que levantarse para su entrenamiento de natación.

—Claro —dice, como supuse que lo haría. Porque si hay algo que conozco de Ryan es que siempre hace lo que se espera de él, aunque puede ser que me equivoque otra vez.

—¿Quieres que vaya?

—No —respondo—. Voy para allá.

Capítulo 13

Quince minutos después, me detengo frente a su casa, con todo el cuerpo vibrando. Todas las ventanas están a oscuras, pero las grandes luces de la entrada están encendidas, y Ryan está ante la puerta, frotándose las manos.

Al pisar el césped, los cristales de escarcha crujen bajo mis pies. Apenas puedo distinguir su rostro.

—Bebé —me saluda, su aliento cálido en el aire glacial. No suele decirme así—. ¿Estás bien? ¿Qué sucede? Dime.

Empieza a atraerme hacia él y durante un instante casi se lo permito. Me avergüenza reconocer la desesperación con la que quiero que me abracen, o sentir un cuerpo junto al mío, y que me digan que todo, o algo, está bien.

Retrocedo y extiendo las manos entre nosotros.

—Estabas con Delia —le digo. Es la primera vez que pronuncio su nombre frente a él en un año.

—¿Qué dices? —su voz es apenas un susurro—. ¿Tuviste una pesadilla o algo así?

Niego con un gesto de la cabeza.

—Estuviste con ella en la víspera de año nuevo —a duras penas logro decir esas palabras.

—Me asustas, Junie, porque no tengo idea de qué me estás hablando.

Saco mi teléfono, marco a mi buzón, y lo sostengo con el altavoz encendido.

—Escucha.

Mensaje recibido... ahí está Delia: *Hola, June, soy yo, tu vieja amiga*... Miro los números en el cronómetro. A los nueve segundos deja de hablarme. Puedo sentir la mirada fija de Ryan, pero no lo miro.

—¿Qué es esto?

—Aquí viene —digo.

En el segundo 42, las voces comienzan de nuevo. Delia: *Voy a contar*... luego los gritos. Sólo cuando el mensaje finalmente acaba y apago el teléfono, levanto la vista.

—No entiendo nada de todo esto —dice Ryan con calma.

—Éste era el mensaje de voz que Delia me dejó el día antes de morir —contesto—. Y allí te oyes tú, al fondo —mi voz suena fría, dura. Él nunca me ha oído hablar así.

Me pregunto cómo empezará a explicar todo el asunto. Me asusta oír lo que va a decir, pero también me asusta no oírlo.

Pero se queda allí de pie, en completo silencio. Ojalá pudiera ver la expresión en su rostro.

Al fin, deja escapar un suspiro largo y denso que forma nubecitas en el aire.

—Dime que no estás hablando en serio, por favor —dice, otra vez con ese tono de voz suave y considerado.

—Hablo muy en serio.

—¿Se supone que soy yo el que da esos gritos que escasamente se distinguen en el fondo de la grabación? —no suena enojado sino dolido y tan francamente confundido que yo empiezo a sentirme confundida también.

En casa estaba tan segura. Y esa certeza me llenó de fuego por dentro. Pero aquí afuera, en la noche helada...

—No soy yo —dice Ryan—. ¿Has dormido algo desde la mañana de ayer? ¿Has comido? No es que intente subestimar todo esto porque entiendo que debes estar increíblemente molesta. Créeme que lo entiendo... —hace una pausa y me mira, como a la espera de que yo sopese lo que está diciendo.

Y la verdad es que no he dormido mucho. A duras penas he comido unos bocados. ¿Pero cómo voy a comer si Delia está muerta? ¿Cómo voy a dormir si quien la mató anda por ahí tan contento?

—Ese día seguíamos en Vermont —dice Ryan—. No había vuelto de las vacaciones —parece casi apenado por tener que señalar eso, apenado por hacerme enfrentar el terrible error que de repente me doy cuenta que he cometido.

Porque con toda la adrenalina que me circulaba por las venas, se me olvidó por completo el viaje. Y se me olvidó también el resto de la lógica temporal, el mundo entero alrededor, y cómo funciona y tiene sentido. Me llevo el teléfono a la oreja y escucho el mensaje de nuevo. Y esta vez los gritos se oyen como... como nada. No son nadie que conozca. Podrían ser de cualquiera.

—¡Dios mío! —exclamo. Lo digo en voz tan baja que apenas alcanzo a oírme. Me siento tan absurdamente avergonzada... por haberme venido a toda velocidad hasta aquí en medio de la noche. Por sacar a Ryan de su acogedora cama y de la bonita casa de su familia, por acusarlo de quién sabe qué. Me avergüenza haberlo arrastrado más al centro de esta oscuridad—. Perdón, lo siento.

—Lo que sucedió es una cosa tan terrible, insólita y desagradable... —dice Ryan—. No tienes por qué disculparte. Pero reconoce que lo que pasó, pasó, y que eso no lo convierte en tu culpa —me sostiene por los hombros—. No es culpa tuya ni de nadie más. Delia era una chica con muchos problemas que cometió algún error terrible y se suicidó. Y si peleó con un tipo antes de hacerlo, eso no cambia nada de nada. Así que prométeme que vas a dejar esta actitud, porque vas a enloquecer.

Lo observo en la oscuridad, su hermoso rostro.

Quisiera decirle que sí, y entiendo por qué piensa todo eso. Pero Ryan no la conoció como yo. Apenas puedo imaginarme cómo ve él todo el asunto. Es tan medido y sensato, y eso es lo que me gusta de él. Ahora me doy cuenta de que quizás es lo que amo de él. No tiene acceso a cierta parte del mundo a la que yo tal vez sí puedo entrar… a cierto tipo de oscuridad que yo he tratado con toda mi alma de dejar atrás.

—¿Me lo prometes? —me dice.

Por ningún motivo quiero llorar delante de Ryan. Frente a él soy otra persona, una versión mejorada de mí misma y diferente de la que era con Delia. La que él ve siempre es fuerte, nunca le teme a nada, al menos desde fuera. A excepción de una situación extraña al principio, nuestra relación no ha tenido nada de drama. Pero dentro de mí el miedo se enrosca como culebra. Siempre me angustia que esto se pueda terminar. Mantengo ese miedo bien enterrado en mi interior, de manera que la superficie visible sea brillante y diáfana y pura. No es que me esté enterando de una novedad, pero al estar aquí, bajo el cielo nocturno, me doy cuenta de lo mucho que necesito que esto no cambie. Quise mucho a Delia, aún la quiero. Pero no puedo arrastrar a Ryan a todo esto más de lo que ya lo he hecho. No pertenece a esto. No voy a meterlo más.

—Está bien —acepto—, voy a dejarlo —y en ese momento agradezco la noche, pues así no puede ver que estoy mintiendo.

Me abraza de nuevo y me pregunta si quiero entrar.

—Te puedo meter a escondidas en mi habitación —ofrece—, y te quedas toda la noche.

Pero le digo que no, que gracias y que espero que le vaya bien en el entrenamiento de natación en la mañana, que lo veré por la noche.

—¿Estás segura? —pregunta—. ¿Estás bien?

Hago un gesto de asentimiento.

—Estoy muy cansada —digo—. Creo que necesito dormir —y él también asiente, como si al fin le estuviera diciendo algo sensato.

Me subo al auto y regreso a casa, donde oigo el mensaje de Delia una y otra vez.

Entonces, no es Ryan el que grita al fondo. Pero Delia sabía algo que alguien no quería que ella supiera, eso sí es seguro. Y amenazó con contarlo. ¿De quién era ese secreto? ¿Y qué estaba dispuesto a hacer para garantizar que no lo contara?

Capítulo 14

Sábado, de mañana. Los oblicuos rayos del sol invernal se cuelan por mi ventana. Alcanzo a oír a mi mamá moviendo cosas en el piso de abajo. Entre brumas recuerdo haberme metido a la cama, y en algún momento, luego de escuchar ese mensaje quién sabe cuántas veces, caí en un sueño pesado y sin imágenes. Me enderezo, con el corazón latiendo alborotado y despierto. Bueno, Ryan tenía razón respecto a algo: de verdad necesitaba dormir. No es que me sienta mejor, pero sé que mis sentidos ya no están embotados y mis reflejos funcionan bien. La nube que me envolvía se ha disipado. Me siento aún más decidida, si es que es posible estarlo. Una dura flecha de acero señala mi camino, y me ayudará a no hacer caso de nada más.

Descuelgo los pies de la cama, tomo mi toalla y camino por el pasillo hasta el baño. Abro la ducha y espero, temblorosa de frío, a que el agua se caliente. No me he bañado desde la noche del miércoles y es un alivio sentirme limpia.

De regreso en mi habitación, me visto veloz: jeans oscuros, botas grises, blusa negra. Y otra vez, el suéter de Delia. Pienso si debo llamar a Ryan para disculparme una vez más por lo de anoche o, tal vez, mejor aún, saludarlo y fingir que todo ha vuelto a la normalidad. Pero no estoy segura de tener el ánimo para hacerlo. Cuando miro mi teléfono, veo que son más de las once y que ya habrá terminado el entrenamiento y estará comiendo waffles con sus compañeros de equipo. Entonces, llamo a Jeremiah, y me da gusto haber anotado su teléfono hace dos noches, a pesar de que no estaba segura de querer tenerlo. Quiero enterarme de si ha sabido algo nuevo y puede ser que le cuente que estuve con Tig y de lo que supe en su fiesta. Me manda a buzón: *Éste es el buzón de Jeremiah Aaronson. No puedo contestar en este momento. Deje un mensaje y le regresaré la llamada en cuanto pueda.* Suena tan formal como si esperara una llamada de un banco para contratarlo.

—¡Hola! —digo—. Soy June, la amiga de D... Llámame en cuanto puedas.

Y luego se me ocurre algo y lo llamo de nuevo. Otra vez atiende el buzón. Cierro los ojos y trato de concentrarme muy atentamente en su voz.

Trato de imaginármelo enojado.

Cuelgo, y escucho el mensaje de Delia otra vez, adelanto la primera parte porque no me siento capaz de oírla hablándome para pedirme algo tan sencillo e insignificante que no quise darle. Me detengo en el segundo 42. Los gritos. Pero es imposible asegurar quién es la otra persona.

¿Y ahora qué?

Bajo las escaleras. Mi mamá me observa cuando entro a la cocina. Huele a café quemado y la veo raspando el contenido de una sartén sobre el fregadero: huevos revueltos. Siempre hace lo mismo, como si se olvidara de que lo que tenemos es un bote de basura y no un triturador de basura, y que los huevos revueltos no son líquidos. Antes me tomaba el trabajo de señalárselo, pero ya hace tiempo que dejé de hacerlo.

Trabaja en el turno de noche de un hogar de la tercera edad, lo cual quiere decir que debió volver a casa hace apenas un par de horas y que no ha dormido. Y hay algo que le está dando vueltas en la mente y de lo cual quiere hablar. Lo sé por la manera en que se mueve y por la expresión que veo en una parte de su rostro cuando se vuelve a medias para mirarme. Soy una especie de experta en leer las señales de mi madre. Como si fuera un transmisor de radio, yo siempre puedo detectar su frecuencia, aunque no lo quiera.

—Dormiste hasta tarde —dice. No hay ánimo acusador en su voz, como otras veces. Hay ocasiones en que se siente culpable por no pasar tiempo en casa, y trata de compensarlo al enojarse por las cosas por las que los padres suelen enojarse. Pero no es así hoy.

Me encojo de hombros.

Hay pan sobre el mesón de la cocina, así que tomo dos rebanadas y las pongo en la tostadora, y saco la mantequilla de cacahuate. Hay una manzana en el frutero y empiezo a comerla. Me doy cuenta de cuánta hambre tengo.

—Esa chica que iba a tu escuela y que murió... —está dando pie a que le cuente.

Trato de mantener una expresión indiferente.

Continúa:

—Alguien en el trabajo estaba hablando de ella, una de las enfermeras del turno nocturno. Dijo que era de la escuela de su sobrino, que es la tuya —estira la mano para agarrar la cafetera—. Delia, tú la conocías —se sirve lo poco que queda, le agrega demasiada azúcar, revuelve y lame la cuchara—. Solías invitarla a veces —se recuesta en el fregadero y se lleva la taza a los labios. Está tratando de que la mire. Saco el pan de la tostadora antes de tiempo y le unto una gruesa capa de mantequilla de cacahuate.

Y sigue mirándome, a la espera de una respuesta:

—Sí —digo. Y le doy una enorme mordida a mi pan, de manera que mi boca queda pegada.

Hace un gesto de asentimiento, medio complacida consigo misma, como si recordar el nombre de la única mejor amiga que ha tenido su hija fuera una hazaña incomparable de la cual sentirse orgullosa. Luego, su expresión cambia.

—Es terrible lo que sucedió —dice.

Me mira fijamente y, sin querer, cruzo mi mirada con la suya. Siento una especie de intromisión y volteo hacia otro lado. Sé que está haciendo todo lo que puede, eso es lo importante aquí. En otras circunstancias, supongo que podría ponerme muy triste de pensar que esto es lo mejor que consigue hacer. Pero ahora no tengo ánimos para eso.

—Sí, terrible.

Las dos nos quedamos en silencio. Mi mamá revuelve el café que ya revolvió antes, hace sonar la cuchara contra los lados de la taza.

Mi teléfono vibra con un mensaje de texto y sé que eso nos produce alivio a ambas. Supongo que será Ryan, o incluso Jeremiah. Pero es Krista:

No te vi en la escuela ayer. ¿Estás bien?

Es extraño porque no somos el tipo de amigas que se preocupan por estar al tanto de la otra. Más bien, apenas somos amigas. Antes de que alcance a responder, entra otro mensaje:

¿Quieres que nos veamos?

Miro a mamá. Me devuelve la mirada y luego se voltea hacia los gabinetes de la cocina. Se está preguntando si reaccionaré de alguna manera si hace lo que quiere hacer. Leo el mensaje de nuevo y mi respuesta me sorprende. Deduzco que necesito hablar con alguien y, en este momento, no tengo muchas opciones.

Krista está sentada con las piernas cruzadas en el maletero de su auto cuando llego al estacionamiento de Birdies. Lleva puesta una chamarra gruesa y esponjosa y no tiene guantes. Se le ve roja la nariz, por el frío.

Es raro verla fuera de la escuela porque, a excepción de la fiesta de año nuevo, jamás me había pasado. Al reconocerme, me hace señas para me acerque. Cuando llego a su lado, no me saluda y se limita a correrse un poco para hacerme un lugar sobre el maletero. Luego toma aire y empieza a hablar a tal velocidad que parece que hubiera estado planeando lo que iba a decir antes de que yo llegara.

—Siempre les tuve algo de celos a ustedes dos. Me imagino que es raro que te lo diga ahora, por lo que pasó. No es que quiera quejarme de Rader ni nada parecido. Es un tipo genial, obviamente, pero lo nuestro no se parece en nada a lo que ustedes tenían. Siempre se veían tan… tan perfectamente en sintonía, como si hubiera una especie de vínculo cósmico entre ambas. Me refiero a hace tiempo, cuando eran pareja.

—¿Qué dices? —pregunto. Me toma unos instantes comprender lo que quiere decir. Hace tanto tiempo que nadie habla de eso, aunque solía suceder mucho en otras épocas. Krista cree que Delia y yo éramos pareja, que estábamos enamoradas.

Niego con un gesto.

—No, las cosas no eran así. Éramos amigas —y tengo buen cuidado de no usar la expresión nada más que porque recuerdo lo que Delia siempre dijo: *Los amigos no son 'nada más que amigos'. Salir con alguien sí puede ser 'nada más salir'. Ser amigos es la culminación de todo.*

—¿Cómo? —exclama Krista—. Pero si siempre iban abrazadas o tocándose.

Me encojo de hombros.

Delia y yo siempre fuimos bastante cariñosas. Pero no era un asunto sexual aunque muchas veces la gente, en especial los hombres, querían verlo de esa manera. Recuerdo una vez en una fiesta, Delia había estado jugando con mi cabello, trenzándolo y destrenzándolo, enroscándoselo en los dedos. Un tipo nos miraba, a punto de ponerse a jadear, como si estuviera viendo porno. *Es tranquilizante, como tejer,* le dijo ella. Mi cabello era mucho más largo entonces. Tomó mi trenza y se envolvió el cuello con ella. *Mira, me hice una bufanda.*

¡Qué sexy!, dijo el tipo. Y Delia resopló y puso los ojos en blanco, y luego lo ignoró a pesar de que él trató de captar su atención el resto de la noche. Delia no pretendía impresionarlo a él sino hacerme reír a mí.

Ahora miro a Krista.

—En serio. Eso es lo que éramos.

Krista asiente. Parece como si de repente se acabara de dar cuenta de algo.

—Entonces supongo que lo de Buzzy sí era esperar demasiado.

—¿Quién? —le pregunto.

—Ya sabes, Buzzy… la chica de la fiesta que me pidió tu teléfono y yo estaba tratando de acercarlas. Supongo que en ese caso te puedo decir que no las voy a poner en situación difícil —suelta una carcajada torpe y se frota la nariz—. Lástima, porque Buzzy es de lo mejor.

Y luego nos quedamos en silencio ahí, sentadas. No fue buena idea venir, me parece. Buscaba consuelo pero no lo voy a encontrar aquí. No hubo consuelo para Delia y tal vez yo tampoco lo merezco. Empiezo a enderezarme para bajar del maletero.

—Fue a través de Buzzy que supe lo que había pasado en realidad —dice Krista lentamente.

Y ahí me detengo. Mi pulso se acelera.

—¿Buzzy conocía a Delia?

Krista niega con la cabeza.

—No, pero esta chica con la que Buzzy salió durante un minuto, y a la cual yo esperaba que tú le ayudaras a superar, era la nueva mejor amiga de Delia o algo así. Buzzy se siente muy mal de pensar en ella, y quisiera estar allí y prestarle su hombro para llorar y todo eso, pero esta chica no parece de ese tipo. Bueno, eso fue lo que me contó Rader. No sé...

Krista sigue hablando, pero ya no la escucho. Dos palabras arden en mi cerebro: mejor amiga. De alguna manera, jamás había pensado que Delia tuviera una. Fuera de mí, quiero decir. En especial no después de lo que vi a la orilla de la presa.

—... el suicidio es una cosa horrible —dice Krista—. Fue por eso que te mandé el mensaje. Porque no fuiste a la escuela y anoche Buzzy nos vino con toda la historia de lo que le había pasado a Delia. Mi papá tenía un primo que lo hizo, se suicidó. La historia lo tuvo bastante deprimido durante un tiempo. Así que, si puedo hacer algo por ti...

Y yo mientras tanto pienso lo siguiente: la mejor amiga de Delia era con quien realmente hablaba y compartía cosas. Su mejor amiga era su corazón, la guardiana de sus secretos, todo para ella. Si hay algo que necesite averiguar, la mejor amiga de Delia es quien lo sabe.

—Krista... —digo despacio— creo que sí hay algo...

Capítulo 15

Incluso sollozando, Ashling es hermosa.

Bajo las manchas enrojecidas, su piel es de lisa porcelana y, a pesar de la hinchazón, sus ojos son azules y transparentes. Y allí estoy, viendo fluir el dolor en forma de mocos, lágrimas y gemidos ahogados. Mis tripas se retuercen y trato de evitar aislarme de todo esto, como hago cuando las cosas me superan. Le paso a Ashling un pañuelo de papel tras otro, mientras Krista la consuela dándole palmaditas en el brazo.

—Ay, querida —le dice.

Al fin, el océano que baña su rostro se va reduciendo hasta convertirse en un torrente que disminuye y se vuelve apenas un chorrito. Ashling me sonríe, con los labios firmemente cerrados, perfectos, temblorosos. Alarga una mano para estrechar las mías.

—Estoy tan agradecida de que Buzzy me diera tu teléfono. Se siente bien poder hablar con alguien más que también la quiso —sacude la cabeza cambiando de idea—. ¿Quiso? Olvídalo, que también la quiere, en presente.

Ashling termina de secarse las lágrimas. En medio del aturdimiento se asoma el borde de un sentimiento, un cosquilleo en lo hondo del estómago. Sobre todo, es alivio de saber que hubo alguien en su vida hasta el final, una mejor amiga que se preocupaba por ella de verdad. Pero bajo esa sensación, muy al fondo, está el hormigueo de algo más, y no quiero admitir ni siquiera ante mí misma lo que es: celos. Es patético, lo sé. Pero ahora no tengo tiempo para nada de eso porque tengo un propósito: necesito averiguar qué sabe Ashling. Y para hacerlo, tengo que contarle la verdad.

Pero, ¿cómo se le cuenta algo así a una persona?

Lo dejo salir, sin más.

—¿Tú crees que es posible que Delia... que Delia no haya... que en realidad no se haya matado?

Ashling abre mucho sus grandes ojos. Parece una muñeca.

—¿Te refieres a que su espíritu está aún presente? —pregunta. Habla en voz baja, con un leve acento del sur. Asiente y sonríe levemente—: Yo también lo siento.

—No —empiezo de nuevo—. Lo que digo, lo que quiero decir es que alguien más... que la hayan matado, que no lo haya hecho ella misma.

Listo. Lo dije. Ya no puedo retractarme. Y me preparo para lo que venga.

Por el rabillo del ojo veo a Krista que se inclina hacia delante, como si no pudiera creer lo que oye. Ashling aprieta la mandíbula.

—Lo siento —me disculpo—. No quería decirlo de esa manera pero no supe cómo más hacerlo.

—¿Por qué pensarías algo así? —suena molesta.

Le cuento todo, desde ese primer momento en el homenaje junto a la presa, cuando conocí a Jeremiah y luego vi el cobertizo incendiado, hasta el mensaje que dejó en mi buzón de voz y mi visita a Tig y eso de que Delia necesitaba que alguien la protegiera. Le cuento todo hasta el momento, con nosotras tres sentadas en esta cafetería en la que Ashling mueve la cabeza lentamente y Krista nos mira a las dos como si estuviera viendo el mejor episodio de su programa favorito de televisión.

—Delia no fue víctima de nadie —dice Ashling con voz suave—. Ella vivía bajo sus propias reglas, y así murió —concluye. Sus ojos se llenan de lágrimas de nuevo, pero esta vez hay algo más bajo la tristeza. Parece enojada—: ¿Cómo te atreves a insinuar que no fue así?

Jamás se me hubiera cruzado por la mente que alguien prefiriera creer que su mejor amiga se había suicidado, que eso fuera mejor que la otra alternativa. Pero si a ella le importa Delia tanto como parece, no puedo detenerme aquí. Tengo que seguir adelante.

—Ya sé que es una locura total llegar siquiera a imaginar eso —trato de que mi voz se oiga calmada, modulo mi tono para lograr que me escuche. Conozco la mirada que veo en sus ojos, la he visto antes en los ojos de mi mamá... esa mirada de animal salvaje. Y hay que tener cuidado para evitar que ataquen o salgan huyendo—. ¿Estuviste con ella o hablaron el día que murió? ¿A lo mejor ella te habló de alguien que...?

—Hablamos unos momentos. Pero no me contó nada de nada. Tenía la resaca de un montón de drogas que había consumido la noche anterior. Respondió mi llamada para decir que estaba hecha una mierda y que se iba a volver a dormir. Y eso fue todo, literalmente.

—Bien —digo—, pero es que Jeremiah dijo...

Ashling resopla y me interrumpe:

—¿Y tú le vas a creer a ese idiota lo que te diga? —niega con un gesto—. Con Delia siempre andaba sin saber qué terreno pisaba. Jamás tuvo idea de lo que sucedía —cierra la boca decidida y mueve la cabeza otra vez—. Si ni siquiera sabía que su novia le ponía los cuernos, eso te dice qué tan imbécil es. Así que si quieres creerle es problema tuyo. No tiene nada que ver conmigo o con mi mejor amiga o con lo que sucedió. Estaba mal. Consumía drogas. La vida en su casa era peor que nunca. Si fuiste su amiga, sabrás esa parte y no estarías cuestionando nada de lo que pasó. Lo que sucedió es que Delia tomó una decisión. Y era cosa suya.

Ashling se levanta. Parece que va a llorar otra vez pero, en lugar de eso, entrecierra los ojos y rechina los dientes. Y luego, antes de que yo pueda decir cualquier cosa, empieza a caminar hacia la puerta.

—¡Espera! —la llamo. El cuerpo entero me vibra. Me pongo de pie y voy tras ella—. Dijiste que Delia engañaba a Jeremiah.

—¿Y? —me guiña un ojo.

—¿Con quién?

Ashling alza una ceja y sonríe fugazmente.

—Eso era asunto suyo —dice. Se encoge de hombros, empuja la puerta y sale.

Y yo me quedo allí, con las ideas arremolinadas en mi mente, tratando de arreglarlas de alguna manera, para reacomodarlas de nuevo. Siento que la mano de Krista se posa en mi hombro.

—¿De verdad crees que la mataron? —pregunta en voz muy baja.

Pero no me doy la vuelta. Escasamente me doy cuenta de que ella está ahí. Pienso en Jeremiah, de pie, solo en la oscuridad, con su cuerpo fortachón y su rostro de niño Boy Scout. Pienso en que Delia lo engañaba y en que Ashling dijo que él no lo sabía. ¿Y qué tal que ella se equivoque? ¿Qué tal si él se había enterado?

Capítulo 16

Ryan todavía tiene el cabello húmedo por la ducha, y el olor penetrante del cloro sigue aferrado a su piel. Puedo detectarlo desde su cama, donde estoy sentada con las piernas cruzadas, mirando su espalda desnuda. Han pasado varias horas. Luego de que Ashling se fue, me despedí de Krista. Necesitaba estar sola. Pasé el resto del día manejando y pensando, dejando que la película me pasara una y otra vez por la cabeza.

Y ahora estoy aquí, tratando de fingir que todo es igual que siempre, aunque no sea así.

—¿Estás segura de que quieres ir? —pregunta Ryan. Abre el armario y saca una playera, una verde con el letrero PANTS estampado en el frente. Es su preferida. Se la mete por la cabeza y luego, como lo suponía, saca una camisa verde para ponerse encima. Hace un par de días, antes de que todo esto pasara, me habría producido una extraña satisfacción notar esto. Hay cierto dulce placer en saber esos detalles de una persona.

Ryan voltea mientras se abotona.

—Es sólo que por lo general… —se detiene— las fiestas de Hanny nunca han sido tus favoritas —lo plantea de manera cortés, con tacto.

Max Hannigan forma parte del grupo de deportistas populares, uno de los que Ryan frecuenta. Es alto y rico y tiene una mandíbula gigante. Delia dijo una vez: *Parece el típico que te viola al terminar una cita, de los que sólo se detendrían porque se les baja la verga.* Decía cosas así, y yo me reía a pesar mío. Todavía pienso en eso a veces cuando lo veo.

Tiene una casa enorme con alberca, y sus papás se la pasan fuera de la ciudad, sin que les preocupe si durante esas ausencias él invita a cincuenta personas a vaciar el contenido de su bar. Nos hemos visto docenas de veces fuera de la escuela y cada vez se comporta como si no nos conociéramos.

Ryan viene hacia la cama. Se inclina y me da un beso suave en los labios.

Siento una punzada de remordimiento porque la verdad es que la única razón por la que quiero ir, y no se la puedo contar, es por Jeremiah. Y por el mensaje de texto que éste me envió hace media hora.

Encontré algo. Necesito mostrártelo esta noche, fue lo que escribió.

No es que le tenga tanto miedo a Jeremiah. Desde esta mañana nada ha cambiado en realidad... pero tengo ese presentimiento de que es mejor no encontrarme con él a solas. Así que, por ahora, voy a confiar en mi intuición.

—Me servirá para dejar de pensar en todo esto —le digo a Ryan. Cuando sale de la habitación y se va al baño a ponerse un poco de gel, que él cree que no sé que usa, tomo mi teléfono y contesto.

Hanny organizó una fiesta. ¿Te veo a las 9?

Jeremiah también es parte de ese grupo. Un segundo después escribe otra vez: Allá nos vemos.

Miro a Ryan, que ha regresado a la habitación.

—Entonces, ¿nos vamos? —pregunta. Me asusta lo fácil que resulta romper una promesa.

—Claro. A divertirnos —contesto.

Las fiestas de Hanny no son divertidas. Son como una fiesta con un montón de extras adolescentes. Sé que únicamente veo la superficie cuando los miro. Todos tienen sus problemas, pero cuando entro a la enorme sala de la casa de Max Hannigan repleta de gente riéndose al unísono, con sus amplias y blancas sonrisas que relumbran bajo la luz que se puede graduar según el ambiente de la fiesta, es fácil suponer que ninguno allí se ha sentido solo o triste o asustado durante un solo instante de su vida.

Siento que empiezo a sudar bajo el suéter de Delia. Ryan se me acerca y susurra en mi oído:

—Podemos largarnos de aquí cuando quieras. ¿Lo sabes, verdad?

Me vuelvo hacia él y asiento.

Toma mi mano y me guía hacia el frente de la multitud.

—*Fisker* —lo llama alguien. Así le dicen algunos de sus amigos. Más adelante está un tipo al que le dicen Rolly, que le da un abrazo apretado a Ryan.

—¡Hola, June! ¡Qué gusto verte, como siempre! —dice Rolly. Me habla como lo haría con la mamá de cualquiera de sus compañeros.

—Hola —soy incapaz de decir las fórmulas de costumbre, siempre lo he sido, y ahora más—. Voy a buscar un baño —le digo a Ryan—. No me esperes. Yo te busco por ahí —y nos miramos a los ojos apenas un instante antes de que me aleje.

Lo encuentro casi de inmediato... a Jeremiah, de pie cerca de la puerta, con las manos en los bolsillos, recorriendo la habitación con la mirada. Cuando me ve, siento que el corazón me da un brinco y no sé por qué.

Jeremiah me hace señas para que lo siga afuera. Busco a Ryan con la vista. Está en la cocina y alguien le entrega una cerveza. Me dirijo adonde está Jeremiah y siento que me sigue la mirada atenta de dos chicas. Se vuelven para cuchichear entre sí cuando paso. Me parece que oigo el nombre *Delia*. Me parece que oigo la palabra *suicidio*.

Una vez afuera, los sonidos del interior quedan amortiguados por los gruesos ventanales. La fiesta apenas comienza. Dos chicas que reconozco de la escuela corren por el césped, tropiezan una con otra. El aire se siente frío y unos pocos copos de nieve diminutos flotan hacia el suelo.

Jeremiah se saca algo del bolsillo y lo pone ante mí: un teléfono.

La imagen del fondo es una mano: una mano cerrada salvo por el dedo medio extendido hacia arriba, con la uña pintada con esmalte amarillo limón quebrado y tres tiritas delgadas de cuero en la muñeca. Es la mano de Delia. Y es su teléfono. Por encima de la mano está el teclado y el mensaje *Ingrese clave*.

Miro a Jeremiah de frente, y todas mis sospechas se aglutinan en una pelota dura en mi estómago.

—¿De dónde sacaste esto?

—Regresé a su casa esta tarde —me cuenta—, y esto estaba en el bosque, donde alguien parece haberlo arrojado. Puede haber algo en la memoria que nos ayude. Sabremos a quién había llamado, a quién le había mandado mensajes. Pero no logro desbloquearlo.

Tomo el teléfono. Lo he tenido en mis manos millones de veces, he leído mensajes, respondido mensajes como si fuera

Delia, e incluso oído los gritos de su padrastro cuando ella no los soportaba.

—Lo llevé a uno de esos negocios medio turbios donde reparan teléfonos en la ciudad —continúa Jeremiah—. El tipo que me atendió dijo que podía borrar todo lo que tenía en la memoria para que yo lo usara, pero que no podía desbloquearlo —me mira, con ojos curiosos y penetrantes—. Así que pensé que tal vez tú sabrías la clave. Sé que las mejores amigas a veces se cuentan esas cosas...

Los copos caen más veloces, como si alguien los proyectara por el espacio.

—No, lo siento —lo miro y le sostengo la mirada—. Como te dije antes, llevábamos mucho tiempo sin vernos.

Asiente, y veo que se mete el teléfono en el bolsillo derecho de su chamarra gris y roja de esquí.

Se frota las manos:

—Hace un frío del demonio aquí —mira alrededor—. ¿Y tú qué? ¿Has averiguado algo? ¿Tienes noticias?

Niego con la cabeza.

Se oye una risa, una pareja sube por el camino de entrada.

—Muy bien —dice.

La chica camina empinando el trasero y meneando las caderas. Trato de mantener mi semblante sin expresión. Veo la parte superior del teléfono que asoma por encima del borde del bolsillo de Jeremiah. La chica se tropieza y suelta un chillido. El tipo la abraza para evitar que caiga. Ella se abraza a él.

—¿Vamos adentro? —lo invito.

Jeremiah me mira y me indica que no con su cabezota cuadrada de Boy Scout.

—No estoy de ánimo para fiestas.

Miro de nuevo hacia el bolsillo de su chamarra.

—Deberíamos hacer un brindis por Delia —le digo. Titubea—. Uno de verdad, que venga de personas que sí la querían —estoy pensando en ese homenaje a la orilla de la presa y sé que él también.

—Está bien —me dice.

Dentro, la música está a todo volumen. Hay grupitos de dos o tres personas aquí y allá. Todavía pasarán un par de horas antes de que sucedan tonterías y ridiculeces. Ryan está en la sala, así que llevo a Jeremiah a la cocina. Siento miradas que se posan sobre nosotros.

Me parece oír que alguien dice *la chica que murió*. Me parece oír que otro dice *incendio*.

La mesa de la cocina está cubierta por las cosas para la fiesta. Tomo dos vasos rojos de plástico de una bolsa y una botella de vodka. Veo un frasquito de cerezas marrasquino ya pinchadas con unos tenedorcitos en forma de sirenas, así que también lo tomo.

A nuestra derecha hay tres tipos empinándose unas cervezas. Le sirvo un trago a Jeremiah. Alcanza una botella de dos litros de Coca-Cola y llena el resto del vaso. Su enorme mano hace crujir el envase.

Lleno mi vaso sólo con vodka, y sirvo hasta que el trago llega al borde.

—Tranquila, tranquila, vaquera —me dice un tipo a mi lado. Lleva una camiseta tipo polo verde limón, con el cuello hacia arriba—. Guarda para el resto de nosotros. ¿Es que acaso tienes una misión? —me sonríe.

—Algo así —contesto.

Jeremiah me observa. Pesco una cereza del frasco y luego se lo paso a él. Hace lo mismo.

—¿No lo mezclas con nada? —pregunta.

—Me gusta ser eficiente —respondo. Y luego alzo mi vaso—. Por Delia.

—Por Delia —dice él—, que se merecía cosas mejores que las que tuvo —entrechocamos nuestros vasos. Me llevo el mío a la boca. El olor me produce náuseas. El vodka me moja los labios. Trato de no respirar. Mantengo los labios bien apretados, la boca vacía, y trago en seco dos veces. Finjo que me arde la garganta.

Luego, me meto la cereza a la boca.

Jeremiah sigue mirando, así que bajo los párpados un poco, sonrío otro poco, con la sonrisa lenta de quien recibe rápidamente el efecto del alcohol.

Jeremiah pierde la mirada en la distancia. Alzo mi vaso y vierto la mitad de su contenido en un vaso que ya tiene algún líquido café y un pretzel remojado flotando en la superficie.

—¿Crees que el cielo existe? —me pregunta.

Detrás de mí alguien deja escapar una risotada.

—No estoy segura —le digo. En realidad, de lo que no estoy segura es de querer decirle la verdadera respuesta, que es no. No creo que exista el cielo. No logro creerlo. Y siento celos de quienes sí lo creen.

—Yo sí lo creo —dice él. Hay un dejo de desesperación en su voz. A lo mejor sí cree que existe el cielo, o tal vez sólo quisiera creerlo—. Y creo que Delia está allá.

Hago un gesto de asentimiento. Me llevo el vaso a los labios otra vez, finjo darle un trago, y después vacío más de su contenido en el vaso que hay en la mesa.

—He estado rezando mucho últimamente, ¿sabes? Por ella. Sé que no era religiosa, y eso a lo mejor significa que si el cielo existe, ella no estará allí...

Una chica con un top rosa pasa por encima de Jeremiah para alcanzar una bolsa de papas de la mesa. Con el codo roza el bolsillo donde tiene el teléfono de Delia.

—Uyyy —se disculpa—, perdón.

—Pero no creo que eso sea verdad. Creo que, por lo que sucedió, va a terminar allí en todo caso. Por eso he estado rezando por ella, para que el lugar en el que esté ahora sea mejor que donde estaba aquí... —aprieta la mandíbula y sus ojos oscuros brillan. Le da otro trago a su bebida, y el vaso cruje en su enorme mano—, y que quien quiera que lo haya hecho reciba el castigo que se merece —lo miro. Su voz ha cambiado. Hay algo que hierve en su interior, una rabia feroz, que se escapa al aire que nos separa.

Otra risotada se oye tras de mí. Jeremiah levanta la vista.

Alzo mi vaso una vez más.

—Por la justicia —digo. Empiezo a mecerme levemente, flexiono las rodillas, dejo que mi propio peso me empuje hacia delante o hacia los lados. Y me llevo el vaso a los labios para fingir otro trago, y dejar que se me derrame una gota que me baja por la barbilla.

Pero Jeremiah no corresponde a mi brindis. Está mirando algo que sucede a mis espaldas. El tipo de la camiseta polo verde está al otro lado de la cocina, hablando con sus amigos: una rubia diminuta y un tipo alto y flaco. El de verde levanta la botella de vodka. Finge beber y luego dice, con voz alta y alegre de borracho:

—Y luego se tiró al agua, se revolcó unos peces en el fondo y después se ahogó. Eso es lo que me dijeron... —sonríe. Se encoge de hombros. Suelta una carcajada.

Jeremiah planta su vaso en la mesa con un golpe y en un solo movimiento atraviesa la cocina, sujeta al de verde por el cuello de la camiseta y lo acerca hasta tenerlo muy cerca de su rostro. El de verde trata de zafarse pero Jeremiah lo domina.

Otros se voltean a mirar, sorprendidos. Me escurro por entre el gentío.

—Suéltalo —le digo—. No sirve de nada —pero Jeremiah levanta aún más al de verde y lo agarra con más fuerza, tanta que el tipo tiene el rostro enrojecido y jadea. El cuello de la camiseta lo está estrangulando—. Que lo sueltes —digo una vez más.

Por unos instantes, Jeremiah lo sostiene en alto y sus narices casi se tocan.

—Así no fue como pasó —susurra por fin. Suelta al de verde, que cae y se tambalea al enderezarse, con los ojos desmesuradamente abiertos. Jeremiah se abre paso por entre la gente hacia la puerta principal.

—Lunático —murmura el de verde detrás de él.

Lo alcanzo en los escalones de la entrada.

—No creo... —empieza—, yo sólo... —lágrimas enormes le ruedan por las mejillas—. Las cosas no debieron ser así.

Se me encoge el corazón. No me gusta para nada lo que estoy por hacer pero sé que no tengo otra salida. Y ésta es mi oportunidad.

—Tienes razón —le digo.

Me apoyo en él y lo rodeo con un brazo, como si estuviera muy borracha, desmadejada y acalorada, con brazos y piernas como de melcocha.

—No... no debió ser así —arrastro las palabras para fingir que estoy tan ebria como correspondería si me hubiera tomado todo lo que me serví. Dejo que mis piernas tambaleen, caigo hacia adelante y me apoyo en el cuerpo tibio de Jeremiah. Se siente macizo y fuerte, como si no hubiera nada capaz de derribarlo. Me sostiene.

Y deslizo mi mano hasta su bolsillo.

Capítulo 17

Estoy en una de las habitaciones del piso alto, creo que en la de los papás de Max. Huele a suavizante de ropa y a agua de colonia de señor mayor. Empujo la puerta tras de mí y me aseguro de que esté bien cerrada. Y sólo entonces saco el teléfono de Delia, con su desafiante dedo levantado en la pantalla. Tecleo la secuencia 5-8-0-0-8.

Era la clave que usaba para todo, porque si se lee de cabeza dice BOOBS, tetas.

Y con eso, el teléfono se desbloquea.

Reviso el registro de sus mensajes de texto recientes. Hay uno de su mamá el día de Año Nuevo: ¡Feliz Año Nuevo! Vamos de regreso. Nos vemos pronto, corazón. Y se me hace un nudo en la garganta al percibir las buenas intenciones en ese mensaje cuyo tono para nada refleja la relación entre Delia y su mamá. Pero su mamá siempre fue así, tratando de pretender que las cosas eran diferentes cuando estaba de buenas, como si al mentir para las dos creara una realidad diferente.

Hay uno de Jeremiah recibido esa misma mañana. Todo es tan aburrido con los amigos de mis papás. Ojalá estuvieras aquí aunque sé que lo odiarías. Espero que te estés sintiendo mejor. Traté de llamarte. ¡Volveré a intentar!

El siguiente también es de él, recibido justo a medianoche: Feliz año nuevo.

Sigo revisando y veo otros con el mismo contenido, de personas que ella a veces veía. Y luego mi mirada cae en algo más: un mensaje de esa misma tarde. 31 de diciembre a las 3:55 de la tarde.

Oye, chica sexy, ¿lista para empezar el nuevo año con unos fuegos artificiales frente a tu casa?

El mensaje lo escribe alguien que aparece como FUCKER en sus contactos.

A continuación está su respuesta, el último mensaje de esa conversación: Las puertas están abiertas…

El corazón empieza a martillearme porque ése debe ser el tipo con el cual engañaba a Jeremiah. Y luego me late más fuerte porque empiezo a entrever algo. Saco mi teléfono y busco mi registro de llamadas perdidas. Delia me llamó a las 3:59, cuatro minutos después de haber recibido ese mensaje, lo cual quiere decir que cuando me llamó, FUCKER estaba con ella, o sea que era la voz que gritaba en el fondo del mensaje que me dejó.

Era la persona cuyo secreto había amenazado con descubrir. Y quizá, sólo quizá, fue la persona que impidió que lo hiciera.

Alguien está tratando de abrir la puerta.

—¡Oigan! —grita una voz—. ¿Qué hacen? ¡Abran! Nadie debe entrar ahí —es Hanny.

—¡Perdón! —respondo. Procuro hacer sonar mi voz como si estuviera ebria—. ¡Un momento!

Tan rápido como puedo, copio el número de FUCKER en mi teléfono, y luego busco en la libreta de Delia hasta la J, sólo por curiosidad. Aún sigo ahí: J JUNE JUNIE.

Bang, bang, bang, se sacude la puerta.

—¡Abran! Si están teniendo sexo en la cama de mis papás los voy a matar. ¡Hablo muy en serio!

Pero es como si yo estuviera en trance y no puedo parar. ¿Quién sabe cuándo voy a volver a tener una oportunidad como ésta? Abro el archivo de imágenes, convenciéndome de que debo hacerlo. A lo mejor hay una foto de FUCKER o alguna otra clave. Y eso es lo que busco pero también quiero un asomo a ella y a su vida. Siento la necesidad de saber más de ella, cualquier cosa que pueda obtener.

Sólo que no hay muchas fotos, y todas son de hace meses: una de una mano que sostiene un cono de helado, el interior de un bolsillo, un perro, el tipo de la caja del 7-Eleven que siempre se fija en los traseros de las adolescentes aunque tenga ya como cincuenta años. Y entonces... dejo de respirar. Hay una foto de nosotras dos. Ella tiene un mechón de mi cabello cerca de su rostro, como si fuera pelo que sale de su cabeza, y yo hago lo mismo con un mechón suyo. Tenemos los ojos brillantes y hermosos y la boca teñida de rojo cereza. Nunca antes había visto esta foto. ¿Dónde fue? ¿Cuándo fue?

Pero de repente todo se me viene a la memoria. Recuerdo la sensación de esa noche, de que todo era posible en ese momento. El instante en que el flash se encendió.

BANG BANG BANG.

Me deslizo ambos teléfonos en el bolsillo. Abro la puerta y me apoyo pesadamente contra el marco, y dejo que la lengua se me enrede en las palabras.

—Perrrrdón, buscaba un baño y... —miro el rostro de Max Hannigan, su cabeza grande y cuadrada como un bloque de madera. Está enfadado. Y a su lado está Ryan.

—Junie, te estaba buscando —dice. Se acerca y me huele—. Estás borracha perdida —sólo había tomado frente a él una vez y fue hace más de un año.

—Jeremiah —le digo—. Nosotros... brindamos...

Para cuando llego al piso de abajo, Jeremiah está borrachísimo. Podría embutirle un dedo en la nariz y ni se daría cuenta, así que devolver el teléfono a su bolsillo será fácil. No se entera de nada... de mi mano en su bolsillo, del sofá que hay debajo de él, del hecho de que está desmayado en medio de una fiesta. Me pregunto dónde estarán sus amigos, si es que los tiene, porque si no, si su novia murió hace tres días, cómo es que está completamente solo y no me tiene más que a mí para que le quite las llaves porque no hay manera de que maneje en estas condiciones. Me da tristeza. Pero me la sacudo de encima. No tengo más.

Le pido a Ryan que me consiga un vaso de agua. Y luego le telefoneo al tal FUCKER. Mi corazón late violentamente mientras el teléfono timbra. Llego al buzón automático, con el saludo genérico. No dejo ningún mensaje.

Poco después nos metemos los tres en el auto de Ryan. Accedió a llevar a Jeremiah a su casa. Lo acomodamos en el asiento de atrás, recostado contra una puerta, muy borracho. Ryan mira al frente.

Y yo no puedo dejar de pensar en FUCKER. En lo que hizo, en quién será, y en cómo diablos voy a descubrirlo.

Capítulo 18

5 años, 1 mes, 2 días antes

Delia dijo que era su diario, así que cuando June desenrolló la angosta tira de papel, quedó inmediatamente confundida. En la parte superior había un letrero morado impreso: *Cosas por hacer*. Delia lo había tachoneado y había escrito *Cosas que hice*. Y debajo sólo una lista de nombres, unos cinco o seis.

—No entiendo —dijo June.

—Bueno, es el único diario que voy a llevar en la vida. Todo lo demás lo podré recordar con tu ayuda —sonrió—. Éstos son los chicos que he besado. Escribí con letra muy pequeña porque me imagino que habrá un montón más y voy a seguir con esta lista toda la vida —señaló el primero: Fraser Holmes—. Estábamos en primero. Después del beso, quiso meterme el dedo en la nariz, el pervertido.

June no había besado a nadie, aunque hacía poco le había permitido tomar agua de su botella a un muchacho guapo en el camión, y estaba segura de haber sentido algo… su boca en el lugar donde la boca de June solía apoyarse, en fin. Pero ahora, con Delia, su nueva amiga que a su misma edad había besado a... June contó deprisa... a cinco chicos, tuvo la sensación de que lo de la botella de agua era una tontería.

—Has besado a muchos —dijo, a modo de cumplido. Delia se rio.

—No sé si los primeros cuenten en realidad, pero sí...

June examinó los labios de Delia, relucientes de brillo con sabor a mango. Por lo general no puedes saber si una boca ha sido besada con sólo mirarla. Pero con Delia sí se podía.

Delia se encogió de hombros y siguió.

—¿Por qué será que las cosas más importantes tienen que ver con la boca? Besar, contar secretos, comer pastel. No sé.

—¿Y no te da miedo que tu mamá o alguien más encuentre la lista?

—Nah, la tengo guardada en un buen escondite, lo cual es una ventaja porque si el costal de mierda de mi padrastro se entera, me mata. Como si mis cosas fueran asunto suyo —inclinó la cabeza hacia un lado y se mordió su muy besado labio—. Lo loco en esto es toda la gente que cree que tu cuerpo es asunto suyo, especialmente si eres chica. No pasa lo mismo con los chicos. Pero no es cierto, tu cuerpo no es asunto de nadie... a menos que sea tu padrote o tu cirujano plástico. O tu cirujano plástico padrote. Entonces sí —Delia sacó la lengua. Apenas llevaban un par de meses de ser amigas, pero June había aprendido que esto era típico de ella: decía algo muy cierto en una frase, y un total disparate en la siguiente. Y el mundo de repente parecía más grande o más pequeño, más serio o más cómico. Y June se daba cuenta de la suerte increíble de haber encontrado a Delia.

—Mostrarte esta lista es un momento importante en nuestra amistad —continuó—. Es como cuando una pareja está saliendo y uno le entrega al otro la llave de su casa, y así saben que es amor del bueno —hizo una pausa y sonrió—. Pero, en este caso, ya sabíamos que lo es…

Capítulo 19

Parada ahí en el sol, la madera quemada es lo más negro que he visto. Me obligo a mirar hacia otro lado y observo la casa. Busco indicios de movimiento adentro, aunque ya sé que no habrá ninguno. Es domingo de mañana y, si es que andan por aquí, su mamá y su padrastro estarán en la iglesia.

No estoy preparada pero, si me espero a estarlo, jamás lo voy a hacer. Cuento hasta tres, y me imagino que Delia está conmigo, me toma de la mano y me empuja a seguir. Corro.

Atravieso el jardín de atrás hasta las escaleras que suben al porche. Abro la puerta de mosquitero, con el corazón desbocado. Ahí está la hilera de piedras. Busco la gris, la tercera desde el final. Brilla al sol. La levanto y allí está la llave, donde siempre ha estado, manchada y muy fría entre mis dedos.

La deslizo en la cerradura. Y luego… ahí estoy, en la cocina de Delia por primera vez en más de un año.

Me golpea el olor, el mismo de siempre. Como de aromatizador de ambiente y pintura fresca, aunque no han repintado la casa en mucho tiempo, mezclado con ese olor vago de la casa de Delia que resulta indefinible. La cocina tiene piso de azulejos, paredes amarillas y gabinetes de alguna madera sintética que parece que es más costosa que la natural. Delia decía que su padrastro comentaba que era *lo mejor de lo mejor*, y lo hacía imitando la manera de hablar de algún gánster de los años veinte, como los de las películas.

Corro escaleras arriba, pisando la alfombra color crema, y sigo por el pasillo. Me asaltan un millón de recuerdos a la vez... No tengo tiempo para eso.

Al final del pasillo hay una cuerda que cuelga del techo. Tiro de ella. Las escaleras que llevan al ático bajan despacio, plegadas como piernas dobladas. Trepo al ático con el corazón a toda prisa.

Atravieso el ático, camino sobre los tablones rústicos hasta una pila de cajas de cartón, y busco un viejo baúl pintado con laca negra que disimula el cartón que está deshaciéndose. Allí está la caja de Delia, igual que siempre. Necesito saber quién es FUCKER y la respuesta podría estar aquí. Justo aquí dentro.

La abro.

Y esto es lo que veo ante mí: tres botellas vacías de vodka Wolfschmidt, dos cajetillas de cigarros vacías, cuatro latas vacías de crema batida que debió robar con la ayuda de alguien que trabaja en un café. Hay envolturas de condones y dos frascos vacíos de jarabe para la tos. Pero nada de esto es lo que busco, no. Lo que busco es un rollito de papel azul pálido, desgastado por años de enrollar y desenrollar. El primer nombre en la lista debe ser Fraser Holmes, y el nombre al final... eso es lo que espero encontrar.

Revuelvo el contenido de la caja tocando cada cosa. Hay un salero que se robó de una cafetería sin razón alguna, varias gafas de broma de ésas que tienen ojos que cuelgan al final de un resorte, una bolsita plástica diminuta estampada con unos labios rojos, varios otros objetos. Pero nada de rollito de papel. Busco tres veces, pero no está. Sin embargo, alineado contra el fondo de la caja hay algo que no vi al principio: un sobre con una dirección escrita en la letra de niña pequeña de Delia. Y el nombre que aparece es el mío.

Se me atraganta el aire. ¿Cuándo la escribió? ¿Por qué no me la envió?

Me meto el sobre en la chamarra, cierro el baúl. Vuelvo a la entrada del ático, bajo las escaleras, las pongo de nuevo en su lugar, en el techo.

Miro la hora. La mamá de Delia y su padrastro no volverán antes de veinte minutos. Voy a la habitación de Delia, ese lugar donde pasamos tantas horas juntas, por el cual nos escapamos de la casa tantas veces y volvimos a entrar, donde nos contamos todos nuestros secretos.

Giro la manija. La puerta se abre y quedo paralizada. La habitación ha sido vaciada del todo. Las paredes están desnudas, la cama no tiene sábanas ni fundas, su escritorio está vacío y el piso no tiene ni una brizna de polvo. Abro un cajón de la cómoda: no hay nada dentro, en ninguno. Pero si apenas lleva cuatro días muerta.

Siento una oleada de furia no sé bien contra quién. Me pregunto si lo haría su padrastro, asegurando que sería más fácil para su mamá lidiar con todo el asunto sin tener que ver las cosas de Delia. Como si limpiar una habitación significara que ella no había existido.

¿Adónde fueron a parar sus cosas? Necesito verlas. Los trocitos que quedan de lo que fue.

En la cochera encuentro una pila de bolsas de basura repletas. Abro una. Está la ropa de Delia... un suéter morado que siempre se ponía de manera que mostraba un hombro, un par de jeans con agujeros en los bolsillos traseros, una chamarra de piel color café que adoraba. Me inclino más y siento el olor de Delia en su ropa. Me asalta el deseo repentino de llevarme todo y guardarlo por si... ¿por si qué? ¿Por si Delia vuelve a la vida? La segunda bolsa tiene más ropa, y libros con hadas y dragones y princesas en las portadas. Hay otra bolsa con sábanas, almohadas, su colcha. La última es de basura: toallas de papel amontonadas, pañuelos desechables, una cajita de hilo dental vacía, bolitas de algodón manchadas con delineador de ojos. Y allí, en el fondo de la bolsa, hay un palito de plástico con una tapa translúcida. Una prueba de embarazo.

¡Mierda!

El corazón se me acelera. Lo alcanzo y lo miro por el otro lado: dos líneas rosas. Positivo.

¿Delia? ¿Otra vez?

Reviso la hora en mi teléfono. Tengo menos de cinco minutos antes de que lleguen de regreso. Cierro las bolsas, las dejo donde estaban. Atravieso la casa y apago todas las luces.

Salgo por la puerta trasera, la cierro con llave, y me voy.

Capítulo 20

1 año, 3 meses y 17 días antes

Si June hubiera sido cualquier otra persona en el mundo, no se habría dado cuenta de que algo andaba mal. Pero June era incapaz de no detectar el más simple detalle con respecto a Delia. Lo hacía sin siquiera proponérselo. Era como si, cuando Ella andaba cerca, los confines de la piel de June desaparecieran. Delia la envolvía y se metía en su interior. En los buenos momentos, se sentía como el máximo alivio tener alguien allí a su lado, en su cerebro y en su corazón, llenándolos por completo. Pero había otros momentos en que las cosas no eran así, y daba miedo tener que compartir el espacio interior con alguien cuya luz era tan brillante pero que también se podía apagar tan de repente. Y últimamente la luz de Delia parpadeaba.

La semana anterior, Delia se había presentado dos veces drogada en la escuela. En su mochila llevaba una botella de agua que en realidad contenía vodka y bebía de ella con frecuencia. Uno de esos días, June le dijo, con mucha suavidad, que tal vez debería tomarse las cosas con más calma.

—No soy tu mamá, June —respondió Delia, con voz dura—. Y tú tampoco eres la mía.

Era la primera vez que Delia se refería a la mamá de June de esa manera. Y June se había sentido... no estaba muy segura. No exactamente protectora, no. Pero dolida de alguna forma, lo cual era una tontería si lo pensaba bien, porque básicamente todo lo que Delia sabía de la mamá de June lo sabía porque ella misma se lo había dicho. Además, Delia tenía razón, las dos eran diferentes, y lo que pasaba con la mamá de June era quizá la razón por la cual se preocupaba tanto por Delia. Pero la mamá de June, a pesar de sus problemas, al menos era consistente con ellos. En cambio, con Delia nunca se sabía qué era lo siguiente que iba a hacer o decir, sobre todo en los últimos tiempos. Nunca se sabía si iba a ser esa chica chispeante y llena de luz que irradiaba claridad, a quien todos adoraban o, como era cada vez más frecuente, esa otra chica llena de oscuridad y negrura que asustaba a June a ratos porque, por más que creyera conocer todo de ella, sinceramente no podía saber qué tan turbia era o qué tan profundo llegaba su oscuridad. Había un agujero negro en su interior, y quería arrastrar a June dentro. Y June estaba dispuesta a permitirlo, ése era el asunto. Si no tenía mucho cuidado, no iba a ser capaz de resistirlo. Delia la absorbía. Fagocitosis, así se llamaba a lo que hacían las amebas, según había aprendido June. Así comían. Así sobrevivían.

Pero June también necesitaba sobrevivir. Durante mucho tiempo eso quiso decir que necesitaba a Delia. Sólo ahora, sentada en la cocina de Delia, mirándola, June ya no sabía qué necesitaba.

Tan sólo sabía esto: algo le pasaba a Delia. Podía sentir su luz que parpadeaba dentro de su propio pecho.

Delia mordió una pepita de girasol, escupió la cáscara y se comió la diminuta semilla interior. Luego levantó la vista pensativa y dijo, como si acabara de ocurrírsele:

—Si llegara a quedar embarazada, me suicidaría —y mordió otra pepita, con todo y cáscara, la masticó y se la tragó. June quedó paralizada, con una semilla a medio camino hacia sus labios. La pausa duró un segundo, y luego se metió la semilla a la boca y la sal le escaldó la lengua.

—No lo harías —dijo. Trató de hablar con el mismo tono despreocupado de Delia, a pesar de que la conversación le aceleraba el corazón. Había pensado en hacer un chiste del tipo: *No, engordarías primero y luego te matarías,* pero había algo en la voz de Delia que impidió que lo dijera.

Delia la miró y sonrió.

—Bueno, tal vez no. Pero seguro que sí mataría al bebé —Delia observaba a June con una ceja levantada. June sabía que Delia estaba aguardando su reacción.

—Pero no sería un bebé aún —dijo June—. No al principio, quiero decir —tomó otra pepita, la abrió con los dientes—. Sería una especie de gelatina —pero apenas dijo las palabras se dio cuenta de que era mucho más complicado que eso. Que no hubiera querido decirlo así, tan casual.

—Ajá —agregó Delia—. Supongo que tienes razón —Delia se metió otra pepita a la boca y la partió a la mitad. Luego escupió las cáscaras en su mano. Se colocó una en la punta del dedo, de manera que parecía una uña puntiaguda y de franjas blancas y negras. Y luego, sin levantar la vista, dijo—: Me hice un aborto esta mañana —se puso la otra mitad de la cáscara en el dedo medio y levantó la mano, pero no la mirada.

—Yo igual —replicó June—. El tercero de esta semana —sabía que Delia estaba bromeando, tratando de molestarla como solía hacer. June solía caer en ese tipo de bromas todas las veces. Pero en ésta no.

June estudió el rostro de Delia en busca del menor atisbo de sonrisa que luego se convertiría en una risa traviesa. Pero el atisbo no apareció. June cerró la boca y tragó, y la ansiedad le alcanzó el estómago.

—¿En serio? ¿Estás bien? —June esperaba que Delia descubriera su broma de esta manera. Sabía que no era verdad. Ya no le gustaba este juego. Quería llenar su papel y seguir adelante.

Pero a pesar de eso, Delia tampoco sonrió.

—Claro, no fue nada —se encogió de hombros como si no importara. Y por eso June supo que la cosa iba en serio.

Examinó el rostro de Delia, y el piso se le movió. Ahora le parecía una persona que no conocía muy bien. Luego, el mundo se alineó de nuevo y las cosas volvieron a su lugar. Se le llenó la cabeza con un millón de preguntas que sabía que no iba a formular.

—¿Te dolió? —dijo al fin.

Delia se encogió de hombros.

—No más que el acostón que me llevó a esa situación.

June abrió la boca formando una *O* consternada, y su corazón latió con fuerza. ¿Delia querría decir que...?

Delia estudió el rostro de June, negó con la cabeza y dejó salir una carcajada fría.

—No me violaron, Junie, por Dios —dijo—, dolió porque no fue agradable.

—¡Ah!

—Porque yo no estaba muy interesada. Así que el condón se rompió.

—Ajá.

—Fue con este tipo de la fiesta de Sammy, la semana pasada. Fue una fiesta aburrida, no te perdiste de nada. El tipo era tan torpe con las manos que parecía que se las acabaran de instalar y no hubiera leído el manual de instrucciones. Y tenía un aliento... —Delia empezó a animarse—. ¿Te acuerdas de aquella vez que esa tipa tan rara de la cafetería nos mostró su ombligo infectado por un *piercing* y casi vomitamos por el olor tan asqueroso? Bueno, el aliento de este tipo olía como si hubiera estado chupándole el ombligo a la tipa aquella. Así que es una suerte que haya abortado. El bebé habría sido apestoso, y quizá me habría vuelto hedionda por dentro con su aliento de culo con pus.

June trató de sonreír, pero no lo consiguió. Sintió náuseas. Delia volvió a las pepitas de girasol, mordiendo cáscaras. Parecía aliviada, como si se hubiera quitado un peso de encima. Ya no pesaba tanto porque June era quien lo cargaba. Delia no tiró las cáscaras rayadas y se las fijó a los dedos con saliva. Cuando completó diez, puso las manos en alto.

Capítulo 21

Estoy de vuelta en el auto, alejándome, con el corazón latiendo a toda prisa y una carta de mi mejor amiga muerta sobre mis piernas. Apenas he recorrido un trecho suficiente, me orillo en el camino.

Rasgo el sobre. La carta que hay dentro está fechada hace más de un año, lo cual me llena de desilusión pero también de cierto alivio.

Querida Junie:

¡Hola! Soy yo, Delia. ¿No te parece una extraña manera de empezar una carta? ¿Y no es extraño que te escriba una carta? Es como un mensaje de texto pero más larga, más como un correo electrónico, sólo que hay un árbol de por medio. Esto empieza de forma bastante extraña. Pero supongo que ése es el punto de todo esto… las cosas se han tornado extrañas en las últimas dos semanas. Y no sé cómo volverlas a la normalidad.

Lo primero que quería decir es que siento mucho que las cosas se hayan vuelto tan extrañas. ¿Ya viste que he usado las palabras *extraño* o *extraña* como cinco o seis veces hasta aquí (y más si cuentas las dos últimas, y casi veinte si le sumas todas las que he escrito con tinta invisible)? Te quiero mucho (eso ya lo sabes). Eres mi mejor amiga (eso también lo sabes). Y si crees que tuve la culpa de algo, preferiría que me hubieras hablado de eso. Porque solíamos contarnos todo. Aunque supongo que hay cosas que yo tampoco te he contado en los últimos tiempos.

Aquí está esto: Ryan no es el tipo para ti. Y la razón por la cual lo digo no es porque sea demasiado aburrido o normal o porque su rostro esté hecho de carne o porque me preocupe que te aleje de mí (o sea, sí es por todas esas cosas, jeje, pero no sólo por ellas). En realidad es porque él es un perfecto idiota. Me ha estado llamando últimamente. La primera vez contesté la llamada porque pensé que serías tú desde su teléfono, pero no era así. Y no llamaba por nada relacionado contigo tampoco. Llamaba porque... Se siente muy extraño decirlo en una carta, pero digamos que cuando las cosas se pusieron bien raras la otra noche, fue en parte por mi culpa. Pero no sólo por mi culpa. La mayor parte de la culpa la tiene él. Y aquí viene algo que tal vez no te va a gustar, y espero que me creas porque te juro que es verdad, y yo no estaba tan ebria como para no poderlo juzgar fríamente (tomamos lo mismo tú y yo, chica, pero tú tienes el aguante de una mosca mientras que yo tengo el del tipo fortachón y velludo en el cual se posó la mosca): mientras estuviste fuera de la habitación cuando estábamos jugando ese juego, él trató de seguirlo sin ti. Y yo había estado planeando contarte. Pensé que tendría la oportunidad de hacerlo después de esa noche, pero el hecho es que no hemos podido hablar desde entonces, no como lo hacíamos antes. Y a lo mejor en parte estoy dolida de pensar que tú supusiste de inmediato que la culpa era mía, cuando no era así.

No estoy segura de que vaya a tener las agallas de mandarte esta carta. Supongo que si la estás leyendo, sabrás qué fue lo que hice. Y si no la estás leyendo, entonces escribo esta carta para mí. ¡Hola, D, qué guapa y sexy estás hoy, ricura!

De verdad, Junie, tienes que creerme. Nunca nunca nunca te mentiría.

Por siempre y para siempre tuya,

D

Dejo que la carta caiga sobre mi regazo. El corazón me martillea. No sé qué pensar ni qué concluir de todo esto. Sólo sé que necesito respuestas, y que de las únicas dos personas que pueden proporcionármelas, sólo una está viva para ofrecerlas…

Observo a Ryan mientras sus ojos se deslizan por la página. Tengo que obligarme a respirar.

—No sé qué es lo que se supone que debo buscar aquí —se recuesta contra la pared que hay junto a su cama y cruza las piernas.

Sabe que lo observo. Sé que trata de mantener una expresión tranquila, pero leo en su mirada el momento en que ve su nombre.

—¿Qué diantres es esto? —exclama. Diantres. Cuando normalmente diría *diablos*—. No creerás nada de eso, ¿o sí? —levanta la vista.

El mundo gira demasiado aprisa y voy a salir despedida. Siento náuseas. Hago un gesto de asentimiento con la cabeza.

—¿Pero cómo? ¡Si ella tenía ideas locas metidas en la cabeza! ¿Cuándo te mandó esta carta?

—No la mandó.

—¿Y cómo es que la tienes?

Pero no respondo. Ni por todos los diablos le diré. Ni tampoco por todos los diantres.

Continúa:

—Desde el principio supe que ella tenía problemas, y traté de hacerme amiga suya por ti, pero nunca me cayó bien. Y ella te engañó para que creyeras que ustedes dos tenían una relación más especial que una simple amistad. ¿Pero sabes lo chiflada que estaba? ¿Sabes que esa noche puso su mirada en mí y que luego siguió acechándome? —sus palabras brotan en un torrente imparable, como si temiera dejar de hablar—. Esta carta es pura fantasía. Supongo que es lo que ella quería que pasara. Se me lanzó tantas veces que perdí la cuenta. Nunca te lo dije porque no quería lastimarte y parecía que ya no se veían mucho las dos, así que pensé que no tenía sentido. ¿Quién diantres querría saber que una amiga, o examiga, podría hacer algo así? Pero es cierto —suaviza la voz—. Anda, tú sabes que yo jamás haría eso…

—No estoy segura de lo que sé…

Y luego se le pinta en el semblante una expresión… una expresión de dolor genuino. Me pregunto por un instante si estaré cometiendo un terrible error.

Se levanta.

—No puedo creer que no confíes en mí —mueve la cabeza hacia un lado y otro. Parece que empezara a sentir pánico. Nunca lo he visto aterrorizado—. Tengo que irme… no me puedo quedar aquí… —se da vuelta y se dirige a la puerta. Lo sigo fuera de su habitación y me quedo al pie de la escalera. Baja lentamente, como esperando que vaya tras él. Pero no me muevo de allí hasta que oigo el ruido callado de la puerta trasera que se cierra.

Mi corazón no es más que un trozo de carne que golpetea contra mis costillas. No sé qué hacer ahora. Pero sé que la estoy escogiendo a ella, a Delia, tal como debí hacerlo antes. Aunque ahora ya no esté. Percibo esos lazos que siempre nos mantuvieron juntas y que lo siguen haciendo. Percibo que mis entrañas están atadas a las suyas, aunque las suyas no sean más que humo y ceniza en este momento.

La mamá de Ryan está en la cocina. Me pregunto qué tanto alcanzó a oír. Voy caminando hacia la puerta, hacia mi auto. Cuando me ve, sonríe.

—¡Qué bien! Vas a ser mi catadora —señala la enorme licuadora que hay sobre el mesón de la cocina. Está llena hasta la mitad con cubos de mango—. Estoy ensayando algo nuevo. Ya sabes, un propósito de año nuevo y todas esas cosas. Dime sinceramente si sabe espantoso —me da la espalda para ir al refrigerador. Saca una cajita de arándanos azules, unas frambuesas, una bolsa de espinacas—. Quiero que te sientas cómoda aquí, como parte de la familia —va echando cosas en la licuadora mientras habla—. Ya sabes, conmigo, con el papá de Ryan. Todos creemos... creemos que eres maravillosa —se da la vuelta y sonríe. Oprime un botón en la base de la licuadora. Y luego habla por encima del sonido del aparato, sin volverse—: No pude evitar oír algo de su discusión.

Miro hacia la puerta. Quiero salir corriendo. La licuadora se detiene.

—O sea, no oí las palabras, pero sí el tono de voz. No es que estuviera espiándolos —retira el vaso de la licuadora, saca un par de vasos de un gabinete y los llena. Empuja uno hacia mí—. Sé que mantener una relación es difícil, y que a veces la persona con quien estás puede portarse como un imbécil. ¡Al menos el papá de Ryan lo hace a veces! —deja escapar una risita—. Y seguro que yo también. Pero sé lo mucho que le importas a Ryan. Supongo que eso es lo que quería decir. Ryan me mataría si supiera que estoy metiéndome en esto pero… —baja la voz—. Sé que para él las cosas van en serio, así que espero que te lo diga. No habría regresado antes de las vacaciones por cualquiera.

—¿Perdón?

—Pero si no necesitas disculparte. Lo extrañamos, pero claro que entendimos la situación. Y ya hemos festejado dieciséis años nuevos con él. Por una vez que no esté con nosotros, no hay problema.

—Espere —digo—. Yo…

—Por favor, no te enojes con él por decirnos. No nos contó más detalles. Sólo dijo que ustedes dos necesitaban hablar de varias cosas y que quería hacerlo antes de que empezara el nuevo año. Y no sé más, de verdad —sonríe de nuevo—. A lo mejor el año próximo lo festejamos todos juntos.

—Ryan volvió…

—Es eso precisamente, ¡que no lo haría por nadie que no fuera muy especial para él! —asiente, como si finalmente hubiera logrado decir lo que quería—. Por que todo resulte —brinda. La mano me tiembla al entrechocar mi vaso con el suyo.

Ryan regresó antes. Les dijo a sus padres que era para estar conmigo. Pero no fue así. Entonces, ¿qué diablos vino a hacer?

—Imagínate que el papá de Ryan y yo estamos juntos desde la preparatoria. ¡Parece una locura pero es cierto!

Asiento con un gesto débil.

—Lo siento pero no me encuentro muy bien. ¿Le importa si subo a la habitación de Ryan? —y ni siquiera espero a oír su respuesta.

De vuelta arriba, saco mi teléfono del bolsillo. Busco el número de FUCKER y marco. Los timbrazos empiezan en mi teléfono y mi corazón late tan fuerte que apenas logro oírlos.

Timbra una vez, dos...

Durante unos segundos la habitación de Ryan permanece en silencio. Y lo que me aterra que suceda no ha pasado aún. Luego oigo la vibración amortiguada de un teléfono en modo de vibración.

Y revuelco toda la habitación.

No está en la cama, ni en el buró, ni en el escritorio... los timbrazos acaban y suena el buzón de mensajes. Marco de nuevo. Busco en los cajones superiores de su cómoda, entre suéteres, playeras, ropa interior. Paso a los cajones inferiores. Estoy más cerca. Llamo de nuevo... brrrr, brrrr, brrrr. Tiro del último cajón, meto la mano por entre una pila de jeans y al fondo mi mano topa con algo plástico. Saco un teléfono pequeño, de los viejos que se abrían y cerraban plegándose, negro.

Lo abro y miro el registro de llamadas: están mis llamadas perdidas, y luego no hay nada más que llamadas a ella, mensajes de texto a ella. Y dos llamadas recibidas y contestadas: de Delia el 29 de diciembre, y una más el día antes de que muriera.

Oigo otra vibración, pero esta vez sale de mi teléfono. Reviso. Dos mensajes de texto seguidos, de Ryan: Perdón por explotar así. Me molestó ver que no confías en mí... pero sé que has pasado por mucho últimamente. ¿Quieres que nos veamos en la cafetería? Unos hotcakes no me vendrían mal.

Meto su teléfono en el cajón. Y salgo corriendo escaleras abajo hacia la puerta.

—¿June? ¿Estás bien? —oigo que me llama la mamá de Ryan. Sigo adelante. Bajo los escalones de la entrada. Con las manos temblorosas abro mi auto, me dejo caer dentro y arranco.

Y entonces, al fin, suelto un alarido silencioso, y lo que está bien profundo en mi mente, esos pensamientos que me asustan con tan sólo aparecer, empiezan a aflorar a la superficie.

Capítulo 22

1 año, 2 meses, 9 días antes

—A ver, *whisky* —dijo Ryan.

—No tan rápido, tontarrón —dijo Delia. Dio un salto y se lanzó a arrebatarle el teléfono. Ryan lo escondió tras su espalda. Los dos forcejearon y June los miraba desde el sofá, con una sensación de calidez que la hacía sentir plena.

—¿Y esa sonrisa? —preguntó Ryan.

June se tocó la boca y se dio cuenta de que las comisuras estaban vueltas hacia arriba, y que Ryan le hablaba a ella. ¡Ni siquiera se había dado cuenta de que estaba sonriendo! Supuso que sería por lo bien que iba saliendo todo, por lo feliz que eso la hacía. (Y también puede que fuera un poquito por el alcohol.)

Habían planeado esto desde hacía semanas, cuando se enteraron de que los papás de Ryan saldrían de la ciudad. Se suponía que serían cuatro: June y Ryan, con quien Delia realmente nunca había pasado mucho tiempo, y Delia con su nuevo novio, a quien June no conocía. Se llamaba Sloan y era el baterista de una banda que a Delia le gustaba. Lo había conocido después de una tocada. Lo primero que él le dijo fue: *Si existe un número infinito de universos paralelos, entonces al menos en uno tú y yo ya estamos en la cama. Ahí caí redonda,* le había dicho Delia a June. *Claro. Es un piropo muy caliente. Resulta que se lo robó a un amigo mucho más ingenioso.* Pero Delia dijo que Sloan era tan sexy que eso no le importaba, al menos por el momento. *No lo quiero para que sea interesante.*

June había visto muchas fotos de Sloan, incluida una de su pene, porque Delia hacía cosas así: mostrar un poco de fotos normales y meter entre ellas una de un pene, como si nada. *Y ahí está el perro de Sloan, su compañero de habitación que tiene pulgas en la barba, creo, y ahí está el pene desnudo de Sloan.* Se lo tomaba con total naturalidad, como si ni siquiera se diera cuenta de que lo que hacía era poco usual. Así que June había esperado que se le olvidara la curiosidad por mirar la bragueta cuando llegara a conocerlo, porque... ya saben. Pero el hecho es que no llegaría a conocerlo porque hora y media antes, en lugar de llegar con él, Delia apareció con una botella de vodka barato medio llena, un frasco de cerezas marrasquino, y el cuento de que había terminado con ese idiota fracasado en el camino hacia casa de Ryan (pero no antes porque él la traería).

—Habrá más vodka para nosotros —dijo con un guiño, levantó la botella y se tomó un buen trago ahí, en los escalones de la entrada.

Y al ver a Delia, sola allí, atiborrándose de vodka, tuvo una sensación de miedo profundo. El presentimiento de que algo realmente terrible iba a suceder esa noche.

En los últimos tiempos, cuando estaban las dos juntas y Delia bebía, cosa que estaba haciendo con más y más frecuencia, se volvía un personaje oscuro. Siempre habían visto el mundo desde una óptica de nosotras contra los demás, pero con un toque de *nadie más lo ve de esta forma.* Ahora el toque era más bien *porque todos y el resto del mundo es una total mierda*. El trago era el combustible que proyectaba a Delia más y más al fondo de su oscuridad. June no quería ver todo de esa manera, pero los sentimientos de Delia la envolvían y se deslizaban bajo su piel hasta hacerse indistinguibles de los suyos propios.

Cuando habían planeado esta noche, June había confiado y casi supuesto que, con Sloan allí, Delia sería la versión divertida, chispeante y carismática de sí misma. Al estar con los tipos con los que se acostaba, o con los cuales podría acostarse, se portaba bien. Pero sin él allí, quién sabe qué podría suceder. ¿Cómo serían las cosas si sólo estaban los tres?

Al principio, la respuesta a esa pregunta fue: muy raras y difíciles. Ryan estaba muy callado, lo cual no era normal, y Delia hablaba mucho, como sucedía cuando había bebido. June se alegraba de que no se hubiera lanzado de inmediato a la negrura, pero Delia no dejaba de referirse a chistes privados entre ambas, cosas de las cuales no habían hablado en años. Era como si quisiera asegurarse de que Ryan se diera por enterado de lo cercanas que eran las dos, y que si iba a haber un tercero en discordia, no sería ella. Luego empezó a quejarse de lo aburrido que era Sloan, pero decía que iba a extrañar *ciertas cosas* suyas, y le dirigió a June una mirada de complicidad y le guiñó un ojo.

—June sabe a qué me refiero —dijo y June se avergonzó porque era obvio de qué hablaba, y confió en que Ryan no supusiera que ella le había contado detalles muy privados de él, cosa que no había hecho. Aunque de haber sido unos meses atrás, seguramente le habría contado a Delia todo. Pero como todo había cambiado, no lo había hecho. En ese momento se sintió agradecida por eso.

Así que las cosas empezaron medio mal, y lo que sucedió después en esa fría y clara noche de octubre fue que June, que nunca bebía, decidió que esta vez, sólo por esta vez, lo haría, porque era una situación difícil. Y porque Delia ya estaba medio borracha y Ryan había empezado también.

—Un trago, cantinero —dijo June una vez que se decidió. Y si esto sorprendió a Delia, que debió sorprenderse pues ¿cómo no?, no lo demostró ante Ryan.

El primer trago la quemó por dentro y la hizo toser, así que Delia le dio un poco del almíbar que venía con las cerezas, para acompañar el vodka, con lo cual la cosa no mejoró mucho. Pero poco después June sintió una tibieza en su estómago y en la nuca. Y el segundo trago no fue tan terrible. Y unos minutos después la situación ya no se sintió tan tensa y difícil. Ese inminente presentimiento de que algo terrible se avecinaba había desaparecido. Tras el siguiente trago, se preguntó por qué había llegado a preocuparse tanto... por Delia y su oscuridad y esa sensación de extrañeza que se había apoderado de su amistad, por Ryan y la posibilidad de que la dejara, por su mamá, la escuela, la vida. Por todo, en realidad.

Y ahora, al ver a Delia forcejeando en broma para quitarle el teléfono a Ryan, al ver a Ryan sonriéndole, June sintió una oleada de puro gusto y dicha y se dio cuenta de que, en realidad, todo era mucho mejor sólo con ellos dos. Y que lo que estaba pasando era mejor que todo lo que hubiera podido pasar antes. Que éste era, quizás, el momento más feliz de su vida. Cosa que, pensándolo bien, era un poco absurda.

June soltó una risita.

—Se ríe de que su amiga es mucho más hábil que su novio —le dijo Delia a Ryan. Y a continuación le arrebató el teléfono de las manos, lo tiró al sofá y se sentó sobre él.

—Algo así —contestó June. Y sonrió todavía más ante sus dos personas preferidas en el mundo. Se recostó en el sofá y Delia empezó a servir más vodka en las tazas que estaban usando para tomar—. No sé si mejor no... —empezó a decir June. Se sentía perfecta ahora y no quería echar a perder la sensación. Aunque tal vez la cabeza ya le estaba empezando a dar vueltas.

—Sh, sh, sh —respondió Delia—. Haz lo que te dice tu papá —señaló el letrero de su taza: EL MEJOR PAPÁ DEL MUNDO. Y luego le pasó el que decía VERMONT a June.

June se tomó su trago, que no le supo a nada.

Ryan estaba de pie en el extremo del sofá, tomándose una cerveza que de alguna manera se había materializado en su mano. Y durante un instante, June se preguntó si se sentiría excluido y pensó en acercarse a darle un abrazo o decirle que se fuera a sentar con ellas. Empezó a enderezarse. Delia la tomó por el brazo y tiró de ella hacia el sofá de nuevo.

—Bien, ahora, ¡sácanos una foto! —dijo Delia. June miró a Ryan. No era el tipo de persona a la que uno puede mandonear. Ya había visto cómo se ponía cuando su hermana Marissa, algo menor que él, trataba de decirle qué hacer. Delia le lanzó el teléfono a Ryan y luego se apretó contra June. Tomó un mechón del largo cabello rubio de June y se lo puso sobre la frente hasta meterlo tras su oreja—. ¿Qué tal me veo de rubia? —preguntó. Lo dijo con ese divertido acento que usaba cuando estaba a solas con June. La mejilla de Delia se sentía caliente contra la suya y su codo se le clavaba en el pecho, pero June apenas lo sentía.

Tomó un manojo de rizos de Delia y se los pasó por la cabeza hasta la oreja. Eso de jugar a intercambiarse el cabello era algo que venían haciendo desde hacía años.

—Clic —dijo Ryan en voz alta, y tomó la foto. Después dejó el teléfono en la mesa—. Parecen niñas jugando al salón de belleza —comentó, y June se dio cuenta de que Delia y ella seguían muy juntas. Sin darse cuenta, siempre terminaban toqueteándose. Siempre habían sido la clase de amigas que terminaban acurrucadas una junto a la otra cuando ven una película, o que caminan abrazadas. *Es porque a ti nunca te abrazan en tu casa,* había dicho Delia años atrás. *Y cuando a mí me dan un abrazo, la situación es muy rara. Hay una sustancia química cuyo nombre no recuerdo que explica por qué es bueno abrazar a alguien que quieres.*

June había pasado por alto que en realidad Ryan nunca las había visto a ellas dos juntas. Por un momento sintió algo de vergüenza porque se suponía que él era su novio.

Pero cuando levantó la vista para mirar a Ryan, él estaba sonriendo. Le pareció que su sonrisa era muy sexy. Normalmente no sonreía así, sino que era muy dulce y se comportaba como los novios amables de los programas de televisión y de las películas, cosa que no era para nada desagradable y la ponía a pensar en lo diferente que era él de los demás chicos a los que les había gustado, en lo diferente que ella se sentía con él. Pero esta sonrisa era algo que no había visto antes. Pensó que tal vez su rostro se veía así porque estaba borracho. O tal vez porque ella lo estaba.

Las cosas siguieron así otro rato... el trago, las risas, cada instante que se fundía con el siguiente. Pero en algún momento Delia se enderezó, estiró los brazos por encima de la cabeza y dijo, como si se le acabara de ocurrir:

—Oigan, conozco un juego que podemos jugar.

Después June recordaría este momento, la espontaneidad con la que Delia lo había sugerido. Se preguntó qué tan ebria estaría y si sabría Delia lo que iba a venir luego. June volvería una y otra vez sobre esos recuerdos, por siempre, sin poder saberlo. Uno nunca podía estar seguro, eso era algo que June había aprendido. No se podía estar seguro de nada.

—¿Cómo se juega? —preguntó Ryan.

—Bueno —comenzó Delia—. Primero, todos nos sentamos, y cada uno tiene que tener un cojín. Y entonces... ¿Tendrás cartas y también dados?

Ryan asintió en silencio y fue hasta el cajón que había debajo de la tele en el que su familia guardaba los juegos, porque eran el tipo de familia que tenía un cajón dedicado a eso.

—¡Perfecto! Ahora, todos... —June pensó que era gracioso que Delia dijera *todos* como si fueran muchos más— todos deben recibir entre cuatro y seis cartas, o sea, cinco, porque es el único número que hay entre los otros dos. A menos que quieran que rompamos las cartas para hacer fracciones. ¿Quieren? —se volvió hacia June y levantó la mano, para luego pretender murmurar en voz alta, para que Ryan pudiera oír—: Me lo estoy inventando sobre la marcha. Ayúdenme, bomboncitos.

—Espera —dijo June, tratando de sonar seria y sobria, lo cual era muy difícil a esas alturas—. Delia, se te olvidó lo de los zapatos.

—¿Los zapatos? Pero claro, ¡qué tonta soy!

—Ryan —siguió June—, siéntate en el sofá y quítate los zapatos y... —no se le ocurría nada chistoso qué decir, pues su cerebro funcionaba tan despacio con el alcohol que tenía dentro, así que dijo—: y te tomas un trago —lo señaló con el dedo—. ¡Usted, señor, allá! ¡A tomarse un trago! —gritaba sin razón. ¿En realidad sí quería que se tomara un trago? Él la miraba, divertido quizás. Y luego hizo lo que le decía. Y después le guiñó un ojo, cosa que nunca antes había hecho. Ella ni siquiera sabía que supiera hacerlo, ¡y vaya si lo hacía bien!

Y... el juego siguió su curso. Más adelante June trataría de recordar quién fue el que lo llevó en la dirección que tomó.

Decidieron que era un juego de beber... una especie de combinación absurda de verdad o reto, la botella y póquer de prendas, con una que otra cosa de otros juegos. Ninguno tenía las reglas bien claras, si es que había alguna.

Fueron tirando las cartas al centro de la mesa y todos tenían que beber, y luego Ryan bailó como nudista y se quitó la camisa mientras Delia se reía histéricamente.

—Tenías razón —dijo en voz alta, limpiándose las lágrimas que le corrían por las mejillas de tanto reír—. No es para nada aburrido.

Ryan fingió estar ofendido.

—Tenías razón —le dijo a June—. Ella no es una loca desatada.

—Sí, sí que lo es —Delia movía las cejas.

—Bueno, sí, pero en el buen sentido de la palabra —contestó él.

Y el juego siguió. Tomaron más. Delia escupió un trago directamente en la boca de June, y Ryan le dijo obscenidades a una piña, y June trató de quitarse el brasier sin quitarse la blusa pero de alguna forma acabó cayéndose del sofá con éste en la cabeza.

Y entonces decidieron que estaban jugando una especie de Twister. O que estaban bailando. O que se hacían bolita unos con otros en el sofá. ¡Y todo era tan raro y divertido! Pero el instante en que vio que los labios de Ryan y Delia se tocaban, que de alguna forma era parte del juego, estuvo casi segura de que todo había sido un horrible error. A pesar de todo el alcohol que la aturdía, de inmediato la recorrió una oleada de pánico hirviente.

Y de repente se sintió muy mal.

Se levantó, vacilante sobre sus piernas que parecían de gelatina. Tenía que salir de allí. No se sentía para nada bien. Tal vez nunca en su vida se había sentido tan mal.

—Voy al baño —dijo, pero su voz no funcionaba bien y puede ser que nadie la oyera.

No quería vomitar allí en el piso. Empezó a caminar sin mirar atrás, para no tener que verlos. Tenía el rostro ardiendo y sudaba, pero al mismo tiempo sentía mucho frío. Las paredes se movían sin parar y se aferró a ellas, y entonces la habitación entera giró como un carrusel. De alguna forma logró llegar al baño. Las luces la deslumbraron y cuando se vio al espejo por accidente, se encontró con una especie de monstruo despeinado, con el rostro hinchado y una mancha de almíbar rojo de las cerezas que parecía una barba de chivo. No quiso verse más en el espejo, así que apagó las luces y se sentó en el suelo, apoyó la mejilla contra la fría porcelana de la base del lavabo. Esperó a sentir las arcadas para vomitar, pero no pasó nada. Pensó: *¿Será que eso de tomar mucho sin vomitar es genérico?*, y luego la impresionó haber sido capaz de salir con una palabra como *genérico*. Al instante se dio cuenta de que ésa no era la palabra que buscaba, pero no conseguía dar con la adecuada. Y luego pensó en su mamá, y pensó en Ryan y Delia en la sala, y se puso a llorar.

Cuando dejó de llorar seguía allí en el baño. ¿Dónde estaban los otros? ¿Por qué estaba sola? Y a lo mejor se quedó dormida porque lo siguiente que supo fue que Ryan encendía las luces y le ofrecía un vaso de agua, le frotaba la espalda y le preguntaba:

—¿Estás bien, Junie? —y por unos momentos June olvidó todo lo que había sucedido hasta ese punto. Sólo que sí, ahí estaba Ryan, acariciándole la espalda. Y también estaba Delia, su mejor amiga. Habían pasado un largo rato juntos, ¿no? Mientras ella estaba sola en el baño, ¿no?

—Hola, D —empezó June. Quería preguntarle algo, necesitaba preguntarle algo muy importante, pero no se acordaba de qué era—. ¿Delia? —dijo June nuevamente, y trató de mirarla a los ojos, pero Delia volteó para otro lado.

Capítulo 23

No tengo idea de adónde me dirijo. Sólo sé que tengo que alejarme de aquí. Conduzco rápido, aferrada con fuerza al volante. ¿Qué diablos está sucediendo?

Repaso todo en mi mente y trato de poner en claro lo que sé: hará poco más de un año que Delia me escribió esa carta que nunca me envió. Ryan tiene un teléfono en secreto que usaba sólo para hablarle a Delia. Y le mandó un mensaje un día antes de su muerte, parado frente a su casa. Estaba ahí cuando Delia me llamó, gritando en el fondo. Y al día siguiente, ella estaba muerta y había una prueba de embarazo que marcaba positivo entre su basura. Mi cabeza conecta los puntos y dibuja una figura en mi mente, y cuando la miro, siento que voy a vomitar.

Mi teléfono está en el portavasos, vibrando. El nombre de Ryan destella en la pantalla.

Me meto al estacionamiento de un parque. El cielo está blanco y gris. Un papá con su hijito están paseando a un perro grande. Del cielo caen flotando copos de nieve como azúcar. Siento que el cuerpo se me quema por dentro.

El teléfono suena apenas una vez antes de que conteste.

—Jeremiah —le digo. Mi voz se oye tensa y angustiada.

—¿June? —pregunta él—. ¿Estás bien?

En mi mente veo su enorme rostro cuadrado, los ojos pálidos e inyectados de sangre.

—¿Delia estaba embarazada?

—No, Dios, seguro que no —dice rápidamente—. ¿Por qué lo preguntas?

—¿Cómo sabes que no lo estaba? —insisto—. ¿Por qué estás tan seguro?

—Porque nosotros... o sea... —baja la voz— porque sólo nos acostamos dos veces, y en las dos nos cuidamos —hace una pausa—. Siempre pensé que iba a esperar a casarme o algo así, de manera que me sentía culpable por el asunto porque... no sé. Así que a menos que me engañara con otro... —su voz tropieza—. Pero yo sé que ella no lo hubiera hecho...

—Encontré una prueba de embarazo —le digo—. En su casa —me callo, con el corazón latiendo con fuerza—. Entre la basura afuera de su casa, quiero decir —agrego rápidamente—. Marcaba positivo.

Jeremiah guarda silencio un buen rato.

Continúo y le cuento del teléfono secreto de Ryan con las llamadas al teléfono de Delia.

—Espera, ¿te refieres a *Fisker*? —dice—. Solía... —hace una pausa—. No entiendo. ¿No es tu novio?

Afuera en el parque helado, el niñito se trepa a un columpio. Su padre se sitúa detrás, para empujarlo.

—Era —le digo—. No creo que lo siga siendo...

Y al oírme decir esas palabras me doy cuenta de que así son las cosas. Tras todo este tiempo, tras tanto pensar y preocuparme y aferrarme con tal empeño. Simplemente así, no hay nada a qué apegarse.

Cuando Jeremiah vuelve a hablar, al fin, su voz es apenas un susurro.

—Tengo que irme —se despide, y cuelga. Me quedó allí sentada, mirando al niño y a su padre. El niño se ríe, volando por los aires.

Un instante después, el teléfono timbra de nuevo pero esta vez es un número que no reconozco. Contesto.

—¡Hola! —una voz femenina, con entonación sureña. Ashling—. Oye, antes de que digas cualquier otra cosa, quiero disculparme —dice—. Por eso te llamo, para decirte eso. Siento mucho haberme portado como me porté. Sólo estaba tratando de proteger a Delia o lo que fuera, yo sé que es un estúpido. Esto no es fácil para ninguna de las dos. Quería llamarte y decírtelo —toma aire—. Ya lo hice —hace una pausa—. También quería asegurarme de que no seguías pensando en todas esas locuras que decías el otro día... sobre lo que le pasó a Delia.

Y sé que ella no va a querer oír esto, pero también sé que no me queda más remedio que contarle.

—Sí, y las cosas se complican más de lo que pensé. Ya sé con quién engañaba Delia a Jeremiah...

—¿En serio? —contesta ella. Hay algo en su voz, un matiz que no logro descifrar—. ¿Con quién?

—Con mi novio.

—No puede ser.

—Y creo que... —a duras penas reúno las fuerzas para decirlo pero tengo que hacerlo— que ella puede haber estado embarazada. Y creo que él... o sea... que a lo mejor el bebé era suyo. ¿Y qué si él se enteró? ¿Qué tal que ella lo haya amenazado y él se enojara...?

—Está bien, June, déjalo. En serio. No es lo que tú piensas.

No digo nada.

—¿Dónde estás? —pregunta.

Se lo digo.

—Espérame ahí. Tengo algo para ti.

La carta que tengo ante mis ojos fue escrita por Delia, eso está claro. Son las palabras las que no consigo entender. Las leo una y otra vez.

Queridísima Ash:

Supongo que para cuando leas esta carta ya sabrás lo que sucedió. Me habré convertido en lo que significa tu nombre: cenizas. ¡Ja ja ja! Por favor no te enojes conmigo ni te pongas triste.

Es sólo que no quiero seguir con esto. O sea, con todo, con nada. Todos tenemos que morir algún día, ¿cierto? Pues decidí que mi momento era éste.

Te quiero tanto,

D

—La recibí esta mañana por correo —me dice Ashling.

—Una nota suicida —digo.

Ashling asiente.

—Ella no… Ella estaba… —se me quiebra la voz—. Le tenía pavor al fuego —pero apenas pronuncio las palabras, de repente me doy cuenta de lo absurda que es mi lógica. De lo absurda que ha sido desde el principio: su miedo al fuego no prueba que no hubiera podido hacerlo. Más bien, es exactamente la razón por la cual lo hubiera hecho así.

—Mira, si una parte de ti prefiere pensar que ella no se mató para no tener que sentirte culpable por creer que la hubieras podido detener, más vale que no tomes ese camino,

¿sale? Esto no tiene nada qué ver contigo. No te sientas mal por no contestar el teléfono. Si hubieras sabido lo que planeaba, seguro que habrías contestado. Pero eso no hubiera hecho ninguna diferencia. Ella iba a hacer lo que planeaba hacer. Así fue Delia siempre...

Yo muevo la cabeza de un lado a otro. Ya no tengo palabras. Sé que las cosas hubieran podido darse de otra forma. Ay, Dios, ojalá hubiera sido así.

Ashling me da un abrazo.

—Cuídate, June —me dice. Y se va. Y yo me quedo allí, llorando. Las lágrimas ruedan tan veloces por mi rostro. Me las imagino llenando el auto entero, gota a gota, hasta ahogarme.

Sólo después, cuando al fin voy camino a casa, caigo en cuenta de algo: Ashling dijo que si yo hubiera sabido lo que iba a pasar, habría contestado la llamada. Pero yo nunca le dije que Delia me había llamado y no había contestado. Y dijo que apenas había hablado tres segundos con ella. Entonces, ¿cómo lo supo?

Capítulo 24

Para cuando llego a la entrada de mi casa, el sol ya está bajo y los árboles parecen siluetas de papel negro recortadas contra el cielo gris. Pero no veo más que el rostro de Delia. Y sólo puedo pensar en cómo pudieron ser sus últimos momentos, regar la gasolina, encender el fuego.

Me bajo del vehículo y cierro de un portazo.

Al momento oigo que alguien me grita:

—¡June! ¡Espera, escúchame! —Ryan. Me está esperando afuera. Oigo sus pisadas, cada vez más rápidas. El corazón me late fuerte. Está corriendo. Corro también. Algo está muy mal.

Frente a la puerta, con las llaves metidas en mi puño cerrado, mis dedos helados titubean. Me tiembla la mano. Ryan está a diez metros. Cinco. Tres. Al fin la llave entra.

—¡June!

Doy un portazo, pongo el cerrojo.

Los gritos de Ryan me llegan amortiguados a través de la puerta. Presiono mi oreja contra la madera.

Oigo algo que suena como *locura* y otra cosa que parece *Jeremiah*. Y luego cuatro palabras perfectamente claras:

—Creo que fue él.

Todo el cuerpo me hormiguea. Enciendo la luz de afuera y miro por el visor de la puerta. El rostro de Ryan está cubierto de algo oscuro y espeso. Me toma un instante darme cuenta de qué es: sangre. Está embarrada en las mejillas y la barbilla. Le sale de la nariz. Tiene una mirada desesperada y salvaje.

Saca su teléfono. Un segundo después el mío timbra.

—¡Por favor! —me grita a través de la puerta. No contesto la llamada. Los pulgares vuelan sobre la pantalla y me llega un mensaje de texto.

Por favor, escúchame. Vine a alertarte.

Y un segundo después, otro.

Jeremiah fue a verme.

Ping. Ping. Ping.

Dijo que yo había embarazado a Delia. Estaba fuera de sí.

Dijo que era mi culpa que su bebé estuviera muerto.

¿Estaba embarazada? Si lo estaba y su bebé está muerto es por culpa suya. Él la mató.

No estaba embarazada de mí, no hay forma de que lo estuviera.

June, te digo la verdad. Está loco.

Estaba loco de celos y gritaba.

Algo le pasa a ése. No está bien.

Percibo el pánico de Ryan que se cuela a través de la puerta. Es increíble cómo pueden cambiar de rápido las cosas. Lo rápido que lo inimaginable se puede hacer real.

¿Por qué tendría que creerte? Le respondo.

Ya me mentiste.

Estuviste con ella. Ya lo sé.

Ping. Ping. Ping.

Durante unos momentos se queda inmóvil mirando la pantalla. Sus hombros se levantan.

Está bien, está bien. Estuve en su casa.

Eso yo ya lo sabía. Pero a pesar de eso, las palabras se sienten como un puñetazo.

Cuando estaba de vacaciones.

Ella me llamó y me dijo que no iba a estar en casa después.

Ésas fueron sus palabras

Pero me dijo que si volvía antes podríamos...

Volví antes para verme con ella pero cuando llegué a su casa las cosas no resultaron como yo pensaba.

Ella estaba drogada, o comportándose de manera muy extraña por lo menos.

Y de repente, así nomás, comprendo algo que Ryan no entiende ni jamás logrará entender: ella se acostaba con él, y lo hacía por mí.

Ése era el secreto. Ella me iba a contar lo que él estaba haciendo, pero sólo si yo contestaba la llamada o se la devolvía. Sólo si yo me hacía merecedora de saberlo...

Empiezo a llorar y no sé bien por quién lloro. ¿Por Delia? ¿Por mí? ¿Por ambas? Pensé que la conocía tan bien, y que ella nunca se suicidaría. ¿Pero qué diablos sé yo de la gente y el mundo?

Escogí a Ryan y me equivoqué. Delia está muerta. Le fallé.

Ryan se limpia el rostro, y la sangre se esparce por la mejilla.

Después oímos el anuncio.

Pensé que se había suicidado, que estaba loca.

Ya no estoy tan seguro.

Pero a pesar de todas mis dudas, hay algo de lo que estoy segura: Ryan no la lastimó. Podrá ser un mentiroso y un idiota, y tener carácter débil. Pero él no lo hizo. Y no quiero verlo más por aquí.

Vete.

—¡Espera! —oigo su grito amortiguado a través de la puerta—. ¡Por favor! No creo que sea bueno que andes cerca de Jeremiah. Está ocultando algo, ¡estoy seguro!

Vete.

Vete ya.

Vete. Nada de lo que puedas decir me interesa. Vete antes de que llame a la policía.

Vacila, se frota el rostro, toma aire. Y luego, por fin, empieza a alejarse.

Ahora estoy a solas con mis pensamientos y me doy cuenta de algo: todo este tiempo he estado tratando de resolver un misterio, pero era el misterio equivocado. El más importante, el de verdad, es éste: ¿cómo diablos voy a seguir adelante sin Delia?

Unos minutos más tarde Ryan me envía un nuevo mensaje.

¿Qué crees que le pasó a Jeremiah en la mano?

Capítulo 25

1 año, 2 meses, 8 días antes

June seguía en la cama cuando vio el nombre de Delia destellar en su teléfono. Eran las 4:36 de la tarde del domingo. Y si hubiera sido cualquier otro domingo hasta hacía poco, June habría estado con Delia en estos momentos. Tenían una tradición para los domingos, con la que llevaban años ya: la llamaban el culto del pastel dominical.

Cada domingo, mientras la mamá y el padrastro de Delia estaban en la iglesia, June iba a su casa, y ella le horneaba algo disparatado. La afición de Delia por la pastelería era poco de esperar, pero justo eso la convertía en algo plausible. *Podría decirse que soy completamente inconsistente*, decía. Preparaba las cosas más voluptuosas y bellas para June: un enorme pastel de varios pisos para su no-cumpleaños, o *cupcakes* de chocolate con una gruesa capa de crema de mantequilla por encima, que insistía en llamar *muffins con crema* para que sonaran a algo que podía comerse a la hora del desayuno, y una vez hizo un pastel con el rostro de June dibujada sobre la cubierta. Se encerraban en la habitación de Delia a comerse lo que fuera que hubiera preparado ese domingo, y a veces nada más se comían la mezcla de lo que había empezado a preparar pero había decidido no meter al horno, hasta que quedaban levemente mareadas de tanta azúcar. Veían películas tontas, o leían o conversaban, no importaba. El ritual hacía sentir a June casi como si formara parte de esas familias que se reúnen a cenar todos los domingos. Había algo muy sano en todo eso, y a una parte de June, que ni siquiera se había dado cuenta de que le importara lo saludable, le gustaba mucho.

Pero en los últimos dos meses las cosas habían cambiado. Y no era sólo porque June hubiera empezado a salir con Ryan y Delia con Sloan, sino porque Delia quedaba hecha un desastre con más frecuencia y los domingos tenía una terrible resaca o estaba todavía bajo el efecto de las drogas como para salir de la cama y preparar algún pastel de arcoíris, con capas de bizcocho de colores imposibles. A pesar de eso, June había ido unas cuantas veces. Delia la llamaba al final de la tarde.

—Ven, vente, vente —decía, y si estaba de ánimo, cosa que ya no sucedía mucho, añadía—: Eres la única que me quiere lo suficiente como para salvarme —y June llegaba con bolsitas de papas fritas grasientas y revistas baratas y trataba de fingir que todo era normal.

Sólo que nada era normal, ése era el punto. Se había estado abriendo una grieta donde antes todo era parejo y no había vacíos. Y eso hacía que June se sintiera triste y extrañamente aliviada a la vez, aunque no podía decir por qué.

Pero ese domingo de octubre en particular, mientras el teléfono anunciaba el nombre de Delia, June era la de la resaca. June era la que seguía en cama. Y June era la que necesitaba que la salvaran. Sólo que no sabía quién podría hacerlo. Sólo sabía que no iba a ser Delia. No después de lo que había sucedido la noche anterior.

June se había despertado en la cama de Ryan. Él estaba junto a ella, en el suelo.

—Oye... —empezó, en cuanto ella abrió los ojos. ¿La había estado observando, a la espera de que despertara? Las palabras se le atropellaron en la boca—. Espero que sepas que nada... o sea, estábamos demasiado borrachos y yo normalmente no... —a duras penas podía pronunciar una frase completa, y a ella el dolor de cabeza le martilleaba y no podía encontrarle pies ni cabeza a nada—. Anoche...

June de verdad quería que dejara de hablar. Ni siquiera llegaba al punto de poder pensar en lo que había sucedido y en lo que no. Sus recuerdos eran nebulosos y estaban apareciendo en destellos.

—Anoche fue una locura —June terminó la frase por él. Y no quiso decir nada más después. El pánico ya iba subiéndole hasta alcanzar la garganta. Ryan la invitó a quedarse y ofreció preparar el desayuno para ambos. Pero June le dijo que tenía que volver a casa—. Mi mamá debe estar preguntándose dónde estoy —dijo, aunque ambos sabían que no era cierto.

Así que June se fue. Mientras manejaba muy despacio para no vomitar en el auto, los pensamientos iban brotando de su cerebro como lombrices del sueño. Pensamientos muy poco gratos sobre su mejor amiga y su novio. ¿Y qué diablos?

June jamás había sentido celos de Delia, ni una vez, ni por un instante. Sabía que otras mejores amigas eran competitivas entre sí, pero siempre supuso que esas amistades eran menos puras que la suya con Delia, menos verdaderas. Porque el hecho es que cuando Delia estaba en su vena divertida y encantadora y chispeante, y la gente lo notaba, June se sentía orgullosa. Y cuando alguien quería o deseaba a Delia (y eran tantos, y a Delia le encantaba toda esa mierda), June pensaba que en el fondo era un testimonio del buen gusto de todos ellos. La única manera en que imaginaba posible sentir celos de Delia era en el caso de que ella llegara a querer más a otra persona, y eso era imposible.

Al menos eso era lo que siempre había pensado, no, lo que siempre había *sabido* muy en el fondo de su ser.

Pero en el auto sintió algo caliente y repugnante en su interior, algo completamente nuevo. Estaba celosa. Molesta por la manera en la que Delia había brillado frente a Ryan. Claro que había sido a propósito. Delia era demasiado inteligente como para hacer algo por casualidad.

Se suponía que Ryan era propiedad ajena para Delia. Que era suyo, ¿o no? Nunca lo había pensado así, pero no podía evitar hacerlo ahora. Se odiaba por eso pero... no, qué diablos... ¿acaso estaba mal sentirse así? ¿No se sentían así la mayoría de las chicas con respecto a sus novios? A lo mejor era normal. Y si no lo era, June no sabía cómo sentir otra cosa.

En el camino a casa paró para comprar un *bagel* con queso, porque eso era lo que a Delia se le antojaba comer a veces cuando tenía resaca, pero June escasamente pudo comerse una cuarta parte antes de salir corriendo al baño, con arcadas. Y luego se había metido a la cama, con la adrenalina corriéndole por las venas. Sintió que estaba muriendo o que quería morirse. *Esto es la resaca,* se dijo. Pero no lograba convencerse de que no era algo mucho peor.

Finalmente, echa un ovillo bajo las sábanas, se permitió repasar mentalmente lo que había sucedido la noche anterior, lo que podía reconstruir. Recordaba estar nerviosa, se acordaba de haber decidido tomarse su primer trago porque qué diablos, a pesar de que ella siempre era tan cuidadosa, tan poco dada a mandar las cosas al diablo. Y luego el segundo trago y el tercero y los demás. Casi todo era nebuloso, y lo que podía recordar eran jirones: un juego muy idiota, Delia y Ryan boca a boca, la vista desde el piso del baño de casa de Ryan, botanas de queso, agua, el rostro de Delia, Delia evitando su mirada.

Pero hubo un momento que se le quedó fijo más que el del beso. Delia le había estado enseñando un truco para beber.

—Simplemente abre la parte del fondo de la garganta —dijo—, y todo va a pasar derecho. Una vez que aprendas a hacerlo, no vas a sentir esa especie de asfixia —y luego June recordaba esta parte con extraña claridad: Delia le había sonreído a Ryan con mirada de picardía—: Ya soy toda una artista con ese truco —dijo, y luego, ¿le había guiñado un ojo? Sí, eso había hecho.

¿Cuál había sido la reacción de Ryan? ¿Se había reído? ¿Una sonrisa cómplice? June trató de recordarlo pero no lo consiguió. Lo único que veía claramente era el rostro de Delia, luminoso, los ojos brillando como cuando estaba radiante y miraba algo que quería para ella.

Ese momento se repitió en su mente una y otra vez. June no pudo evitarlo.

Se quedó en la cama. Buscó un libro pero leer le resultó imposible, y trató de poner música pero el sonido le produjo dolor de cabeza, así que trató de quedarse recostada, sin pensar en nada.

Eso era lo que estaba haciendo cuando el teléfono empezó a sonar. Y ahí fue que, por primera vez desde que se habían hecho amigas, June vio el nombre de Delia en la pantalla de su teléfono y no contestó.

Se dijo que la llamaría más tarde, no se sentía bien. Hablar por teléfono le produciría más dolor de cabeza. Pero supo entonces que algo significativo estaba pasando, que algo había cambiado y, más importante aún, que Delia también lo sabía. Porque a veces era como si Delia estuviera dentro de su cabeza. Y June no se podía imaginar que algo sucediera entre las dos y que ella no se diera cuenta de inmediato. Pero a lo mejor eso era lo otro. A lo mejor ya no le debía a Delia libre acceso a todos los rincones de su ser… Y con eso en mente, así le costara admitirlo, June sintió que se quitaba un peso de encima, un peso enorme que llevaba mucho tiempo cargando y del que ahora se liberaba. El teléfono timbró una y otra vez, y June lo observó hasta que dejó de sonar y la pantalla quedó oscura. Y de repente, sin más, se liberó.

Capítulo 26

Lloro hasta quedarme dormida. Me despierto con los ojos hinchados y llego en estado deplorable a la escuela.

No hay misterios para desentrañar ni claves por descifrar. No hay nada qué hacer fuera de echarla de menos.

El primer mensaje de Jeremiah me llega cuando estoy en el salón, antes de los anuncios del día. Acabo de contarle a Krista todo lo que sucedió y ella me mira, con ojos asombrados. Vuelvo la vista a mi teléfono.

—¿De quién es? ¿Ryan? ¿Jeremiah? —pregunta.

Perdóname por haberle dado una paliza a tu novio. Lo hice por Delia.

—¿Qué dice? —Krista se sienta en el borde de su silla. Ojalá no sonara tan interesada. Estoy demasiado cansada como para resistirme, así que la dejo ver el mensaje.

—Espera… ¿él no…? —empieza.

Niego en silencio y respondo el mensaje: Ya no es mi novio.

Siento que algo se me encoge en el pecho. Trato de convencerme de que ese Ryan a quien creí amar no existe en realidad. Nunca lo conocí, no al verdadero Ryan. Pero eso no me sirve de mucho consuelo.

Recibo otro mensaje a los pocos instantes: Bien.

¿Estás bien? Escribo en respuesta. ¿Podemos vernos al terminar las clases?

Necesito verlo y contarle de lo que Ashling me mostró. Merece enterarse.

—Ese tipo es muy raro —Krista sigue mirando fijamente. Tiene una sonrisa pintada en el rostro—. ¿Tú crees que a pesar de todo Ryan pueda tener razón? ¿Que tal vez Jeremiah sí hizo algo?

—No —contesto—. Ya te dije lo que sucedió.

Krista se encoge de hombros.

—Está bien, pero admitamos por un momento que sí hizo algo, ¿de acuerdo? ¿Crees que sería porque está loco y pasó por un estado alterado extraño de manera que no sabe bien que él fue quien lo hizo y por eso te pidió ayuda? A lo mejor tiene doble personalidad. O estaba muy drogado. O cayó en una etapa de negación total... no sé. Estoy tratando de pensar qué razones tendría, como si esto fuera una película o algo así...

Me choca la manera en que todo esto excita a Krista. Le doy la espalda y clavo la vista en mi teléfono.

Los anuncios del día comienzan y terminan. Aguardo un mensaje que no llega. Me pregunto si Jeremiah sabe cuán poco he confiado en él. Siento una punzada de remordimiento al respecto pero ¿acaso no tenía buenas razones para sospechar de todo?

Las preguntas de Krista se cuelan en mi cráneo y proliferan como hongos. He estado esforzándome tanto por entender qué sucedió que es como si mi cerebro ya no supiera cómo parar. ¿Por qué iba a estar Jeremiah buscando al asesino de Delia si el culpable fuera él? Bueno, a lo mejor eso no era lo que él pretendía. Tal vez estaba tratando de responder a otra interrogante, no quién la mató sino con quién lo engañaba. Y me estaba usando para ayudarle.

Sacudo la cabeza. Ahí está mi cerebro que quiere seguir ocupado averiguando; ahí está mi cerebro, angustiado por detenerse y enfrentarse a la tristeza que se nos viene. Jeremiah no hizo nada, a pesar de que Ryan dijo...

Qué locura. ¿Por qué voy a creerle a Ryan? ¿Por qué iba a hacerle caso una vez más?

Justo cuando voy saliendo del salón principal, Jeremiah finalmente responde.

No puedo.

Mi cerebro no deja de darle vueltas a todo a lo largo del día. Jeremiah. Ryan. Jeremiah. Ashling. No sé en quién puedo confiar y en quién no. A lo mejor no confío en nadie. Ni siquiera en mí misma.

A la hora de comer recibo un mensaje de Ryan. Durante una fracción de segundo, mi cuerpo responde como antes, la reacción conocida de elevarme un poco por encima de todo, un estallido de gozo. Pasa.

No fui a la escuela hoy. Me quedé en casa. ¿Has pensado en lo que te dije? ¿Has visto a Jeremiah? ¿No deberíamos hablar con la policía?

Me parece tan absurdo que crea que aún podemos tomar decisiones juntos, pero también me parece absurdo que hasta hace unos cuantos días así fueran las cosas.

No, respondo. Definitivamente no.

Antes de entrar a la última clase veo a Jeremiah a lo lejos, en el otro extremo del pasillo. Lo observo: se mueve despacio, se ve muy solo. Irradia dolor. Alcanzo a sentirlo desde aquí. Y con eso, mis dudas se esfuman.

Lo llamo pero no se da por enterado. Un momento después desaparece en un salón.

Le escribo un mensaje: Necesito hablar contigo.

No hay respuesta.

Cinco minutos antes de la campana de salida, me escabullo fuera de clase. Camino hasta el estacionamiento. Recuerdo su auto. Una camioneta familiar verde con una calcomanía de la Universidad de Massachusetts en la defensa trasera. La encuentro y espero a un costado. Oigo la campana que suena en la distancia, y a los pocos instantes, el ruido de cientos de alumnos que salen.

Me doy la vuelta para mirar por la ventana de la camioneta. Hay un tubo de pomada antibiótica en el asiento del copiloto, un frasco de Advil, vendajes, gasa. Me acuerdo de las palabras de Ryan: *¿Qué crees que le pasó a Jeremiah en la mano?*

Trato de visualizar sus manos. Seguro que las he visto antes, ¿no? Pero a lo mejor una siempre estaba oculta, en un guante o detrás de su espalda o en el bolsillo... Es una locura. Sé lo que le pasó a Delia, ya tengo esa respuesta. Es hora de dejar de investigar, de parar de dar vuelta a las circunstancias, de dejar de resistirme, de sentir todo esto de verdad.

Cierro los ojos, los abro, y cuando miro hacia el frente, ahí está Jeremiah, camina pesadamente hacia su camioneta, con la mano izquierda en el bolsillo de su abrigo.

Siento un cosquilleo en mi interior.

Sé que es absurdo, lo sé, pero a pesar de eso retrocedo de manera que no me vea. Me escabullo entre los vehículos hasta llegar al mío, tres filas más allá. Me subo y lo miro por la ventana. Hay mucha gente a su alrededor, pero su rostro no tiene la menor expresión, como si estuviera en un trance o fuera sonámbulo.

Cuando enciende su auto, hago lo propio con el mío. Y cuando sale del estacionamiento, lo sigo.

Baja por Oak Avenue y luego toma la calle Two Bridge. Mira un par de veces por el retrovisor, pero no creo que me haya visto…

Ingresa al estacionamiento de una farmacia, se baja del auto y entra al edificio. Estaciono unos cuantos lugares más allá. Me pregunto si debo alejarme más para que no me vea al salir, pero en ese momento una camioneta blanca y grande se estaciona entre nuestros autos. ¡Perfecto!

Entro también a la farmacia, y sigo al fondo, donde está el mostrador de atención. El local está casi vacío. Me detengo frente a los desodorantes. Lo oigo hablar con la farmacéutica, una mujer de cabello cano con un rostro de piel lisa y joven.

—Me duele mucho —le está diciendo—. Pensé que se me quitaría pronto, pero no, y no sé qué hacer.

—¿Se te formaron ampollas?

—Sí.

—Déjame examinarla.

Hay unos momentos de silencio y después ella deja escapar una exclamación sorda.

—Lo que necesitas es que te vea un médico —dice—. ¿Cuándo te hiciste la quemadura?

—Hace unos días.

Jeremiah está de espaldas a mí. Me acerco poco a poco y entonces la veo: su mano. Se ve la carne al aire, roja, húmeda, salpicada de ampollas y supurando pus. Me llevo los dedos a la boca y siento que el estómago se me retuerce. Es una quemadura.

—¿Cómo fue que te quemaste así? —pregunta la señora de la farmacia.

Jeremiah calla un instante.

—Fue un accidente —contesta.

El corazón me late tan fuerte que casi no puedo respirar.

La farmaceútica mueve la cabeza de lado a lado.

—En serio necesitas que te vea un médico. Es una quemadura demasiado grave como para que te la trates en casa.

—Está bien pero, hasta que vea al médico, ¿qué puedo hacer?

La señora lo guía hacia el pasillo de primeros auxilios. Me doy vuelta para disimular cuando pasan. Siento que voy a desmayarme.

Se detienen a un par de metros de mí. Me alejo rápidamente hacia la puerta mientras los pensamientos van encontrando su lugar.

Jeremiah sentía celos cuando Delia recibía llamadas.

Jeremiah contestó una de esas llamadas.

Jeremiah *encontró* el teléfono de Delia y quería desbloquearlo.

Jeremiah casi golpea a un tipo en una fiesta.

Jeremiah golpeó a Ryan.

Jeremiah estaba solo en el bosque junto a la presa, observándolos a todos.

Delia murió en un incendio.

Y Jeremiah tiene una quemadura en una mano.

Esto es mucho, demasiado para mí en este momento. Me cuesta respirar. Mi corazón late como si fuera a salirse del pecho.

Salgo, voy a medio camino hacia mi auto cuando suena mi teléfono. Corto la llamada. Suena de nuevo. Miro la pantalla. Es Ashling.

Oigo pisadas. Jeremiah pasa a mi lado. Mierda. Se detiene un momento y se queda allí, como si estuviera sopesando una idea. Está parado entre mi auto y yo. ¿Me reconocería?

Me doy la vuelta y corro, rodeo la farmacia hacia los contenedores de basura que hay en la parte de atrás. Me apoyo en la pared, jadeando. Mi teléfono suena por tercera vez. Es Ashling de nuevo. Contesto.

—¿Dónde andas? —pregunta—. Fui a buscarte a la escuela. Quería asegurarme de que estabas bien.

—Mira —le digo—. Jeremiah… una quemadura en la mano…

La respuesta de Ashling se ahoga en el ruido de un carro que se detiene atrás de mí.

—¿Hola? —grito—. ¿Ashling? —no responde—. ¿Me oíste?

Retrocedo un paso y de repente siento un par de brazos fornidos que me atenazan por la cintura. Trato de darme la vuelta, pero algo cae sobre mi cabeza y todo se oscurece.

Empiezo a gritar.

Un golpe de adrenalina hirviente me recorre la médula. Trato de alcanzarme el rostro… está cubierto con una tela tan gruesa que a duras penas siento los dedos a través de ella. Me inmovilizan los brazos y me atan las muñecas a la espalda. Sigo gritando, pero la tela que me cubre nariz y boca amortigua el sonido.

Siento que me levantan del suelo. Pataleo. La puntera de mi bota golpea algo duro y mi rodilla se hunde en un cuerpo. Oigo que alguien toma aire pero no suelta ninguna palabra. Me colocan bocabajo en una superficie fría y plana. El piso de una camioneta, quizá. Me atan los tobillos con fuerza, para que queden unidos. Sigo gritando, con la garganta ya en carne viva, los ojos agotados por el esfuerzo. ¿Qué diablos está sucediendo?

Me retiran la bolsa de la cabeza y siento un aliento tibio contra la mejilla. Y una voz tan baja que apenas la distingo por encima de los latidos de mi corazón:

—Si quieres saber lo que le sucedió a Delia, detente. No luches más.

Capítulo 27

Nos movemos, a gran velocidad, con música dance a alto volumen para ahogar mis alaridos. Siento metal frío contra mi piel en la zona donde mi abrigo y la blusa se han levantado. A través de la tela que me cubre el rostro apenas puedo ver una luz que titila.

—¿Jeremiah? —grito. ¿O quién más podría ser?—, ¿Ryan? ¿Tig?

Intento liberar mis brazos, patear, trato de separar muñecas y tobillos, de romper mis ataduras, pero están muy apretadas.

Quienquiera que haya matado a Delia, me lleva también a alguna parte para terminar conmigo.

Con esta idea, me estalla el corazón, pero me obligo a mantener la calma. Tomo aire despacio, una vez, otra. Ahora no es el momento de luchar. Debo quedarme inmóvil, me acurruco sobre mí misma. Tengo que guardar toda la energía que tengo. En algún momento la camioneta va a detenerse y vendrán por mí, y voy a estar lista para recibirlos. Y quienquiera que le haya hecho esto a Delia no me va a doblegar sin resistencia.

Pocos minutos después, la camioneta se detiene abruptamente. Me voy hacia el frente y luego hacia atrás. La música se apaga. Oigo voces que hablan bajo. Y luego el ruido de dos puertas de auto al cerrarse.

La puerta trasera de la camioneta se abre. Me retiran lo que fuera que tenía sobre la cabeza. Me llega una bocanada de aire fresco y parpadeo al sol del final de la tarde para ver con precisión dos figuras enmascaradas. Las dos son altas, y están vestidas completamente de negro. Ninguno dice nada, pero uno se acerca a mí y me desata las piernas. El otro, los brazos. Miro alrededor y procuro fijarme en todo lo que me rodea. Estamos en el borde de un bosquecillo. No tengo idea de dónde, pues podría ser cualquier parte.

Me toman por los brazos y me guían hacia el frente. Aprieto la mandíbula, rechino los dientes. Estoy aguardando a que llegue mi momento, y sé que no puedo contra los dos. Pero puedo correr, y soy endiabladamente veloz.

Tomo aire. Hojas secas crujen bajo mis pies. No me molesto en hacer preguntas. Siento que los músculos de mis piernas se van tensando. Estoy lista para salir a la carrera. Preparada... y entonces...

Allí, frente a mí... está Delia.

Se me detiene el corazón. Comienza a latir de nuevo. Delia me mira fijamente, con los ojos brillantes.

—¡Dios mío! —murmuro, y siento una oleada de felicidad y alivio que luego es desplazada por un terror puro y helado. No tengo idea de qué está sucediendo.

—Hola, June —dice Delia con suavidad.

El viento me sopla contra una mejilla, voy volando por el espacio, cayendo hacia la tierra.

—¡Dios mío! —repito. ¿Estaré loca? ¿Será un fantasma? ¿O estaré soñando?

Siento que los ojos se me anegan y las mejillas se me mojan.

Por un momento, Delia se contenta con sólo mirarme. Luego abre los brazos y yo camino vacilante hacia ella, me hundo en el abrazo. Mi cuerpo entero se sacude. Ella me envuelve. Siento que mi corazón se abre.

—Siempre te lanzas a las conclusiones equivocadas —me susurra Delia al oído. Por mi boca se escapan sonidos que burbujean desde mi interior. No sé si estoy llorando o riendo.

—Oye, Junie… todo está bien —suena como antes, suena como mi mejor amiga.

Cierro los ojos. Pero unos momentos después me suelta, retrocede y mira hacia otro lado. El sol se está metiendo. Pronto no podré verla más.

—Así que puedes ver que nadie me asesinó —su tono de voz es diferente—. Ya puedes seguir adelante con tu vida.

Con tu vida. Todo fuera de este momento parece producto de mi imaginación. Lo único real es esto.

—¿Y tú qué? —pregunto.

Miro las dos figuras enmascaradas que nos observan. Quiero preguntarle si está bien, pero esos dos están demasiado cerca y me oirían.

De repente, sé qué es lo que debo hacer. Me llevo el dedo meñique a la boca y recorro el labio inferior con la yema del dedo. Es nuestra clave, lo ha sido por años, para usar en las fiestas cuando una de las dos estaba atrapada en una conversación con un tipo cualquiera. ¿Necesitas que te rescate? Siento una poderosa conexión entre ambas cuando nuestros ojos se encuentran. Lo recuerda.

Pero no responde como yo esperaba, rascándose la oreja o mordiéndose el labio. Dice en voz alta:

—No, no hace falta —y luego—, ya me rescataron.

Su respuesta no me da ningún alivio. A veces, la gente que más necesita una mano que la salve no tiene ni idea al respecto.

Niega con la cabeza, como si leyera mi mente. Luego estira los brazos para tomarme por las manos.

—En serio, Junie, ve a casa —dice—, olvídate de mí.

La sola idea de hacerlo me parece una locura. Pero no menos que el hecho de que durante un tiempo eso fue lo que traté de hacer.

—¿Qué está pasando? Necesito saber que estás bien.

De repente es como si no hubiera pasado el tiempo, como si el último año jamás hubiera transcurrido. Delia inclina la cabeza hacia un lado y su expresión cambia para endurecerse.

—Estuviste bien sin saber de mí por mucho tiempo.

—No es que no me importara, sino que... —pero no tengo una respuesta, al menos no una buena—. Lo siento mucho —dirijo la vista hacia ella, nuestras miradas se encuentran. Sé que comprende la situación, como siempre. Había olvidado lo que era sentir este nexo profundo—. Cualquiera que sea el lío en el que estás metida, déjame ayudarte. Por favor.

—¿Estás segura? —trata de ocultar la esperanza que se detecta en su voz—. Una vez que te involucres, una vez que sepas lo que ocurrió, no vas a poder borrarlo de tu cabeza —me mira fijamente—, no vas a poder volver atrás.

—Estoy segura —respondo.

Los labios de Delia se curvan en una sonrisa, radiante y hermosa. Se vuelve hacia los dos que siguen tras ella.

—Viene con nosotros —dice—. Ya se pueden quitar los pasamontañas —el más bajo se lo quita primero y veo su rostro: rasgos simétricos, ojos grandes, cabello corto y fleco largo. Bellísima.

—¿Ashling?

—Hola, guapa —me dice.

—Espera... tú... —tú supiste todo el tiempo, y mentías e incluso le ayudaste a hacerlo, y sigues siendo su mejor amiga...

Ashling toma aire lentamente:

—Pero claro —dice. Luego engancha su brazo en el de Delia, la acerca hacia sí y la besa en los labios. El beso va mucho más allá de la mera amistad. Pero incluso antes de que pueda procesar lo que vi, siento una mano que se posa sobre mi hombro.

Me vuelvo. El sol está desapareciendo, pero aún puedo distinguir los rasgos de su rostro: cejas oscuras, nariz definida, boca amplia. Debe tener mi edad, tal vez un par de años más.

—Perdón por lo de antes —su voz es grave y dulce—. Le dije a Ash que bien podíamos pedirte que subieras a la camioneta, pero ella insistió —miro a Ashling, que se encoge de hombros. Volteo hacia el chico. No sé qué decir. Lo estoy mirando sin parpadear. El aire se siente helado, pero mi cuerpo está tibio.

—No importa.

Se inclina hacia mí, y durante una fracción de segundo me parece que fuera a besarme, pero en lugar de eso me murmura al oído, tan bajito que soy la única que alcanza a oír:

—¿Estás segura de que sabes en qué te estás metiendo?

Me observa con cuidado. Mi corazón late con fuerza.

—Sé que no voy a dejar a Delia otra vez, nunca —por primera vez en mucho tiempo, me siento segura y confiada—. Eso es suficiente.

Retrocede y ya no puedo distinguir su rostro.

—Entonces, vámonos —dice.

Empieza a andar hacia la camioneta, Ashling y Delia ya están allí. Titubeo un instante, y luego me doy vuelta y voy tras él.

Capítulo 28

Delia

El fuego es voraz. Es una bestia hambrienta que consume y devora todo lo que encuentra en su camino. De alguna manera, me está ahogando desde dentro. La mayor parte del tiempo a duras penas consigo respirar.

No puedo acordarme de la última vez que mis entrañas no vibraban, que no sentía este molesto calor dentro de mí. Ashling, los demás, no me sirven para apagarlo. Pero ahora ese fuego está reduciéndose. Si abro la boca, las llamas ya no saldrán por entre mis labios. Ella está aquí, está aquí, aquí. Es una sorpresa, pero también lo supe todo el tiempo. En el fondo de mi ser, lo sabía. Sé que así era.

Me sentí bien al encender la mecha, al ir a esa fiesta, al conocerlos y armar este plan. Me sentí increíble, ¡qué diablos! Pero esto es diferente. Mi Junie ha vuelto a mí.

Quisiera dar vueltas sobre mí misma riendo hasta caer, para luego levantarme y empezar de nuevo. Soy como una recién nacida, así de nueva y feliz. Pero sé que eso es apenas una parte de lo que está sucediendo, que hay capas. Ésta es una de tantas. No puedo comportarme como niña porque soy la adulta aquí, así que lo que hago es mantener una expresión tranquila y calmada. Siento que Ashling me observa y se pregunta en qué estaré pensando. Entonces hago lo que siempre hago cuando siento que está tratando de meterse en mi cerebro y quiero evitarlo: me doy la vuelta hacia ella y la beso en la boca, con fuerza. Sus labios son suaves y ella huele bien. Siempre huele bien, ésa es una de sus cosas. Incluso cuando llevamos dos días sin bañarnos, y el alcohol le sale por los poros, y no nos hemos cepillado los dientes. Prueba a meter su lengua en mi boca, pero no quiero que lo haga. No ahora, al menos.

Me volteo para ver qué hace June, para asegurarme de que viene. Titubea, lo percibo. Nadie más lo notaría, pero yo la conozco, y por eso sé lo que esto significa.

Cierro los ojos un momento, y mi cuerpo entero vibra con el calor del fuego. No lo soporto.

Dios mío, por favor, que venga con nosotros, déjala que venga conmigo. Después de todo lo que ha pasado, por favor.

Abro los ojos. Viene caminando hacia nosotros, hacia la camioneta. Y mi corazón late más despacio, se acelera y luego va lento. El fuego chisporrotea al apagarse, suelta tentáculos de humo gris.

Acaba de empezar.

Capítulo 29

June

Es extraño cómo las cosas pueden cambiar de repente, y luego al momento parece que todo hubiera sido siempre así. Siempre he estado aquí, en el asiento delantero de esta camioneta, con Delia apretujada junto a mí. Siempre he estado confundida y asustada, pero al mismo tiempo me he sentido imposiblemente feliz, y no hay palabras para expresar nada de eso. Es una locura total, pero si alguien tenía que hacer esto, sea lo que sea esto, era Delia. Las reglas nunca se aplican en ella, las que hacen los hombres o las que dicta la ciencia.

Se vuelve hacia mí.

—Tenemos que parar por el camino a recoger una cosa —dice, y su mano se siente tibia sobre mi brazo—. ¿Está bien, Junie?

Quiero preguntar *¿Hacer una parada dónde? ¿De camino adónde?*, pero me contento con asentir porque no importa. Iría a cualquier parte con ella. Sé que pronto mi cabeza se va a llenar con un número infinito de preguntas de otro tipo. Por ahora, lo que quiero es sentir esta vibración de contento, y la sensación de que alguien me sostiene, me mantiene atada, que llena mis espacios vacíos.

No pasa mucho tiempo antes de que reconozca dónde estamos. Las edificaciones son bajas, de tipo industrial, lotes vacíos llenos de nada. Estamos en Macktin, a la orilla del agua. Vamos con Tig.

Nos detenemos al lado del estacionamiento. El chico se baja de la camioneta sin decir palabra. Ahora sólo estamos las tres. Delia se voltea para mirarme.

—Te presentaría a mi novia, pero creo que ya se conocen —su voz tiene un tono despreocupado, como si acabáramos de encontrarnos un día cualquiera.

—Ajá... —empiezo.

Mi novia. Delia no ha tenido novias antes, al menos cuando yo andaba con ella. Y jamás mostró interés en alguna chica, ni siquiera como amiga, fuera de mí. Me pregunto en qué momento cambiaron las cosas, si es que cambiaron, o si ella lo supo desde siempre. O si es algo con esta chica en particular.

Delia me observa, con una diminuta sonrisa traviesa, como si supiera lo que estoy pensando.

—No te enojes conmigo, ¿sí? No sabíamos si podíamos confiar en ti. Necesitábamos estar seguros de que podrías... guardar este secreto. Y los demás.

Se me hace un nudo en el estómago... nosotros *sabíamos, podíamos, necesitábamos*.

—Entiendo —respondo, aunque la verdad es que no entiendo nada. De repente me doy cuenta de algo. Volteo hacia Ashling—: Cuando dijiste que Jeremiah era un tonto porque no se daba cuenta de con quién andaba Delia... —no termino la frase, no hace falta que lo haga. La persona a quien se refería era ella.

Ashling levanta la vista para mirarme e inclina la cabeza.

—¿Y qué te pareció todo? Mi actuación, quiero decir. Dímelo sinceramente. ¿Era creíble? ¿O me pasé?

—Eres muy buena en la parte que requería llorar —digo.

—Ésa es mi especialidad —Ashling sonríe.

Y luego nos quedamos sentadas ahí, sin más. Se hace un silencio, es incómodo. Tomo aire.

—¿Y cómo se conocieron ustedes? —hacer una pregunta tan normal en una situación tan extraña es una ridiculez.

—En una fiesta —dice Delia.

Ashling señala el edificio donde vive Tig.

—Una de las suyas —hace una pausa—. Sé que a lo mejor no te la pasaste bien en la que te tocó, pero créeme que suelen ser muy divertidas.

Una imagen relampaguea en mi mente: la casa de Tig, la chica alta de cabello corto y oscuro que me saludó con la mano como si me conociera.

—Eras tú… —digo lentamente. Y en ese instante recuerdo algo más: cuando estaba haciendo preguntas a la orilla de la presa, una chica empezó a responderme y tenía un leve acento sureño—, y también en la fogata.

—Ajá —asiente—, me tenía que asegurar de que todo marchara como debía para mi chica, y que nadie —hace una pausa—, nadie, anduviera propagando ideas raras.

—¿Y qué hay de Tig? —veo en mi mente sus ojos de mirada vacía y muerta, recuerdo su energía hirviente—. ¿Lo sabe?

Delia niega con un movimiento de cabeza.

—No, cómo se te ocurre. No se puede confiar en ese tipo ni por un instante.

—Y a pesar de eso, te acostaste con él —interviene Ashling, tratando de hacerse la graciosa pero se notan los celos en su comentario.

—Fue para obtener lo que necesitaba —dice Delia. Ya han hablado de esto antes.

La miro. ¿Qué necesitaba de Tig? ¿Algo de lo que él vende? ¿Se referirá a lo que sea que le robó? ¿Y qué le robó?

Ashling se inclina y la besa nuevamente. La veo deslizar su lengua entre los labios de Delia. No puedo dejar de mirar. Pero no es porque Ashling sea una chica, no es eso lo que me llama la atención, sino el hecho de que se nota que Ashling ama a Delia de verdad, y mucho. Se ve en la manera en que sostiene su cabeza, acunándola, en la forma en que sonríe mientras la besa. Irradia amor por todas partes. En cuanto a Delia... no estoy segura de que ame a Ashling de igual modo.

La puerta se abre. Se separan.

El chico sube a la camioneta con una bolsa de papel de estraza en la mano. La lanza al regazo de Delia sin musitar palabra.

—¿A casa? —pregunta Ashling.

—A casa —dice Delia. Y Ashling enciende el motor.

La casa al frente es pequeña y moderna, y sus ventanales brillan con una luz cálida y dorada. Detrás hay un campo llano y un cielo enorme y gris. Ashling detiene la marcha.

Las piernas me tiemblan cuando me bajo. Entramos.

Todo se ve muy bonito... fresco y nuevo, como la foto de una revista de decoración. Desde la puerta, veo la sala y la cocina. Las paredes son de madera, hay un sofá grande en forma de L. La pared del fondo es un enorme ventanal que da hacia un pastizal con árboles y un río.

Me pregunto de quién será.

Se ponen en movimiento, todos, como personas que conocen su papel y su lugar. Como una familia. El chico recibe nuestros abrigos y los pone en el armario. Delia va hacia un gabinete de la cocina y saca varias tazas. Ashling se asoma a la puerta que da a otra habitación y grita:

—¡Ev! ¡Ya estamos de regreso!

Un instante después, un tipo entra brincando:

—¡Aquí la tenemos! —dice. Cruza los brazos y me mira de arriba abajo. Le devuelvo la mirada. Es bajito, varios centímetros más bajo que yo. Tiene el cabello oscuro, jeans negros, y una playera roja con un montón de ceros y unos estampados al frente. Código binario. Tiene brazos cortos y manos grandes, como un cachorro que aún no ha terminado de crecer. En una de sus muñecas hay un brazalete de cuero—. Me llamo Evan —dice, y me tiende la mano con torpeza, pero amable. Le doy un apretón. Su mano se siente firme y cálida—. Sé todo sobre ti.

Me pregunto qué sabrá exactamente. Pero supongo que deben ser cosas buenas, porque cuando nuestras miradas se encuentran una sonrisa le parte en dos el rostro.

Y luego estamos todos allí de pie y nadie dice nada. Y sé que debe ser por mi culpa. Si no estuviera aquí, ¿de qué hablarían? ¿Qué estarían haciendo? ¿Cómo los conoció Delia? ¿Le ayudarían a hacer lo que sea que hizo? Tengo un millón de preguntas, pero cuando miro a Delia, a un lado, con ese rostro, esa sonrisa, el mero hecho de que esté ahí me parece suficiente respuesta por ahora.

Delia avanza hacia mí y me toma de la mano.

—Me parece que tenemos que ponernos al día —dice. Puedo sentir las miradas de todos... el chico alto, Evan, especialmente Ashling, que me siguen con la vista cuando Delia me lleva fuera de la habitación.

Ahora estamos en una habitación, toda cubierta de madera blanqueada, con una enorme cama baja, sobre la cual hay sábanas arrugadas de color durazno. La habitación huele a Delia, pero también hay otro olor. El de Ashling, supongo. Hay dos vasos de agua a un lado de la cama, una lata de Coca-Cola dietética. Hay jeans y un brasier tirados sobre la cómoda, y un par de tenis grises junto a la puerta.

Miro a mi alrededor. Delia me observa mientras lo reviso todo.

—Así que aquí estoy —dice—. Me veo bastante bien para estar muerta, ¿no crees? —sonríe irónica.

Trato de sonreír también. Todo me parece tan frágil... estar aquí, el hecho de que me hayan incluido en su mundo. No quiero cometer errores, pero las preguntas se agolpan en mi mente una vez más.

Delia sigue mirándome a los ojos.

—Anda —me invita—. Pregunta lo que quieras.

La miro. Mi boca se abre. Una pregunta breve escapa:

—¿Por qué?

Delia asiente con la cabeza y luego toma aire.

—No podía seguir viviendo así —dice sin más.

—¿Así cómo? —me avergüenza no entender a qué se refiere. Si hubiera estado a su lado, lo sabría.

—Mi padrastro —dice, y se me forma un nudo en el estómago. Siempre le ponía apodos desagradables cuando hablaba de él: William, Willy, Costal de mierda, Cabeza de verga...—. No era muy amable que digamos con mi mamá. Te acuerdas de cómo era. Pero las cosas empeoraron. Empecé a ver moretones —Delia rechina los dientes—. Oía cosas en las noches. Lo odiaba por hacerle eso a ella, y la odiaba a ella por permitírselo —sacude la cabeza—. Ahora está embarazada, ya sabes.

Me llevo la mano a los labios. Recuerdo oír los ruidos de sus peleas cuando me quedaba a dormir allá. Recuerdo el encuentro con la varita de la prueba, las dos líneas rosas.

—Pensé que eras tú —digo.

—¿Que yo qué? —Delia responde despacio, confundida.

Y antes de poder evitarlo, le cuento. No puedo contenerme. No recuerdo cómo hacerlo.

—Fui a tu casa en busca... de respuestas. Encontré la prueba de embarazo en la basura. Creí que estabas embarazada.

Sonríe muy levemente.

—¿Alguien te vio?

Niego en silencio.

—¡Qué bien! —dice—. Te adoro por haber hecho eso por mí —y baja la vista—, pero la verdad no está en esa casa. Nunca estuvo allí —hace una pausa—. Quisiera que el embarazo fuera la excusa, que las hormonas le hubieran impedido a mi mamá pensar, como si por su culpa ella no me hubiera creído. Aunque no me parece que sea así.

—¿Creerte con respecto a qué?

Sonríe irónicamente.

—¿Recuerdas algo que yo decía hace un millón de años, que ojalá él me violara para que mi madre lo dejara de una vez? —la sonrisa desaparece—. Puede ser que haya sobrestimado a mi mamá.

La sangre se me sube a los ojos. Creo que voy a vomitar.

—No, por Dios.

Cierra los ojos, y las palabras salen apresuradas sin parar.

—Se apareció en mi habitación para *hablar* antes de Navidad. Pensé que iba a regañarme por volver tan tarde todas las noches y preocupar a mi mamá —siento que el estómago se me sube a la garganta, como si intentara salirse de mi cuerpo—. Se sentó en mi cama. Se inclinó tanto hacia mí que alcanzaba a olerlo. Tenía mal aliento, como si se hubiera tomado todo el whisky que había en la casa y luego hubiera vomitado para enseguida beberlo todo otra vez. Alcanzaba a verle los poros de la nariz, pelillos diminutos asomando de cada uno de ellos, así de cerca lo tenía. Empezó a decir que se sentía mal porque nosotros nunca nos habíamos entendido bien, pero que ahora con el bebé en camino íbamos a convertirnos en una familia de verdad. Lo más delirante es que al principio yo... —aprieta la mandíbula—, yo pensé que estaba tratando de ser amable, a pesar de la extraña manera. Aunque su aliento me estaba mareando y no quería tenerlo sentado en mi cama, pensé que tal vez había venido para tratar de apaciguar las cosas entre los dos, de repente, por primera vez en años. No sé. Pero luego empecé a sentir algo extraño en el estómago, como cuando sabes que va a suceder algo malo. Y estaba en lo cierto...

—No —oigo la palabra que sale de mi boca en un susurro, una nubecita de aire que no hace nada, que no significa nada. Soy tan inútil como esa nube pequeña, así de poco puedo ayudarle.

—Antes de darme cuenta, estaba sobre mí. Era tan pesado. Traté de quitármelo de encima y no lo conseguí. No podía respirar. Y alcanzaba a sentir su verga, June —toma aire, toma fuerzas—. Sentía que me presionaba en el lado de una pierna, a través de sus jeans. Jadeaba contra mi rostro, diciendo algo muy bajito —cierra los ojos mientras habla y sus manos se empuñan—. Era tan pesado, y empezó a desabotonarse la camisa y me levantó parte de la piyama. Y decía *Sólo quiero sentir tu piel, tocarla, nada más.* Y yo trataba de quitármelo de encima, a ese pedazo de mierda grasienta... —tiene el rostro enrojecido. Estiro mi mano para tomar la suya. Se aferra a ella y me la aprieta con fuerza—. Pero me le escapé. Abrí la boca y agarré un buen trozo de su pecho y mordí con todas mis fuerzas. Aún recuerdo el sabor... salado, a carne. Y la sensación, como morder cuero —sacude la cabeza—. Gimió cuando lo mordí, June, como si le gustara. Pero no lo solté. Seguí apretando los dientes como si fuera un pit bull. Lo mordí hasta que sentí el sabor de su sangre —me mira fijamente, con los ojos brillantes—. Y ahí fue cuando se detuvo y retrocedió. Se puso de pie y se tambaleó mirándome, y entonces sucedió algo que nunca voy a olvidar: sonrió con mirada coqueta, como si estuviera conquistándome, como si se sintiera muy seductor. *¿Te gusta el juego rudo?*, preguntó. *A mí también. Dejemos algo para la próxima vez.* Eso dijo: *la próxima vez*, y salió de mi habitación.

Mi capacidad para estructurar una frase ha desaparecido, no puedo hablar. Siento algo en el estómago que hierve a borbotones, y está a punto de salirse por mi boca.

—Al principio no me pareció que todo hubiera sido real. Estaba aturdida. No sentía nada. Pero cuando me miré la mano, vi que temblaba.

—¿Dónde estaba tu mamá? —logro decir al fin, en un murmullo.

—Dormida. Desde que quedó embarazada, duerme todo el tiempo. No quería despertarla, tampoco pensé que me fuera a creer. No sé. No sabía qué hacer... así que me levanté y salí. Pasé la noche entera manejando por ahí, sola. Dormí en el auto.

—No, Delia —digo. Quisiera hacer retroceder el tiempo y buscarla, sacarla de ahí y llevármela a un lugar seguro, tenerla conmigo. Quisiera ir a su casa y matar al desgraciado de William.

—Volví en la mañana… No sabía qué iba a decir, qué iba a hacer. Pensé en largarme para siempre, pero no tenía dinero y no sabía cómo conseguirlo. Pensé que tal vez podría contarle a mamá, así que regresé y me encontré con que la casa entera olía a *omelette*. Porque resulta que, qué diablos, June, todos los días aprendemos algo. Y ese día me enteré de que ese aprendiz de violador de mierda era capaz de batir a la perfección los huevos —Delia me mira y mueve la cabeza de lado a lado—. Mi mamá estaba sentada a la mesa, sonriendo de satisfacción como si se hubiera ganado la maldita lotería, porque el imbécil de su marido que literalmente jamás le había preparado el desayuno en todo el tiempo que llevaban juntos acababa de echar unos huevos a la sartén. *Mira, corazón, William está preparándonos el desayuno. Qué lindo, ¿no?*, su voz sonaba como la cosa más patética que se te pueda ocurrir. Como si eso fuera lo mejor que le hubiera sucedido en su miserable vida. *Te encantan los* omelettes, dice, y suena llena de esperanza, como si yo fuera una chiquitina y ella tuviera que recordarme qué es lo que me gusta y nos fuéramos a sentar a desayunar en familia. Había estado planeando entrar y decirle lo que el costal de mierda de su marido intentó hacerme, pero cuando la veo sentada, no consigo hacerlo. Pensé: *bueno, voy a dejarla comer y tener este momento de pensar que todo está bien, antes de decirle que nada lo está.* —Delia me mira—. Es muy extraño mirar a alguien y saber que le vas a contar algo que va cambiar todo. Fue horrible tener ese tipo de poder. Sentía a William observándome. Estaba callado, pero podía sentir su mirada, y me parecía que me manoseaba con ella, y recordaba la sensación de su verga presionando a través de sus pantalones, y me daban ganas de vomitar. No tengo idea de cómo hizo mamá para no darse cuenta de nada durante todo el desayuno, como si fuera un día cualquiera

—inhala profundamente. No tengo idea de cómo procesar todo esto, o de cómo podría hacerlo otra persona.

Delia baja la vista. Pasa un buen rato en silencio, y cuando vuelve a mirarme, sus ojos están llenos de lágrimas.

—Al terminar el desayuno, William fue al piso de arriba. Por un momento pensé que era una tontería de su parte dejarme a solas con ella, así que aproveché y le conté todo lo que había sucedido la noche anterior. Cuando terminé, hubo un instante, antes de que ella dijera nada, en que pensé que me creía. Me pareció ver en su mirada que me creía. Y tal vez así fue al principio. Digo, es mi mamá... —se le quiebra la voz, y las lágrimas están a punto de escurrírsele por el rostro— se supone que debería creerme, ¿no? Pero no sé si no lo hizo o no se lo permitió. Su expresión cambió y la vi confundida y luego enojada y otra vez confundida, por fin dijo: *Delia, ¿por qué andas diciendo semejantes mentiras?* —Delia imita una voz aguda y jadeante—. Dijo que él ya le había contado en qué había estado yo realmente, en drogas, me dijo. Que él le había dicho que yo estaba drogada y me había comportado como una loca, y que él había tratado de evitar que saliera la noche anterior, que no manejara, pero que no lo había conseguido, y yo me había largado. Me dijo que no podía portarme así, de lo contrario tendrían que pensar seriamente en mandarme a alguna parte. Eso fue lo que dijo... como si fueran a mandarme a una escuela militar por una temporada —Delia mueve la cabeza lentamente—. Subí a mi habitación. William estaba en el pasillo. Sonrió y me dijo que había oído las historias que le estaba inventando a mi mamá, y que más valía que no lo volviera a hacer, porque no me iban a gustar las consecuencias. Hizo una pausa, me miró y dijo: *No, puede ser que sí te gusten*. Y eso fue todo... Supe que tenía que huir.

La miro fijamente mientras toda la historia se asienta en mi mente. Estoy como envuelta en una neblina, conmocionada, tal vez. No sé qué decir o qué sentir. No sé nada. Me inclino hacia Delia y la abrazo; la empujo hacia mí y ella se aferra. Siento la tibieza de su cuerpo a través de su delgada blusa. Apoya la mejilla en mi hombro.

—¡Dios mío! —exclamo—. Estoy tan, estoy… quisiera… —guardo silencio. Quisiera decirle que ojalá esa noche, en lugar de manejar a solas en la oscuridad, me hubiera llamado. Quisiera decirle que cuando no supo adónde ir, yo hubiera estado allí, y la hubiera ido a recoger para llevármela. Pero parece tan fuera de lugar decirlo, como algo tan egoísta.

Sólo cuando nos separamos y la miro y nuestros ojos se encuentran, me doy cuenta de que me está leyendo la mente.

—Pensé en llamarte —dice—. Eso fue lo primero que pensé pero no estuve segura de si… —se interrumpe.

No hace falta que termine… sus palabras me golpean como un puño en el estómago.

—Lo lamento —digo, y me siento tan inútil. No soy nada—. ¿Y la policía?

Delia niega con un gesto.

—¿Dónde estaban las pruebas? ¿Y a quién crees que le van a creer? ¿Al respetado cirujano o a su problemática hijastra? Luego me dijo que si llegaba a contarle a alguien, se iba a asegurar de alguna forma de que me detuvieran por algo relacionado con drogas. Que podía arreglarlo, y yo sabía que así era. Conoce a todo el mundo en este pueblo.

—¿No había nadie que pudiera ayudarte? ¿Tus otros amigos o Jeremiah o…? —trato desesperadamente de cambiar el pasado que ya no se puede modificar. No tenía a nadie. Debió haberme tenido a mí.

Delia niega nuevamente.

—Jeremiah era muy dulce pero estúpido. Y mis amigos… tú viste la clase de gente que son. Pensaban que era divertido irse de fiesta conmigo. Les gustaba que yo supiera beber y que fuera divertida y alocada. Pero no les importaba lo que pudiera pasarme —me mira—. Tú eres la única a la que de verdad le ha importado.

Y siento vergüenza, mucha vergüenza. Por lo que hice. Por la manera en que la dejé.

—¿Y qué hay de ellos? —pregunto, y señalo con un gesto hacia la otra habitación, donde se oye el parloteo sosegado de voces.

—Bueno, a ellos también, ahora.

—¿Ellos saben?

—Claro. Es por ellos que estoy aquí.

—Te ayudaron…

—Se encargaron de todo.

—¿Lo habían hecho antes?

Cae en el silencio. Se encoge de hombros y sonríe muy levemente. Sé lo que eso quiere decir: que sí.

Cierro los ojos. Quisiera decirle cuánto me acongoja todo esto, lo horrorizada que estoy, y lo imposible de creer que me resulta pensar que yo estaba allí, sin enterarme de nada, en casa de Ryan, viéndolo comer costosos burritos. Quisiera decirle que nunca me voy a perdonar no haber estado allí, donde sé que debía haber estado. Pero las palabras se me atascan en el nudo que tengo en la garganta. Y en lugar de eso, lo que digo es:

—No puedo creer que se vaya a salir con la suya ahora.

—Ah, no te preocupes —dice Delia. Y reconozco algo en su expresión y siento alivio en mi interior. El espacio oscuro y aterrorizado se está llenando de luz. He visto a Delia poner esa cara un millón de veces, en tardes horrorosas, cuando la vida parecía gris y sin gracia. Es la expresión que pone cuando tiene un plan—. No se va a salir con la suya.

Capítulo 30

Delia

En la pantalla frente a nosotros, Dastorio ha llegado al castillo del reino y está a punto de hechizar a la princesa con una paleta de caramelo con LSD. La película es tan idiota como suena, pero la he visto al menos dos veces al día, todos los días desde que me morí. No sé por qué. Tenemos computadoras, internet. Resulta extraño involucrarse con el mundo real ahora, con el mundo más allá del que yo misma me he creado. Tal vez no quiero hacerlo. Y nadie puede obligarme.

En todo caso, no le estoy prestando atención a la película. Trocitos de información de esta habitación me llegan sin parar… olores, vistazos, sonidos: allí está la tele centelleando su luz, allí el crujido del viento entre las hojas de los árboles de afuera, las ramas que se quiebran, el olor de los cuerpos, uno tibio y conocido que no estaba antes, pero que ahora se encuentra entre nosotros.

Estamos en el sofá, formando una hilera. Ashling me recorre la cara interna del brazo con las puntas de sus dedos, desde la muñeca hasta el codo. Es ese juego que uno juega en la infancia, cerrando los ojos y tratando de soportar las cosquillas lo más posible, para que el otro llegue hasta el pliegue del codo.

—Para —susurro cuando ya está allí. Presiona con los dedos sobre la vena que pasa por ese lugar, me clava las uñas. Y luego, como siempre, no para. Porque no detenerse es parte del juego también.

Recuerdo todos esos juegos que no tienen más propósito que permitir cierto grado del contacto físico que uno añora con desesperación febril. Uno lo ansía pero sin saber bien qué es eso que tanto anhela. Aún no ha conocido el sexo, así que no sabe el regusto que tiene, nada más quiere que alguien, quien quiera, lo toque. Es tan endemoniadamente vergonzoso necesitarlo. Pero con Ashling las cosas han sido muy fáciles. Ella no pide nada. Sólo ofrece y ofrece y ofrece, y yo tomo y tomo y tomo. Parece que no hubiera fin a lo que ella puede ofrecer y que yo no tuviera fondo en cuanto a lo que puedo llegar a consumir. Si quisiera arrancarle un trozo de un mordisco, masticar su carne y tragarla, me dejaría.

A veces en la cama, cuando la acaricio, me llena un deseo feroz que no entiendo. Es como furia pero diferente, se parece más al hambre que a la rabia. Y deseo marcarla, hundir mis dientes en su piel suave y perfecta y dañarla. Ya casi llegué a hacerlo una vez, en la carne junto a su cintura. Logré detenerme antes de hacerla sangrar, ya sin aliento, pero casi no lo consigo.

A ella le gustó. Quiere que sea como un animal salvaje, que la destroce. No sabe lo fácil que me resultaría hacerlo. Pretendió abrazarme después, me envolvió en sus delgados brazos y me atrajo hacia su pecho. Creo que pensaba que algo de eso había sucedido con mi padrastro, pero sé que se equivoca.

Ahora en el sofá, mientras finjo que veo la película, volteo a ver a Ashling y ella sonríe con esa mirada soñadora y empalagosa. Me doy cuenta de que June nos mira y me pregunto si sabrá lo poco que me importa esta bella criatura sentada a mi lado. Lo poco que me importa todo lo que me rodea.

Evan se vuelve hacia June.

—¿Has visto alguna otra de sus películas? —señala a la pantalla. June niega con la cabeza—. Son buenas. Tal vez te gustarían —detecto el anhelo en su voz. Se está enamorando de ella. Es patético pero enternecedor. Siento un golpecito de celos, pero es apenas una cosa instintiva.

Me recuesto en el sofá, dejo que mi vista vague y que el tiempo transcurra.

La película está por terminar. June está incómoda... lo percibo en mi propio cuerpo. Se pregunta qué está pasando, qué vendrá ahora, quiénes son estas personas. En su adorable mente flotan preguntas. Necesito que no sienta miedo. Que piense que todo está bien. Necesito verme segura por ella, aunque en el fondo me sienta aterrorizada.

Lo que parece resistente en realidad está hecho del cristal más delgado. Lo que parece sólido podría resquebrajarse en cualquier momento y convertirse en polvo. Es tan difícil vivir convencida de eso, pero es verdad. Es mucho mejor que decirse mentiras, y soy incapaz de hacerlo. Sé lo rápido que todo puede desaparecer, y lo duro que puede ser recuperarlo. Hay que apretar las mandíbulas con tanta fuerza que resulte apenas soportable, moler arena entre los dientes con la boca en carne viva y candente, y esperar a que esa arena se funda y se transforme en cristal, para construir todo nuevamente.

Mierda, respira, Delia.

Tengo que recordar que estoy al mando. Tengo que dejar de sentir miedo. Voy a tener que pedirle algo pronto. Ése es el siguiente paso. Pero no puedo tocar el tema ahora, todavía no.

La película se acaba. Sebastian se levanta y va por una caja de galletas, que es lo que siempre hace. Se come una caja diaria, se atiborra de galletas porque tiene un terror feroz al vacío en su interior, al igual que todos nosotros, supongo. Tiene hambre permanente. ¿Qué es lo que quiere en realidad? Se alimenta de azúcar y, en lugar de engordar, crece hacia el cielo, a pesar de que ya es tan alto como un edificio y tiene dieciocho años, o eso es lo que dice su identificación, al menos. Pero todas nuestras identificaciones dicen cosas diferentes y ninguna de ellas es cierta. Pronto tendré una yo. Por lo pronto no tengo nada. No soy nadie. Me gusta.

Evan prepara tazas de té de menta muy dulce, macera hojas con una cucharada tras otra de miel. Lo que yo quiero es un trago, el gusto fuerte del tequila en mi lengua, ardiendo mientras pasa. No voy a tomarme un trago ahora, menos frente a ella. Ashling y yo nos tomaremos uno más tarde, en nuestra habitación a solas. Ashling consiguió una botella de ginebra costosa. Me la vierte trago a trago en la boca. No me gusta el licor caro. Es demasiado suave. Es mejor cuando lastima un poco. *La próxima vez conseguimos del barato*, le dije. Y se mostró herida, aunque no haya pagado por la botella.

Se la robó del bar en algún lugar al que entramos en busca de un baño. Ashling roba cosas, cosas que quiere tener y también cosas que no le interesan. El pañuelo de seda atado a una bolsa de mujer, el pintalabios de moda que hay dentro, que tira a la basura sin siquiera probarlo. Teléfonos, aretes. Eso es lo que le produce apetito voraz: lo que sea que no le pertenece. A lo mejor es por eso que le gusto tanto.

Por ahora sólo están sucediendo cosas puras y acogedoras. Y sé que a June le gusta así. Pero su mirada va y viene como cuando está nerviosa, buscando señales de peligro aunque ni siquiera sea consciente de estarlo haciendo. Pasa tanto tiempo asustada que ya ni sabe cómo se siente no tener miedo. Seb la mira. Ella no lo nota, es gracioso porque se da cuenta de todo lo demás con sus grandes ojos de conejito alerta. Pero lo único que nunca ve es cómo se fija en ella la gente. June piensa que es invisible, que ningún radar la detecta ni la ha detectado. Al menos el de nadie que valga la pena a sus ojos. Nunca se percataba de que la miraban, al menos no hasta que yo se lo señalaba. Ashling y Evan empiezan a hablar de la película. Hay tanto ruido en mi cabeza en este momento, en mi corazón. Tengo que cerrar los ojos y desacelerar todo lo que hay dentro de mi cuerpo y bloquear lo que viene de fuera para poderlos oír de verdad.

June rodea la taza con sus manos y se calma. Sonríe observándolos. Evan hace serios esfuerzos por impresionarla, hablando de cuánto le gustan los otros filmes de este director, el simbolismo y el uso del color. Ashling se burla de él por usar la palabra *filme* en lugar de *película*, y Evan finge estar molesto.

—Película es un término demasiado genérico. Filme es más especializado, para la gente que sabe de cine —explica.

Y Ashling responde:

—¿Ah, entonces es más especializado, Evie? —lo ataca a cosquillas. Y él mira a lo alto y pone cara de que ella no sabe nada de nada, pero sé que le encanta que Ashling bromee a costa suya, o que cualquier chica lo haga, en verdad. Aquí todos anhelamos lo que sea que anhelamos. Para Evan es la atención de cualquier espécimen femenino, pero en particular de Ashling.

Y es que hace diez meses, antes de que yo los conociera, Ashling se acostaba con él, por cariño. Aunque ella fuera lesbiana, rotunda y definitivamente lesbiana. Pero se había acostado con otros tipos por peores razones. Evan era virgen, estaba profundamente deprimido y lo veía todo tan negro como un agujero sin fondo. En ese entonces era además un supernerd por dentro (eso lo sigue siendo) y por fuera (ahora ha cambiado un poco, para alivianarse). Ashling lo hizo como un favor, porque le daba mucha tristeza verlo y pensó que así lo ayudaría, cosa que sucedió.

Ahora él dice que ella es como una especie de hermana mayor, lo cual es un poco pervertido si tenemos en cuenta que él todavía le tiene muchas ganas. Pero sólo lo dice para fingir que no está perdidamente enamorado de ella, aunque todos sabemos que es así.

June los observa y sonríe, intentando tomar parte, como un conejito que saliera dando un salto de debajo del sofá.

—Anda, June —le dice Evan—, ¿de qué lado estás? —y June mira a uno y a otro.

—Lo siento, viejo —dice—. La dama gana en ésta —y sonríe con ironía. Yo también. Sé que ella habla así sólo cuando está conmigo.

Seb observa en silencio, como es normal en él. Pero no le veo la misma expresión pasiva de siempre en el rostro. Su mirada se desliza por la piel de June con evidente interés. Nunca antes lo he visto mirar a nadie así. He visto especímenes humanos preciosos, increíblemente bellos, que se lanzan a sus brazos, de ambos sexos, de todos tamaños, por dondequiera que Seb vaya, y él sigue sin inmutarse, y todo eso le importa una mierda. Literalmente, nunca ha tenido sexo. Tampoco sonríe nunca. Y no es que lo haga ahora. Pero ésta es la primera vez que lo veo mirar así a alguien.

Y pienso *ajá, aquí hay algo…*

Y June sigue sin darse cuenta de nada, como siempre. Sólo cuando le decía, ella lo entendía. Fui yo quien le señaló a Ryan antes que nadie. Nos miraba caminar juntas a encontrarnos con un tipo cuyo nombre se me olvida, que nos iba a recoger para llevarnos quién sabe adónde. Ryan nos seguía con la mirada, seguía a June con la vista, sin perder detalle. Estiré el brazo y le di a June una nalgada. *¿Y eso qué fue?*, incliné la cabeza hacia el lado donde estaba Ryan, boquiabierto. *Eso es lo que él quisiera poder hacer*, le dije. Pensé que se convertiría en un chiste entre nosotras, que obviamente a ella no le iba a interesar él, porque no era nadie. Era un maniquí de carne, una escultura de forma humana construida con carne molida. Pero oí que a June se le atragantaba el aire, cosa que me tomó por sorpresa completamente. *Espera, ¿te refieres a Ryan Fiske?*, se ruborizó un poco. Pensé en ese momento muchas veces después, porque en ese punto de nuestra amistad hubiera creído conocerla tan bien que no podría sorprenderme. Pero las personas siempre se las arreglan para sorprendernos, sin importar quiénes sean. Y todo lo que sucedió después entre nosotros, eso también me tomó por sorpresa.

Al pensar en él ahora, en su cara de papa tan pagada de sí misma, en su inmerecida guapura sin gracia, en lo que hice por razones muy equivocadas, en cómo casi nos destruye, siento que mis manos se cierran en puño, como si cada una fuera una bolsa de ésas que se atan con un cordón y alguien lo tirara con tanta fuerza que las uñas se me clavan en las palmas y duelen. Es difícil parar. Sé lo que tengo que hacer, sé cómo arreglar esto, sé lo que tiene que suceder.

—Oye, Junie... —digo y ella levanta la vista y sonríe— ven conmigo a la cocina —y se levanta con rapidez. ¡Qué fácil es deslizarse de nuevo en esa rutina de las dos contra el universo entero! Percibo la mirada de Ashling, celosa pero tratando de ocultarlo.

—¿Más charlitas confidenciales? —dice, trata de sonar espontánea y bromista. Y percibo la mirada de Seb clavada en June. La siento como si su piel fuera la mía. Y por primera vez, tal vez por primera vez desde el principio, no le digo nada a June.

Capítulo 31

June

—Lamento mucho que él resultara una porquería —me dice Delia en la cocina. Y cuando nota mi expresión confundida, suelta una de esas ruidosas risotadas que siempre me hacían sentir tan orgullosa de lo que sea que yo hubiera hecho, así fuera estar ahí de pie sin entender nada.

—Ya lo superaste, ¿no? —pregunta—. Pobre, ese Cara de albondigón tan perfectamente olvidable.

Y entonces me doy cuenta de que se refiere a Ryan, aunque no lo haya llamado de esa forma desde antes de que todo pasara, antes de que él significara algo para mí, cuando ella lo significaba todo. Lo llamaba Cara de albondigón y el apodo parecía muy adecuado en ese momento, antes de que lo conociera de verdad, pero se le quedó y así lo llamábamos cuando lo primero en mi vida éramos nosotras, mucho antes de Ryan y yo.

Quiero convencerme de que ya lo he olvidado porque todo esto me importa mucho más de lo que él pudo llegar a importarme. Pero creo que, en cierta forma, oculté mis sentimientos relacionados con él en el fondo más profundo de mi ser. A veces eso de ser capaz de ignorar cosas que uno quisiera que no fueran ciertas, al menos durante un tiempo, es una habilidad, si es que puede considerarse como tal.

—¡Hasta nunca, Cara de albondigón! —digo, forzándome a soltar esas palabras. Me esfuerzo por sonar tan despreocupada como ella, pero ahora que hablamos de Ryan siento algo en mi pecho que se desenrosca y asfixia mi corazón. Que se pudra Ryan.

Delia se endereza, me mira y posa una mano tibia a cada lado de mi rostro, muy suavemente.

—Debí haberte contado antes el calibre de porquería que era.

Pienso en el Ryan que creí conocer. Pienso acerca de nuestra relación. Me preocupaba, a lo mejor demasiado. Me decía a mí misma que era mi propio equipaje el que me hacía preocuparme. Y era reconfortante pensar así. Quería decir que no tenía que tomarme mis preocupaciones tan en serio. Pero tal vez debí hacerlo.

—Por qué no me dijiste… por qué… —empiezo.

Y me interrumpo. Niego con la cabeza. Ya sé la respuesta. Lo preferí a él. No merecía enterarme.

—Cuando supe que me iba y que era mi última oportunidad, lo intenté —me dice.

Muevo la cabeza en señal de asentimiento.

Y me siento agradecida y avergonzada a la vez. Después, pienso en Ryan y su hermoso rostro. En la manera en que me sentía cuando sus brazos me rodeaban. El descubrimiento de que todo lo que creí que tenía con él no era real me asalta de repente. Miro a Delia, que a su vez me mira con intensidad, con sus ojos brillantes y hermosos.

—No se lo merece —dice. Con los pulgares, empuja hacia arriba las comisuras de mis labios—. No te enfurruñes por ese pedazo de albondigón.

Pero hay algo que aún me incomoda. Siento que las palabras se me salen de la boca antes de poder impedirlo.

—Aquella noche, cuando las cosas se pusieron... raras —empiezo—. En su casa, con ese juego y lo demás... —sacudo la cabeza. Después de todo lo que ha pasado, ¿cómo puedo estar preguntando eso? Parece que hubiera sucedido hace un millón de años, como una historia de gente que no somos nosotros—. No, deja —me disculpo—, olvídalo.

—No, está bien —dice ella—. Quieres saber qué pasó cuando te fuiste.

Me doy cuenta de que hago un gesto de asentimiento. He pensado en eso tantas veces, me lo he imaginado tantas más, tarde en las noches, cuando no quería hacerlo. A veces cuando la echaba de menos a ella, a veces cuando lo echaba de menos a él. Pensaba en eso porque no podía dejar de hacerlo. Asumí que jamás sabría la verdad.

Hay algo en los ojos de Delia que nunca antes había visto.

—Esto fue —dice—, todo el asunto —se ve... no sé bien cómo describirlo. Parece asustada tal vez. Sus manos están de nuevo en mis mejillas y pienso que puedo sentir su pulso, o quizá sea el mío. Sus pupilas se ven enormes en la escasa luz de la cocina. Y luego empieza a acercarse lentamente hacia mí. Se acerca para contarme qué pasó, qué hizo Ryan y cómo respondió ella.

Y entonces, los labios de Delia están sobre los míos.

Y esto jamás había pasado. O ha sucedido un millón de veces, un billón de veces, una y otra vez desde que nos conocimos. Pero no, ésta es la primera vez. Y ella me mantiene allí, los labios unidos, los suyos tan tibios y tan, pero tan suaves. Nuestros corazones laten y no soy capaz de distinguir cuál es cuál, sus manos en mi rostro, sus labios en los míos, su corazón en medio de mi pecho.

—Hice lo que Ryan hizo entonces —dice, en voz baja—, y tú hiciste lo que yo —y se separa—. Ya ves —sigue mirándome a los ojos—, no fue la gran cosa —no puedo hablar, no puedo moverme. Se le dibuja una sonrisita tímida, que luego se extiende a toda su boca. Se inclina hacia mí y me planta un besito en la mejilla, y susurra—. En realidad, nada importante, Junie.

Se da vuelta y camina despacio de regreso a la sala. Y yo me quedo allí, con las piernas temblorosas, el corazón latiendo desbocado, y pasan varios minutos antes de poder respirar de nuevo, o de conseguir moverme normalmente.

Capítulo 32

Delia

Las terminaciones nerviosas sueltan impulsos como llamaradas hacia agujeros en el cerebro, que a su vez mandan impulsos al espacio y al tiempo. Aquí, aquí, aquí, fuego, fuego, fuego, fuego, fuego. Saco mi lista, y anoto su nombre al final, para luego rasgarla en mil pedazos. A veces hasta yo misma me sorprendo.

Capítulo 33

June

Durante una fracción de segundo no soy nada, nadie, tan sólo una boca abierta y candente con una sed feroz. Estoy despierta, con el rostro contra un grueso almohadón.

Todo forma una avalancha en mi memoria... quién soy y dónde estoy y cómo llegué aquí. Con quién: Delia, que era mía y luego ya no más y murió y ahora está viva, viva, viva. Y estoy en el sofá de esta casa a la que ella me trajo. Donde han sucedido tantas cosas, cosas de las cuáles no sé qué pensar.

Me enderezo.

Puedo ver hasta la cocina desde mi sitio en el sofá, es iluminada por una lamparita roja. Camino hacia ella. La casa está en silencio. Busco en los gabinetes de la cocina hasta encontrar un vaso. Abro el grifo, y tomo agua, vaso tras vaso hasta que ya no siento sed. Y estoy completamente despierta.

Y de repente también me muero de hambre, aunque no sé cómo puede ser posible. Anoche pasó de todo. Y tampoco pasó nada. Tenía tantas preguntas pero sentí que no era el momento para hacer ninguna de ellas.

Así que vimos películas como si fuera un día cualquiera, y pasamos el tiempo juntos. Delia y yo hablamos en la cocina. Y además pasó eso, algo que no pude y aún no he podido empezar a procesar.

Más tarde, el tipo amable, Evan, preparó una enorme olla de espaguetis y me di cuenta de cuánta hambre tenía.

Así que me senté con ellos alrededor de esta gran mesa de gruesos tablones de madera y comí como una fiera. No lo pude evitar. En cierto momento miré al chico alto que se llama Sebastian, él me miraba, con esa expresión vacía en el rostro, porque lo que he visto de él es que su rostro casi siempre parece vacío. Jamás sonríe. Y me pregunté qué habría tras esa no-sonrisa, y sentí vergüenza.

Alrededor de las 9 le mandé un mensaje de texto a mi mamá para decirle que iba a quedarme en casa de Ryan, ya que es el único lugar en el que puedo decirle que me voy a quedar. Eso de decir que me quedo en casa de un muchacho para poderme ver con mi mejor amiga no deja de ser irónico. Y también lo es que Delia fuera la encargada de decirme que tenía que ir a la escuela al otro día.

—La gente se va a dar cuenta si desapareces —dijo—. Empezarán a preguntarse y a buscarte... —dije que seguramente no tras sólo un día. No es como si a mi mamá le importara.

Pero Delia movió la cabeza de un lado a otro.

—No es sólo eso. Tienes que sacar las semillas de las dudas que sembraste, y matar todas las raíces —sabía que yo había estado tratando de averiguar qué le había sucedido a ella, quién le había podido hacer daño. Ashling había estado en todos los lugares adonde yo había ido y algunos en los que no—. La gente está sospechando ahora —dijo Delia— y no puede ser así.

Así que prometí que iba a arreglarlo todo.

Y aquí estoy, en la cocina, en medio de la noche, despierta y con hambre. Voy hacia el refrigerador, empiezo a abrirlo pero me quedo inmóvil porque a su lado, sobre el mesón de la cocina, está la bolsa que recogieron con Tig.

Pienso en todas las preguntas que no hice, que no pude hacer.

¿Quién es esta gente? ¿Qué hacen aquí? ¿De dónde sacan dinero? Cuando estaban todos despiertos, y Delia estaba despierta, era más fácil hacer a un lado esas preguntas y olvidarme de ellas. Pero ahora que estoy sola, la euforia enceguecedora ha pasado a ser ruido de fondo. Necesito respuestas.

A lo mejor hay unas cuantas en esta bolsa... De repente me veo estirando la mano, agarrando la bolsa, levantándola. Sé que debería detenerme, y que de ahora en adelante todo lo que descubra de ella será porque la misma Delia quiere que yo lo sepa, porque ella me lo contará, pero no me detengo. La bolsa es ligera. El papel cruje un poco al desenrollarlo, como hojas secas. Echo un vistazo al interior y allí veo una cantidad de bolsitas plásticas, docenas y docenas, llenas con diminutos cristales amarillentos, y minúsculos pastelitos rosa estampados en la bolsa. El corazón se me acelera.

Sé qué es esto.

Recuerdo que hacia el final, cuando nuestra amistad estaba por cambiar, Delia consumía de esto a veces en las fiestas. Lo picaba para luego inhalarlo con un popote recortado, y luego quedaba despierta durante horas, acelerada, tensa. *Ni siquiera es divertido*, me había dicho. Después quedaba exhausta, susceptible y se sentía desgraciada. Entonces, ¿por qué tienen esto ahora? ¿Y por qué en semejante cantidad?

Me quedo allí, con el corazón latiendo desbocado, sin saber qué hacer ni qué pensar.

Y es entonces que lo oigo, un sonido bajo y gutural, como un aullido de animal. Al principio, me pregunto si lo habré imaginado por lo extraño y leve que se oyó. Pero al momento vuelve a sonar y no es animal sino definitivamente humano. Dejo la bolsa donde la encontré y empiezo a caminar por el pasillo hacia el lugar del que sale el sonido. Y juro que, en principio, pienso que alguien podría estar herido y necesitar mi ayuda.

Sólo cuando estoy frente a las habitaciones me doy cuenta de qué es lo que oigo. No es dolor. No es sólo dolor, de cualquier forma. Y no es una sola persona sino dos: Ashling y Delia.

Siento una punzada de soledad que me abre un enorme agujero en el centro del pecho. Estoy frente a una puerta, pero afuera. Estoy sola.

Oigo susurros pero no alcanzo a distinguir las palabras.

Después vienen más sonidos, como de animal, fuertes. Siento que mi rostro se calienta. Trato de moverme pero no puedo. Estoy paralizada, derritiéndome, ardiendo. Cierro los ojos. Siento la sangre en mis mejillas y en todo mi cuerpo.

Por unos momentos es como si estuviera en la habitación con ellas. Veo las bocas unidas, piel deslizándose sobre piel, el cabello de Ashling sostenido por un puño cerrado, la lengua de Delia, voraz.

Me aprieto los labios con los dedos. Cierro los ojos. Recuerdo la sensación.

No más.

Luego se hace silencio. El estallido de una risita que no reconozco. Luego una que sí conozco, rápida y dura, fuerte, pop pop pop. Salvaje, despiadada, como ráfagas de ametralladora. Voces amortiguadas. Después el ruido de pisadas que vienen hacia la puerta. La puerta frente a la cual estoy de pie.

Corro por el pasillo, me lanzo al sofá, me tapo con las cobijas, me doy vuelta, cierro los ojos.

Y luego Delia entra a la sala. Delia. Conozco las suaves pisadas de sus pies descalzos tan bien como los latidos de mi corazón, que espero que ella no alcance a percibir.

Trato de quedarme perfectamente inmóvil. Oigo una puertita que se abre, el tintineo de un vaso, la llave de agua que se abre. Oigo el sonido de alguien bebiendo, imagino el agua que se desliza por su garganta. Oigo que se abre la puerta del refrigerador y luego se vuelve a cerrar. Pisadas de nuevo, cada vez más cerca de mí. Está de pie justo a mi lado. Durante un momento hay silencio. Los párpados me tiemblan.

Delia se inclina hacia mí, huelo su aliento fuerte, como de ginebra, quizás.

—Hubieras podido preguntar —dice con dulzura. Se me enciende el rostro con un sonrojo. ¿Preguntar qué? ¿Que me dejara oírlas a ella y a Ashling? Sabe que estuve allí, frente a su puerta. Y no tengo idea de cómo explicarlo, de por dónde empezar—. Y deja de hacerte la dormida —me punza las costillas con un dedo. Abro los ojos. Su nariz está apenas a unos centímetros de la mía.

—Cualquier idea que hayas tenido con respecto a esto —dice—, te equivocas.

Y me doy cuenta de que no sé a qué se refiere. Hasta que miro más abajo y veo lo que tiene en la mano: la bolsa de Tig.

—Si vas a andar husmeando, al menos dobla la bolsa de la misma manera en que estaba antes, Junie.

—Lo siento —empiezo—, no debí...

Adelanta la mano para ponerme el dedo sobre los labios:

—Shhh. Dicen que cada cual recibe lo que merece, pero no creo que eso sea cierto. El mundo no es justo —está tan cerca ahora—, a menos que tú te encargues de hacer justicia. Tienes que confiar en mí. Pienso en todo, al menos eso sí lo he aprendido. Vamos a enderezar lo que va por mal camino. Por eso es que tenemos esto. Y tú puedes ayudarnos —hace una pausa y se aleja un poco para mirarme—. ¿Estás con nosotros, June?

Tengo tantas preguntas pero, cuando empiezan a brotar en mi mente una a una, me doy cuenta de que no son importantes.

Sin ellos estoy sola, sola, sola, flotando en el espacio, sin nada a qué aferrarme.

Estar con ellos implica seguir en esta casa.

¿Estás con nosotros?

Sin ellos todo es oscuro y nada es real. Esa posibilidad ni siquiera existe.

Con ellos quiere decir con Delia.

Delia, quien me mira fijamente, mordiéndose el labio inferior. Me parece que está conteniendo la respiración.

¿Estás con nosotros?

Lo pregunta como si de verdad hubiera otra alternativa.

Siento que mi cabeza se mueve, más allá de mi propio control. Arriba, abajo, arriba, abajo. Venga lo que venga, suceda lo que suceda, una vez pasado este momento.

Estoy con ellos.

Capítulo 34

Delia

Dios de los mil demonios qué sol tan lindo hace esta mañana, esos rayos cálidos y radiantes que entran a través de las finas cortinas. Ese mismo sol que me ha estado despertando todos los días desde que llegué aquí, que brilla tan oblicuo en la luz invernal, directo en mi rostro. Al principio, sentí odio, como si esa bestia solar estuviera tratando de penetrarme por los ojos. Ahora siento que me llena de energía, esa luz me carga. Vamos, vamos, vamos, vamos, vamos.

Me levanto de un salto de la cama. Abro la ventana. El aire se siente fresco y limpio.

—Levántate —le susurro al oído a Ashling—, arriba, arriba, arriba —y a pesar de que sé que sigue dormida y que detesta despertar sola, salgo corriendo al pasillo.

June está sentada frente al mesón de la cocina, bebiendo un vaso de jugo. Aún no me ha visto. Me quedo allí, mirándola.

Parece nerviosa, y sé que es por lo que tiene que hacer en la escuela. Ni siquiera es por lo de después, ya que no se lo he explicado todavía. Por ahora es sólo la escuela. Debe hacer lo que le dije para mantenernos a todos a salvo, para que todo esto pueda estar seguro.

Termina el jugo, mira a su alrededor. Sus ojos se encuentran con los míos y sonríe. Y juraría que es como si el maldito sol se asomara por esa sonrisa.

Recuerdo lo de antes, cuando vivir cada día costaba tanto, implicaba tanto esfuerzo, tanta lucha. Ahora, es como si los días volaran.

Capítulo 35

June

Parece que hubieran pasado mil años desde anoche, como si todo hubiera sido un sueño. Y ahora, camino de la escuela en esta mañana, siento un nudo en el estómago que no logro empezar a desatar. Llevo apenas diez minutos aquí y ya estoy lista para irme a casa. Cuando digo *a casa* me refiero a volver con Delia. Más que nada en el mundo, espero no meter la pata con todo esto.

Me llevo la mano al bolsillo y tanteo la carta que guardo dentro. Allí sigue, a salvo y calentita, doblada una y otra vez para dar la impresión de que yo la hubiera leído un millón de veces, que es lo que habría hecho si la carta fuera real.

El mundo se ve completamente diferente ahora que lo sé. Y a pesar de lo asustada que estoy, tengo que acordarme de no sonreír. Aún se huele la muerte de Delia en el aire. Flota en los pasillos y lo penetra todo. Me siento tan alejada de todo esto. Delia está muerta, pero está viva. Y yo estoy aquí, pero al mismo tiempo no lo estoy.

Aquí nadie me importa. Veo a Laya, a dos de tercer año que reconozco, a Hanny, a otro amigo de Ryan de esa fiesta.

Uno tras otro, a la izquierda, a la derecha, a la izquierda, a la derecha, a la izquierda, a la derecha. Los miro y pienso: *Ninguno de ustedes lo sabe*. Los miro y pienso: *Todos y cada uno de ustedes me importan una soberana mierda*. Y luego sonrío, porque me percato de que ése es un pensamiento de Delia, canalizado directamente a mi cerebro.

Se me había olvidado cómo sucedía eso, lo fácil que resultaba pensar como ella cuando andaba cerca. Lo divertido que era. Lo divertido que sigue siendo.

Pero ahora estoy en una misión especial, encargada por Delia. *Tienes que deshacer lo que hiciste, Junie*, me dijo. Y luego me explicó cómo hacerlo.

Entro a nuestro salón. Krista está allí, esperándome, con su enorme bolso naranja sobre la mesa. Me siento a su lado y trato de controlar mi expresión. Me volteo despacio.

Krista entrecierra los ojos para mirarme.

—Tenías esa misma ropa ayer —dice. Es cierto, los mismos jeans, la blusa gris, el suéter verde. Dormí con esta ropa—. Y te ves fatal.

Me encojo de hombros.

—Pero ya estás aquí, y eso es bueno.

—Recibí una carta por correo —digo—. De Delia, que la escribió el día de su muerte —no hace falta contarle nada a Krista. Es tan insignificante, pero me sirve de práctica.

—¿En serio? —dice—. ¿Y qué dice? —y no hace el menor intento por ocultar la curiosidad en su voz.

—Que lo siente mucho, que me quiere.

—¿Una nota de suicidio? —pregunta Krista.

Asiento.

—Mierda —exclama y mueve la cabeza negando—. Entonces supongo que eso es todo —se encoge de hombros—.

¿Quieres venir conmigo más tarde? ¿A casa de Rader, quiero decir? Prometo que no voy a tratar de emparejarte con nadie esta vez.

Estudio a Krista, su lengua sobre sus extraños dientes amarillentos saliendo de aquellas encías demasiado grandes, y decido que no me cae bien. Ni un poquito. Recuerdo el departamento de Rader, el humo y esa triste fiesta. Y pienso en que, si no hubiera encontrado a Delia viva, tal vez habría aceptado ir con ella. Aceptaría porque no tendría más opción.

—No, gracias —respondo.

—¿No, gracias? —Krista me mira—. ¿Tienes otros planes, o qué?

Me pongo de pie y me doy cuenta de que, aunque no haya terminado el rato que debemos pasar en el salón, no me importa. Camino hacia la puerta, y cuando oigo a Krista, no me molesto en voltear.

Ryan es el primero en salir cuando suena la campana. Tiene un labio hinchado y un ojo morado, pero con todo y eso, sigue viéndose guapo. Y me incomoda notarlo. Cuando me ve, sonríe casi con timidez. Y el muy idiota abre los brazos como para que yo me lance a ellos y lo deje abrazarme. Como si yo pensara dejarlo tocarme un cabello después de lo que ha pasado.

—Estoy tan contento de verte —dice.

Una chica de segundo año pasa, con una amiga, se dicen algo en secreto y voltean a vernos. Allí frente a él me siento menos fuerte que antes. Quiero acabar con esto de una vez.

—Sí se suicidó —digo—. Yo estaba equivocada.

Le tiendo la carta doblada. Él la mira nada más.

—No pasa nada. Ésta ni siquiera te menciona —da un respingo. Se lo merece.

Veo que sus ojos se deslizan rápidamente sobre la página.

—Es una locura... Todo esto. No puedo... —tiene la carta fuertemente agarrada.

—No digas nada. Igual, no voy a creerte —y detecto una minúscula punzada de remordimiento en mi interior. Remordimiento porque sé que ella sigue viva, y la he recuperado para mí. Y él no lo sabe, y nunca lo sabrá.

—Pero... ¿y la mano de Jeremiah? —dice—. Creo que lo que tiene es una quemadura. Estaba portándose como desquiciado, y me dio tremenda paliza. Yo creo que deberíamos... o sea... no sé.

Hago lo posible por mantenerme inmutable.

—Déjalo en paz —mi voz se oye firme. Estoy a cargo de esto—. Jeremiah ha pasado por un infierno. Tú trataste de acostarte con su novia. Ya hiciste suficiente.

Ryan relee la carta. Siento que la adrenalina me corre por las venas, un torrente caliente y raudo.

—Está bien —dice. Guarda silencio. Se ve vencido. Hará lo que le diga.

A la mierda con el remordimiento. Esto me está gustando.

Ryan hace una mueca.

—Entonces, no hay más, supongo —vacila, y luego me devuelve la carta. Pero no me mira a los ojos. Y me toma apenas una fracción de segundo entender por qué: los suyos se han llenado de lágrimas. Y me doy cuenta de algo: en realidad ella sí le importaba. A lo mejor más de lo que él mismo estaría dispuesto a reconocer. Quizás hasta la amaba. Me resulta tan evidente ahora.

—Ajá, no hay más —respondo.

—Yo... —empieza. Muy bien, Cara de albondigón.

Niego con la cabeza.

—Adiós —le digo.

—Junie... espera... —suplica. Lo miro una última vez.

Y mientras me alejo, se me ocurre; quizás algunas de esas lágrimas son por mí.

Me toma casi el resto del día dar con Jeremiah. He aprendido a buscar con la mirada su enorme espalda encorvada, su gran cabeza cuadrada. Lo distingo al final del pasillo, se mueve con lentitud. Esta parte va a ser la más difícil de todas.

—¡Jeremiah! —le grito.

Se ve tan, tan cansado.

—¿Cómo estás? —pregunto. Siento una punzada en el corazón. No responde. Se limita a mover la cabeza. Es difícil imaginar que llegué a sospechar algo de él, distinto de simplemente amar a alguien a quien él no le llegaba ni a los tobillos, una chica que nunca podría ser realmente suya. Ahora lo veo tan claro, y él, con ese dolor que hace que el resto del mundo parezca una ilusión. Es el mismo dolor en el cual yo me encontraba hasta ayer, antes de que diera paso al asombro, a la dicha total, a posibilidades prometedoras. Como un relámpago, siento el deseo de contarle la verdad y aliviarlo, tal como yo encontré la paz, pero eso es imposible.

Saco la carta de mi bolsillo. Necesito salir de esto.

—Es una nota de despedida —le explico—. Me la envió poco antes de morir. Acabo de recibirla.

Se la tiendo. Toma el papel con la mano derecha y mantiene la otra, la de la quemadura, en el bolsillo. No puedo ver su rostro mientras lee.

Cuando llega al final, dobla el papel y me lo entrega. Ni siquiera miro la hoja. Ya me sé de memoria las palabras de Delia, las palabras que Ashling escribió por ella. *Ahora imito su letra mejor que ella misma,* dijo con una sonrisa burlona. *Puedo imitar la letra de cualquiera.*

Lamento mucho que las cosas acabaran así, Junie. No te vayas a sentir culpable, por favor, no hay nada que nadie hubiera podido hacer. Te quiero y tuve la suerte de encontrarte, y eso es lo que me llevo conmigo. Busca a Jeremiah, por favor, y dile que lo amo, y que sé lo mucho que me amó. Y te pido que también me despidas de él.

Jeremiah me mira fijamente. Tomo la carta. Alrededor de nosotros, los estudiantes van camino a sus salones de clase.

—Estaba muy equivocado —dice. Su voz se oye grave y áspera, como si no hubiera hablado en un buen rato—. Estaba muy equivocado con respecto a unas cuantas cosas. He estado pensando sin parar, no he hecho más que pensar, pensar, pensar —habla cada vez más rápido—. Como no logro dormir, me paso la noche en vela pensando. Y al fin estoy entendiendo algunas cosas. Por ejemplo, ésta: si tú verdaderamente eras su amiga, jamás hubieras dejado de serlo —me mira fijamente a los ojos, como si esperara que me defendiera, pero no lo hago. Continúa—. Hablaba de ti como si siguieran siendo muy cercanas, ¿sabes? Durante mucho tiempo no pude entender por qué no te había conocido, por qué ella nunca quería presentarme a esta supuesta mejor amiga. Y luego me di cuenta de que era porque tú no eras su amiga en verdad.

Nunca pensé que Jeremiah pudiera decir algo que me hiriera, pero esto lo hizo. Delia me perdonó, no puedo olvidar eso. Y es por ella que estoy haciendo esto.

—Estoy tratando de ser su amiga ahora —digo, y trato de mantener mi voz suave y baja—, y eso quiere decir honrar su memoria y aceptar la verdad de lo que sucedió. En lugar de buscar un misterio donde no lo hay.

Me mira y asiente. Por unos instantes, siento que ya ha comprendido. Pero luego sus ojos cambian:

—¿Y escribiste esta nota tú sola o él te ayudó? —inclina la cabeza hacia un lado.

—¿Qué estás diciendo?

—¿Crees que no sé que una persona puede imitar la letra de otra? —mueve la cabeza de lado a lado—. ¡Por Dios, June! ¿Por qué te esfuerzas tanto por encubrirlo?

Mi estómago se encoge.

—¿Encubrir a quién? —pregunto.

—A Ryan, obviamente.

De repente siento náuseas, y es como si el piso se moviera bajo mis pies.

—No estoy haciendo nada. Él no hizo nada —mi voz se oye débil. Y aunque sé que es la verdad, las palabras no acaban de sonarme convincentes.

Jeremiah saca su mano del bolsillo y señala la quemadura con el vendaje, sin saber que yo ya sé de eso.

—Pues alguien lo hizo. Y sé lo mucho que dolió cuando lo hicieron.

Sé que no debería involucrarme, pero lo hago.

—¿Qué te pasó en la mano?

—Le prendí fuego —dice, sin que se le altere la voz ni el rostro—. Luego de que descubrí cómo murió, quise saber lo que habría sentido. ¿Y sabes qué? Duele un montón —sonríe, y parece un desquiciado.

De pronto comprendo una cosa: todo el tiempo estuve en lo cierto al tener recelos con respecto a él, sólo que no era por las razones correctas. Su dolor es el que lo controla, y canaliza su pena hacia algo peligroso. Y las cosas van de mal en peor.

Jeremiah no sonríe ya.

—Voy a averiguar quién la lastimó de esta manera. Y si fue tu novio, exnovio, perdón —hace una pausa—, va a recibir su merecido.

Y con eso, Jeremiah da la vuelta y se va.

—¡Espera! —lo llamo—. Ryan no hizo nada. Delia se suicidó. Es horrible pero cierto... —va a mitad del pasillo, sin mirar atrás. Me siento mareada y sin aliento. Todo gira fuera de control en una espiral. Y no tengo ni la menor idea de cómo detenerla.

Capítulo 36

Una hora después terminan las clases, y sigo temblorosa y mareada y tan lejos de encontrar una respuesta como al principio. Voy camino al estacionamiento, dándole vueltas a todo en mi mente. Delia me pidió que arreglara las cosas. Me explicó lo que debía hacer, pero no lo hice, no pude. Metí la pata hasta el fondo, y no tengo idea de cómo sacarla.

—Anda, las cosas no pueden estar tan mal —levanto la vista. Es Sebastian, de pie en el estacionamiento, unos tres metros más allá—. No es que alguien haya muerto, ¿cierto? —no sonríe, porque él jamás sonríe, pero hay algo risueño en su tono de voz. Supongo que es un chiste—. Me mandaron a recogerte —señala el automóvil detrás de él.

—Tengo mi propio transporte —le digo.

Se encoge de hombros.

—Ella me dijo que viniera a recogerte, así que aquí estoy. No sé por qué.

Ella. Delia.

Me mira fijamente. Le devuelvo la mirada, estudio su cuerpo de músculos largos y no exageradamente marcados, la postura de sus hombros, de sus manos. Observo su rostro, las curvas y los ángulos. No sabe por qué lo enviaron a recogerme pero, de repente yo sí. Y, a pesar de todo, no puedo evitar sonreír.

Delia está haciendo algo que siempre ha hecho, al igual que cuando me dieron mi primer beso hace tantos años a la orilla de la presa, lo mismo que hizo tantas veces con chicos que conocíamos en fiestas, en casas de amigos. Me está entregando a Sebastian como si fuera un regalo. *Sé mejor que tú cuál es tu tipo, June*. Oigo su voz diciéndolo en mi mente. Y ahora, frente a frente con Sebastian, percibo que tiene razón. Lo único malo es que no creo que sea posible entregar a Sebastian, al menos no a mí.

Lo miro otra vez. Está atento a alguien detrás de mí.

—Entonces, ése debe ser él, ¿no? —señala con un movimiento de cabeza.

Me volteo. Es Ryan, mirándome mientras pasa cerca.

—¿Delia te lo mostró?

Sebastian niega moviendo la cabeza:

—No, pero por la forma en que nos mira, resulta obvio. ¿Tú le pusiste ese ojo morado? —no tengo idea de si lo dice en broma.

Niego con la cabeza.

Cuando se da cuenta de que lo miro, Ryan empieza a levantar la mano para saludarme.

Me doy vuelta.

—Un tipo guapo —afirma Sebastian, asintiendo con un gesto—. Los huesos de su rostro están… en el lugar preciso.

—¡Ja! —respondo—. Así es. Es lo que siempre pensé. Espero que los golpes no lo hayan arruinado.

Sebastian responde asintiendo muy serio, y luego su rostro se abre en una sonrisa de verdad. Lo ilumina todo durante menos de un segundo, para después desaparecer.

—¿Crees que estará celoso? —Sebastian sigue mirando a Ryan, que a su vez nos mira.

Muevo la cabeza de lado a lado:

—Lo dudo.

Sebastian da un paso hacia mí.

—¿Lo ponemos celoso? —tiene una mirada que me confunde, diferente de la que le había visto: desafiante, traviesa y hasta un poco malvada. Y de repente, sin darme cuenta de lo que viene hasta que ya ha sucedido, me rodea la cintura con un brazo y me acerca a él. En esta cercanía alcanzo a percibir los músculos de su pecho contra el mío, la firmeza de su abdomen contra el mío. No entiendo nada de lo que está sucediendo. Y él se inclina hacia delante, como si fuera a besarme. Cada vez más cerca, hasta que nuestros labios casi se tocan. Y recuerdo el aliento de Delia, sus labios. Siento el aliento de Sebastian sobre mi mejilla y mi corazón que late con fuerza dentro de mi pecho.

—Detesto a la gente como él —dice casi dentro de mi boca—. Mentirosos, gente que juega con el corazón de los demás —mira por encima del hombro y luego me libera—. Tenemos que irnos.

Doy un paso atrás, me tambaleo y casi caigo. Pero de alguna manera mis piernas logran sostenerme.

—Muy bien —respondo, y por un momento me olvido de todo, del resto de la vida, de las cosas tan absurdas que han sucedido y seguirán sucediendo, de hasta dónde metí la pata con Jeremiah y lo difícil que será arreglarlo. No me doy cuenta de nada más que de los latidos galopantes de mi corazón y de la sensación de las manos de Sebastian sobre mi cuerpo, como si los lugares donde me tocó se hubieran incendiado y tuvieran vida propia.

—Está abierto —se refiere al auto.

Dentro, Sebastian estira el brazo y enciende el radio, busca una estación. Lo apaga. Inhala profundamente.

—Lamento mucho que tu novio resultara un imbécil —dice—. Apesta cuando alguien resulta ser totalmente diferente de lo que pensabas.

Me encojo de hombros.

—Lo sé. A lo mejor nunca llegué a conocerlo a fondo, —respondo.

Sebastian calla un momento.

—¿Y él te conocía a ti? —hay algo en su voz que me frena en seco y me acelera el corazón. No me está preguntando sólo para seguir la conversación. En realidad le importa la respuesta.

—No, me imagino que no. Nunca… nunca fui sincera de verdad con él sobre una cantidad de cosas —pienso en mi vida, mi mamá, mis sentimientos por Delia, todo eso.

—¿De qué hablaban ustedes dos? —pregunta.

Muevo la cabeza de lado a lado.

—De un par de conejos, más que nada —me volteo hacia Sebastian, que levanta las cejas—. Había un video en tiempo real de unos conejos que nos gustaba mirar. Les construimos toda una vida a ese par de conejos, y parecía muy divertido. De hecho, lo era. Pero no era algo que hiciéramos además de otras cosas, sino que reemplazaba todo lo demás.

—¿Para evitar hablar sobre lo que realmente pasaba?

—Tal vez, no lo sé. Siempre que surgían cosas de la vida cotidiana, cuestiones familiares y así, yo pasaba por alto las partes difíciles y duras. Su vida es… no es como la mía —es raro estarle hablando a un desconocido sobre todo esto, sin más ni más.

Sebastian asiente como si entendiera.

—Entonces, le estuviste dando *nuggets* todo el tiempo —dice.

Me vuelvo hacia él. Por la ventana veo pasar corriendo árboles sin hojas.

—No tengo idea de a qué te refieres.

—Lo acabo de inventar —contesta, con una sonrisita apenas detectable—. Es cuando le das a alguien una versión procesada y completamente falsa de algo para que se lo trague con más facilidad. ¿Que tu hermano se unió a una secta extraña que le prohíbe hablar con todo el que no pertenezca a ella? Entonces dices: *Mi hermano y yo estamos algo distanciados en este momento de la vida*. ¿Que el drogadicto de tu padre se olvidó otra vez de pagar la renta del mes y los van a echar de su departamento? *Pues sí. Estamos pensando en mudarnos a un lugar más conveniente*. ¿Que un pandillero de treinta años trató de violar a tu hermana de doce y tú lo mataste...? Bueno, ya me entiendes.

Me veo asentir. Recuerdo lo que le dije a Ryan con respecto a mi mamá: *Sí, no somos muy cercanas. Cada una vive su vida*. Me dije que lo hacía por ambos, para no asustarlo con tragedias ni asuntos deprimentes. Pero quizá lo hice en parte por egoísmo, para poder fingir que era alguien diferente. Me gustaba ser esa otra persona.

—¡Qué suerte poder decidir quién eres! —exclama. Me mira por el rabillo del ojo.

Pienso en Ryan, en cómo incluso cuando pretendía ser muy profundo, no hacía más que decir cosas que había oído en otros lugares. Todo lo que sabía venía de libros y películas. Su vida era demasiado fácil. Hasta la *muerte* de Delia, jamás tuvimos una discusión seria. Y las pocas veces en que yo comenté algo de mi situación familiar, tuve la extraña sensación de que a él le gustaba que fuera oscura, sentía que le daba ventaja tener una novia así.

—En fin… —dice Sebastian, y cierra la boca apretando los labios. Su voz cambia—. ¿Y cómo te fue con todo lo que tenías que hacer en la escuela? Me refiero a eso de hablar con todos —habla despacio, con deliberación.

No quiero responder, pero no hay manera de ocultar lo que pasó. Es demasiado importante. Así que le cuento todo: de Jeremiah, de su acusación, de su mirada de loco, todo, todo.

—Y no creo que vaya a parar en ese punto —digo—. Va a seguir investigando y averiguando —todo lo que he tratado de olvidar está de nuevo en mi mente.

Me volteo hacia Sebastian. Su rostro permanece inmutable.

—No te preocupes —dice con voz tranquila, consoladora—. Siempre pueden presentarse… fallas técnicas.

¿Siempre?

—¿Has hecho esto antes? —el miedo me ha dado valor—. ¿Cuántas veces?

Sebastian toma aire, y luego hace una pausa como si no supiera bien si va a contestar o no. Entonces, abre la boca. La cierra. La abre de nuevo:

—Tres.

Entiendo lo que creo que me está diciendo: Delia no es la única entre ellos que murió y volvió a la vida. Una vez por Ashling, otra por Evan, y una tercera por él. Tres.

—Todos ustedes… —empiezo a decir—. Todos tenían una vida antes de ésta. Tenían otra vida que dejaron atrás.

—Para —dice con voz firme. Y luego, más bajito, casi como para sí mismo—: No es seguro.

—Jamás le voy a decir a nadie —respondo—. Lo prometo.

Pero Sebastian sólo mueve la cabeza.

Me recuesto en el asiento. Miro los árboles que siguen de largo por la ventana, con la cabeza hirviendo de preguntas que no puedo hacer. Unos minutos después, nos detenemos frente a la casa.

Capítulo 37

Delia

De entrada, sé que algo anda mal. Incluso antes de poder verla, lo siento en el estómago, ese sentimiento enfermizo y caliente como si fuera un canario metido en una mina de carbón allá muy hondo en el lugar donde llevo toda esa negrura. Estoy asomada a la ventana cuando llegan. Cuando June se baja del coche, sus movimientos son rápidos, agitados, como los de un animalito aterrorizado. Al principio pienso que tiene que ver con Sebastian, alto y delgado con las manos metidas en los bolsillos. Y pienso: *Si llegaste a lastimarla, muchacho, te voy a hacer pedazos, como si fueras un maldito árbol y te metiera en un aserradero,* pero cuando se acerca lo suficiente, puedo oler el miedo agrio que irradia su dulce piel. Me doy cuenta de que tiene miedo, de mí.

Esto me enferma.

June entra y dice que necesita contarme algo malo. Se muerde los labios, se tapa su preciosa boquita temblorosa. Y entonces sale a trompicones una historia relacionada con Jeremiah.

—Fallé —dice—. No pude convencerlo. Perdón. No sé qué va a hacer ahora.

Y entonces me dan ganas de reír. De reírme de Jeremiah, con su enorme cara de bobo. Si no es más que un gatito inofensivo metido en el cuerpo de un bulldog. No fue más que algo tibio a lo cual aferrarme a ratos durante el invierno. Un juguete. Al oír de su mano quemada, de su apasionado intento por reparar los daños que se me hubieran podido causar, casi llego a sentir algo por él. Casi, pero no. Es bueno, dulce, inofensivo, pero hasta los más inofensivos pueden provocar problemas al andar a tientas en la oscuridad, volcando cosas y cometiendo grandes errores. Y asustó a mi Junie.

—Lástima que no podamos dejar que se enfrente a Ryan, ¿no? —pregunto—. O que Ryan le busque pelea. Que se eliminen entre sí.

June me mira, con su linda boca abierta.

—Es broma —le digo, y me mira como si no estuviera tan segura. Chica lista.

Los pensamientos se disparan en mi mente, pop pop pop. Se me ocurren mil, un millón, mil millones de ideas en el lapso de tiempo entre que dejo caer mi rostro hasta que abro la boca para decir:

—No te preocupes, Junie. Te prometo que algo se nos ocurrirá —¿en plural? Por favor. Veo que se empieza a relajar. Sabe que voy a ocuparme del asunto. A ocuparme de ella. Bien.

Mantengo una expresión de calma. Pero la verdad es que ahora soy yo la que se muere de miedo.

Porque llegó el momento. Necesito algo, de verdad lo necesito. Y si ella no acepta hacerlo, nada de lo que tiene que pasar pasará. *¿Estás con nosotros, Junie?* Dijo sí. Sé que así es. Pero necesito estar segura.

Así que abro la boca y le pregunto.

Capítulo 38

June

Le dije que sí.

Siempre voy a decirle que sí.

De ahora en adelante, sin importar lo que pida, sí. Ésa será mi respuesta.

¿Cómo iba a ser de otra forma?

Además, él se lo merece. Eso y más.

Tomo aire una última vez y lo sostengo. Luego, oprimo el timbre. Oigo el sonido a través de la puerta y después se detiene. Por un momento, no se oye nada. *William no tiene cirugías los martes,* dijo Delia. *Y mi mamá se fue unos días con una hermana. Estará allá. Solo.* Su auto está en la entrada. A lo mejor está dormido. A lo mejor no viene.

Y entonces oigo una voz.

—¡Un momento!

5, 4, 3, 2, 1... Está sucediendo.

La puerta se abre y allí está William, grande y con su amplio pecho metido en una camisa rojo oscuro. Sus labios se ven gruesos y resecos, sin color. Delia siempre decía que mucha gente lo encontraba atractivo. *Sus pacientes siempre tratan de conquistarlo,* dijo. *Probablemente el cáncer las enloquece.*

—¿Sí? —pregunta. Se lleva una enorme mano al rostro para frotarse los ojos de un azul acuoso—. ¿En qué puedo ayudarte?

Pienso en las palabras de Delia, que me transmitió con voz temblorosa. Ni siquiera parecía la de siempre cuando las dijo: *William se merece la cárcel, pero jamás lo condenarán por lo que hizo.*

La furia me empieza a hervir por dentro. Quisiera levantar una de esas bonitas macetas decorativas que hay en los escalones de la entrada y quebrársela en la cabeza y seguirlo golpeando con ella hasta que se le caigan todos los dientes y se le rompa la cara y que de su cráneo no queden más que astillas de hueso.

En lugar de eso, le sonrío, triste y valientemente.

—Hola, señor Grosswell —le digo—. Soy June. Una amiga de Delia. O sea, yo solía venir mucho por aquí.

Tengo que calmarme. Parezco nerviosa. *Soy la única prueba,* dijo Delia. *Y ya no estoy.*

Parpadea. Aún se ve confundido, como si no tuviera idea de quién soy ni de quién es Delia, y luego veo que su expresión cambia lentamente, como si no estuviera procesando las cosas a la velocidad normal.

—Claro —dice—. Sí, claro.

—Vine porque... —hago una pausa—, no había visto a Delia mucho en los últimos tiempos, y precisamente por eso me siento horrible con respecto a todo esto y... —recité mil veces esto cuando practicamos. Necesito que crea que no tengo idea de qué sucedió, de lo que él trató de hacer. Necesito que crea que no corre ningún peligro. Pero, al igual que Delia, cuando pensó que estaba segura en su propia habitación, en su propia casa este señor estará muy equivocado.

—Estamos haciendo un montaje de fotos en la escuela —continúo—, y pensé que... quizás ustedes tuvieran álbumes viejos en los cuales pudiera buscar... y tal vez tomar algunas prestadas de cuando Delia era niña.

—Me parece que te recuerdo. Estabas aquí todo el tiempo —hace una pausa, cierra los ojos. Los abre—: Y dejaste de venir.

Hago un gesto de asentimiento. El corazón se me va a salir del pecho.

—Nos habíamos distanciado. Ojalá hubiera sido una mejor amiga para ella.

¿Parece aliviado?

—No puedes culparte. Estaba pasando por un momento difícil, especialmente al final —mueve la cabeza hacia un lado y hacia otro. *Por culpa tuya,* pienso. *Por culpa tuya, pedazo de mierda*—. Pasa, por favor.

Entro y cierra la puerta tras de mí.

Me lleva a través de la cocina, hacia la sala, sobre la suave alfombra *beige*.

—Su madre guarda un par de álbumes aquí —dice. Tengo que obligarme a mantener las manos en los bolsillos para evitar darle un puñetazo. Abre un gran armario de madera. En la parte inferior hay un álbum encuadernado con cuero falso de color tinto, que ya empieza a pelarse. Lo saca y lo pone sobre la mesita del café.

—Su mamá tiene originales de todas en la computadora. Así que no creo que le importe que te las lleves. Le dará gusto que... —hace una pausa, aprieta los labios y traga saliva con dificultad—. Le dará gusto que le hagan un homenaje, supongo. Para el funeral, ella quería que estuviera sólo la familia. Y dijo que por el momento no soportará organizarlo, así que... —se queda allí por un momento, luego se levanta hacia la puerta. *No, no, no*, pienso. Necesito que esté aquí conmigo, que me vea mientras reviso las fotos. Que me dé oportunidad de hacer lo que vengo a hacer.

—Dime si necesitas algo —dice—. Voy a estar... —señala vagamente hacia la cocina.

¿Y ahora qué?

Tomo el álbum y lo apoyo sobre mis piernas. Ahí está Delia, a los siete u ocho años, sin los dientes delanteros. Delia comiendo un helado. Delia con una tortuga. Delia cuando tenía apenas unas horas de nacida, aún sin haber abierto los ojos. Ésta la he visto muchas veces antes. *¿Puedes creer lo pequeña que era?*, decía siempre, y parecía tan sorprendida, como si no pudiera creer que ésa era ella, como si todos los habitantes de la Tierra no hubiéramos sido bebés alguna vez.

Escojo unas cuantas fotos. Luego me levanto y voy a la cocina.

Eres nuestra mejor oportunidad, Junie. Él se acordará de ti. Te va a dejar entrar.

Ahí está, sentado a la mesa de la cocina, con una revista de cirugía oncológica en la mano izquierda y una enorme taza azul en la derecha.

Su Coca-Cola de dieta. Siempre la tiene a mano, en una taza porque cree que eso la hace más varonil. Ponla ahí, y no se dará cuenta de nada.

Me meto la mano al bolsillo y deslizo en ella la diminuta bolsita. Ashling me hizo practicarlo montones de veces. Ella es toda una experta en hacer desaparecer cosas en sus manos, para luego sacarlas de nuevo cuando así lo quiere. *Eres maga*, le dije. *Tengo práctica*, respondió, y le sonrió a Delia, y supe que me estaba perdiendo de algo.

William levanta la vista.

—¿Encontraste lo que buscabas?

—Mmm, hay unas bastante buenas ahí —contesto. Levanto en alto las que tomé.

Estudio la taza, esmalte azul oscuro con vidriado verde que chorrea desde el borde. Adentro, un líquido café burbujeante con cubos de hielo que se van derritiendo. Cinco segundos, no necesito más. Cuatro si logro hacerlo rápido.

—¿Me podría dar un vaso de agua?

—¡Pero claro! ¡Qué descortés no habértelo ofrecido!

Se levanta y va a servirme el agua. Ésta es mi oportunidad. El corazón me arde.

Me acerco a la mesa, fingiendo interés en su revista. Tengo la mano sobre la taza, la bolsita en el hueco de la palma. Pero estoy sudando y tengo tanto miedo que de repente se me resbala la bolsita de la mano y cae en la coca-cola, con el pastelito que tiene impreso hacia arriba.

Mierda.

—¿Con hielo? —William está frente al refrigerador, dándome la espalda.

Me tiembla la mano.

—Sí, por favor —la voz me tiembla también. Se va a dar cuenta. Se va a voltear y a ver lo que estoy haciendo. Y entonces ¿qué?

Pone un par de cubos de hielo en un vaso. Yo meto los dedos en la taza y pesco la bolsita, que meto en mi bolsillo. El hielo tintinea. William vuelve con mi vaso de agua. Hay gotitas de coca cola en la mesa. Las limpio con el borde de mi manga.

Está a mi lado ahora. Siento que me pongo colorada. Me llevo la mano al bolsillo. Me mira, con el vaso con hielo en su mano gorda.

Dios mío, seguro se dio cuenta. Debería voltearme. Debería huir a la carrera.

—¿Sabes? —dice lentamente—. Creo que en el sótano hay más álbumes viejos. ¿Quieres verlos también?

Todo bien, por ahora.

Recuerdo que Delia me contó una vez que William no dejaba que su mamá tuviera muchas de sus cosas a la vista de todos en la casa. *Eso era parte de tu vida anterior,* decía Delia que lo había oído decir. *No deberías estar pensando más en eso.* Delia comentaba que lo peor de todo era que su mamá no se había resistido. Simplemente había aceptado.

Se voltea y me obsequia una sonrisa amistosa y cálida. Se me revuelve el estómago.

—Vamos a echar un vistazo —levanta su taza y le da un buen trago.

Y de repente, lo último que quiero es bajar por esas escaleras con él hacia el sótano. Lo que le hizo a Delia bien lo podría intentar conmigo. ¿Tendré los dientes tan afilados como ella? ¿Seré tan rápida con las manos? Pero eso no importa. Porque si no voy, él se saldrá con la suya y no pagará por lo que le hizo. Y eso sí que no lo permitiré.

—Buena idea —respondo.

Abre la puerta y me invita a pasar con un ademán del brazo.

—Después de ti —no hay espacio y cuando me escurro para pasar a su lado, nuestros pechos se rozan. Al pie de la escalera enciende la luz. No hay ventanas allá abajo. Las paredes están cubiertas de estanterías baratas, hay un pequeño sofá de piel, una televisión de gran tamaño que se ve nueva, y un montón de cajas de cartón en un rincón. Huele como a alfombra nueva y tierra.

—Me parece que los álbumes están en una de esas cajas, hasta atrás —dice—. Puedes buscarlos, con toda confianza —me hace un gesto con la mano para invitarme a hacerlo. Así que me agacho, consciente de sus ojos puestos en mi trasero. Me enferma. Pero tengo que hacerlo, acabar con esto. ¿Cómo?

Agarro una caja. Es pesada, no demasiado para levantarla pero... se me ocurre una idea. Tiro de ella, suelto una exclamación que indica mi esfuerzo. Me detengo, y pretendo que lo intento de nuevo.

Me volteo hacia él, mirándolo como corderito degollado:

—Mmmm. Me da pena pero están muy pesadas. ¿Será que usted podría...?

—Pero por supuesto —dice, y me lanza una sonrisita asquerosamente indulgente, luego me extiende su taza—. ¿Te importaría...?

Delia me prometió que él jamás será capaz de imaginar quién tiene la culpa por lo que va a venir. *Tiene suficientes enemigos,* me dijo. Todos los internos que ha despedido, personal del hospital con los que ha tenido problemas, podría ser cualquiera. Pero durante un instante, casi tengo la esperanza de que logre deducir quién fue. Quiero que recuerde este momento, que recuerde cómo me sonrió, y se sienta como un idiota.

Recibo su taza. *No, William, no me importa sostenerla,* pienso. *Pero puede que a ti sí.*

Alza la primera caja. Yo pesco en mi bolsillo la bolsita pegajosa por el refresco, la abro, y rocío los cristalitos amarillentos en su bebida. Meto el dedo y la revuelvo un poco hasta que se disuelven.

Mientras tanto, William ha movido tres de las cajas, cuatro. Jadea, suda un poco.

—¡Ajá! —dice. Se agacha y saca una caja del fondo. Un letrero en verde, Álbumes, está escrito en el frente. Se vuelve hacia mí, con el semblante iluminado. Sonríe, satisfecho consigo mismo. Satisfecho por haber podido empujar y levantar unas cuantas cajas mientras su hijastra está muerta. Quiero vomitar. Quiero darle puñetazos en la cabeza.

—Listo —dice. Pone la caja en el sofá—. Aquí están.

—Gracias —le digo. Y le devuelvo su taza, sonrío.

Abro la caja y saco un álbum. Volteo a mirar a William cuando se lleva la taza a los labios y se toma el primer sorbo.

Antes de dejar por ahí la droga de Tig para inculparlo, dijo Delia, *tenemos que asegurarnos de que también la tenga en él.*

Me indica el sofá con un gesto.

—Siéntate, si quieres —toma otro sorbo.

Algo en mi interior se enciende, siento que me acelero, como si fuera yo la que estuviera tragándome toda una taza de metanfetaminas.

Está de pie a mi lado, me mira. Trato de no sonreír al oírlo que bebe un trago, y otro, y otro hasta terminarse su bebida. Deja la taza vacía en el brazo del sofá. Luego va hacia otro cuartito lateral, enciende un interruptor y un foco amarillo ilumina con su cruda luz un refrigerador blanco que parece nuevo. Saca dos botellas de cristal oscuro. Luego regresa al sofá, se sienta y me ofrece una.

—Técnicamente, se supone que no debo tomar cerveza por la diabetes. Pero supongo que tú tampoco, ¿cierto? —dice, y continúa—. No diré nada si tú no lo dices.

Ahí está esa sonrisa otra vez. Quisiera agarrar la botella y reventársela en la nariz. Me imagino el sonido del impacto, el chasquido de los cartílagos, la sangre que se acumula sobre sus labios gruesos y resecos.

—Gracias —contesto, y sus dedos rozan los míos al entregarme la botella.

El álbum pesa sobre mis piernas. La cerveza se siente fría en mi mano. Puedo oler su aliento. Está cerca de mí. Me pregunto cuánto tiempo tengo que seguir aquí. Miro una foto de Delia a los cinco o seis años. Tiene el cabello oscuro y rizado, la sonrisa amplia, y los dos brazos levantados en actitud de haber conseguido una hazaña.

William mira por encima de mi hombro.

—¡Caramba! Ves una foto como ésa... y es tan horrible pensar en cómo acabó todo —suena genuinamente entristecido, tan destrozado que por un instante podría pensar que es un ser humano de verdad, con sentimientos de verdad—. No puedes sino preguntarte ¿qué diablos ocurrió?

Y yo pienso: *Tú sabes exactamente qué fue lo que ocurrió, costal de mierda.*

—Nunca fuimos muy unidos. Creo que ella tenía alguna especie de resentimiento porque yo estaba con su mamá, que no fuera su papá...

La trataste de violar, desgraciado.

—No estábamos de acuerdo en muchas cosas, supongo. Pero siempre sentí que era como una hija para mí, incluso si ella no me correspondía. Era parte de mi familia...

No sé a quién trata de convencer, si a mí o a sí mismo, pero no puedo seguir escuchando todo esto. De repente me asalta un recuerdo, algo que había olvidado hace mucho: a mitad del último año de secundaria, una noche que me quedé a dormir en casa de Delia. Fui a buscar un vaso de agua en medio de la noche y William estaba en la cocina. Yo tenía puesto un camisón de Delia, rojo encendido con estrellas negras. Tenía las piernas descubiertas, y a pesar de que el camisón era más largo que muchos vestidos que se ponían otras chicas para ir a la escuela, de pronto me sentí totalmente desnuda. Era la primera vez que estábamos en una habitación a solas. Recuerdo su sonrisa, y que me dijo algo como *Qué gusto encontrarte por aquí* y recuerdo que yo reí incómoda.

Venía por un vaso de agua, dije tímidamente.

Y él se encogió de hombros y luego, por alguna razón, me guiñó el ojo. Y yo pensé, incluso en ese momento, que tal vez debía parecerme amable, que quizás era mejor padrastro de lo que decía Delia. Pero me quedó algo en el fondo del estómago, como una piedrita dura y pesada.

Los vasos los guardaban en lo más alto de un gabinete, y sentí que el camisón se me levantaba al tratar de alcanzar uno. Empecé a sonrojarme, tratando de jalarlo hacia abajo para taparme el trasero. Y luego fui al fregadero y abrí el paso de agua. La piel me cosquilleaba. Cuando me di vuelta, él estaba apoyado contra el mesón y me miraba fijamente, con las manos en los bolsillos. Había pensado también en buscar algo de comer, pero de pronto ya no tuve nada de hambre. Tan sólo quería salir rápido de allí, igual que ahora, que quiero largarme lo más pronto posible de esta casa.

—Creo que ya tengo suficientes fotos —digo, y me pongo de pie. Parpadeo, como si estuviera conteniendo las lágrimas.

—¿No quieres ninguna de ésas? —pregunta.

—No —respondo rápidamente—. Ya tengo muchas, de los de arriba, creo.

—Puedo mostrarte más cosas suyas —propone—. Estamos sacando muchas de sus cosas, ropa y quién sabe qué más. Su madre quiso que yo me ocupara de todo eso, iba a ser demasiado para ella. Puse todo en el garaje, si quieres tomar algunos recuerdos o…

Parece desesperado. No quiere que me vaya. Su mujer no está, su hijastra está muerta. Y el desgraciado pervertido quiere que me quede con él, recordando otros tiempos, tomándome una cerveza.

—No —insisto—. Gracias. Me voy... —señalo las escaleras. A duras penas soporto mirarlo—. No necesita acompañarme.

—Fue bueno que vinieras —dice. Su voz suena rara, amortiguada. Casi como si fuera a llorar, pero no estoy tan cerca como para verlo.

Camino lentamente hasta llegar al final de las escaleras. Me vuelvo, y tiene el álbum sobre las piernas. Lo contempla, y juraría por Dios que está acariciando una de las fotos.

Dejo la botella en la mesa de la cocina, y me largo de esa casa. De regreso al aire fresco y limpio, aspiro con todo, tan contenta de haberme alejado de él.

Me imagino a William, aún sentado en el sótano con todas esas fotos. Haciendo quién sabe qué ahora que la droga ya se ha regado por su organismo.

Se merece cárcel por lo que le hizo a Delia. A lo mejor, pronto estará allí.

Capítulo 39

Delia

Estoy junto a la puerta, el cuerpo me vibra como si lo tuviera al rojo vivo. Me balanceo sobre los dedos de los pies, tiro patadas, corro sin moverme de un lugar. Me siento arder.

—Ven a sentarte conmigo, bebé —dice Ashling.

Se me acerca por detrás, pone sus manos en mis hombros e intenta darme un masaje. No es que pretenda rechazarla de frente, pero eso es lo que hago cuando me encojo para zafarme de sus manos. Ashling parece necesitarme más cuando está celosa, insegura. Me desespera.

Se detiene, regresa al sofá y se sienta sobre sus largas piernas. Tiene las mejillas coloreadas. Está herida pero trata de fingir que no es así. *No me asustas,* me dijo cuando nos conocimos. *No estás tan dañada como para que no pueda contigo*. Lo dijo en tono de orgullo. Le permití creer que tenía razón.

—¿De qué te preocupas? Seb envió un mensaje de texto. Ella ya está de nuevo en el auto. Todo salió perfecto. Las cosas están sucediendo. Se encendió la mecha... —su voz no suena espontánea y su deliciosa boca de fresa tiene un gesto de enojo.

Las cosas están sucediendo.

Voy hasta donde está ella y la beso con entusiasmo.

—Perdóname, bebé —le digo. No siento que tenga que disculparme, pero es más fácil así. Se pone como loca cuando siente celos o desconfianza. La he visto hacerlo, y no podría con eso en este momento.

Se resiste un instante, pero luego me envuelve el cuello con sus delgados brazos, y me acaricia. Y me obligo a sentarme tranquila, aunque hacerlo implique un dolor casi físico.

Me hago recordar que estoy en deuda con ella, que siempre lo estaré. Recuerdo esa noche en la fiesta con Tig, completamente drogada con quién sabe qué, su rostro como una superficie líquida siempre cambiante, sus ojos como de plata que iban y venían lentamente. Las palabras que salían a tumbos por mi boca. Oía las palabras al pronunciarlas, y me sorprendía ser todavía capaz de hablar en frases que alguien más pudiera entender. *El desgraciado de mi padrastro,* dije. *Esto fue lo que pasó.* Pensé que la iba a sorprender, eso quería. Pero ella no suspiró, ni se le cayó la mandíbula hasta el piso. Asintió como si entendiera. E incluso con lo drogada que estaba yo, me di cuenta de que esos preciosos ojos enormes habían sido testigos de cosas muy feas.

Lo que me respondió fue: *Tal vez pueda ayudarte,* pero no entró en detalles en ese momento. Pensé que se refería a ayudarme esa noche, que me traería agua o más de lo que fuera que me había metido, porque aún no me sentía preparada para bajar de allá arriba.

No podía siquiera imaginar a qué se refería en ese momento. Tampoco pude encontrarle mucho sentido cuando me lo explicó, más adelante. Ella me ha dado todo, tengo que tenerlo presente. No podré olvidarlo nunca.

Así que ahora, sentada en este sofá cuando lo único que quisiera es pararme junto a la puerta a esperar a mi Junie, me obligo a mantener los labios de Ashling contra los míos.

Ashling es como un pez bailarina o un cachorrito. Sólo recuerda lo último que uno le hizo. El beso es lo que cuenta ahora. Pero tiene un núcleo de circuitos eléctricos cargados. Ni ella ni ninguno de los otros son personas con las que uno pueda jugar.

Le acaricio la espalda, me recuesto sobre ella. Cierro los ojos y siento el zumbido de la adrenalina hasta que oigo vehículos que llegan y se detienen. Y vuelo hasta el techo y me quedo allí pegada como un globo lleno de humo negro. POP.

—¡Ya llegaron! —dice Evan, y sale corriendo a la sala. Está emocionado, pero por otras razones. Porque está orgulloso de su hazaña.

Unos cuantos segundos después, entran a la casa. Sebastian hace un gesto de asentimiento casi invisible. Los ojos de June se ven brillantes, más que de costumbre. Y tiene el rostro colorado.

—El tipo es un asco —dice—. A duras penas logré permanecer en la misma habitación que él. De pensar en lo que te... ¡me dieron unas ganas de matarlo!

¡Le dieron unas ganas de matarlo!

Inhalo, exhalo, el tiempo se detiene. No muevo ni un músculo del rostro. Inhalo exhalo inhalo exhalo. Adentro afuera. El tiempo comienza de nuevo.

Siento una oleada de alivio y dicha y cosquilleos de algo más.

—Gracias, Junie —digo—, gracias, gracias, gracias.

Hace gestos de negación con la cabeza.

—Yo... Dios mío... —me extiende una pila de fotos—. Te conseguí esto, si lo quieres. Digo, tuve que sacarlas, pero si quieres quedarte con ellas...

Ojeo esas fotos mías de cuando era niña, mi mamá y yo, nuestra casa vieja, todo lo de antes. Las tomo y las dejo en la mesa.

Y ya estoy en lo que sigue. Ahora es el momento de contarle de lo que me tiene más emocionada: el regalo.

Sebastian mira rápidamente a June, otra vez. Una mirada diferente a todas las que le conozco.

—¿Puedo contarle? —pregunta Evan, asintiendo y sonriendo—. Déjame que le cuente.

Evan fue el de la idea. Cuando lo conocí, pensé que era todo dulce e inocente. Luego aprendí que eso era sólo su corteza exterior, porque por dentro va acumulando todo lo malo que cualquiera le dirija, y lo almacena. Lo mantiene en la boca, y allí lo deja condensar y cuajar. Bajo su dulce sonrisa hay un demonio en miniatura. Y a pesar de que no me asusta, a ratos me pregunto si debería temerle.

Sucede que también es un genio en cosas relacionadas con computadoras, redes, pixeles, todo eso de lo que yo no sé nada ni me importa, pero que resulta muy útil si uno se propone armar caos y problemas, cosa que suele ser su objetivo. Fue su idea, y también fue quien la llevó a cabo. Pero fui yo quien dijo que debía hacer algo por ella, y también fui yo quien escogió el blanco de la acción. Así que éste es su regalo, envuelto con un listón dorado. Un regalo para ella, para mí, para nosotros.

—Anda, cuéntale —le digo a Evan. Porque supongo que también estoy en deuda con él.

—Mientras tú estabas ocupada jodiendo a William, nosotros estábamos jodiendo a alguien más. Por ti —dice.

June pone gesto curioso.

—¿A quién?

—A Ryan.

Abre la boca, formando una pequeña *O*.

—Nos cuidamos unos a otros —es lo que dice Evan, que es perfecto en este momento, aunque él no lo sepa—. Y además es divertido.

Conozco a mi Junie. Sé de su desesperación por formar parte de un grupo, incluso cuando ese grupo éramos sólo ella y yo. Y ahora somos más. *Puedes ser parte de nosotros*, es lo que pienso, pero no lo digo.

—¿Y qué fue lo que hicieron? —pregunta.

—¿Te acuerdas que Ryan estaba enganchado al porno con animales de granja, cosas verdaderamente extrañas, pero que le daban pena y no quería que nadie lo supiera?

—Espera, ¿qué dices? —June se ve tan confundida que me resulta adorable—. ¿De qué estás hablando? No es verdad.

—¿En serio? No me digas —responde—. ¿No era eso lo que le gustaba? —levanta una gruesa ceja, como una oruga, con un iracundo barro en un extremo.

June mueve la cabeza de un lado a otro. No lo entiende aún. Detecto la emoción de Evan que hace vibrar el aire. Está a punto de reventar y contárnoslo todo. Me mira y le doy mi asentimiento. *Sigue, adelante, diminuto monstruo desquiciado.*

La voz le sale aguda y chillona, sin pausa entre las palabras. Habla y habla y habla, como si hubiera agarrado velocidad. Aunque supongo que sí está drogado, en cierto sentido, pues joder a los demás para él es como una especie de droga.

—¿Y entonces cómo es que por accidente mandó un tuit con un enlace a su perfil en su foro clandestino preferido, en el cual llevaba dos años participando, y que se especializa en... a ver, cómo te explico... en fotografía de animales en actitudes muy amorosas, y luego borró ese tuit, una hora después, cuando todas esas popularísimas reinas del chisme, que antes de esto no se hubieran negado a chuparle sus atributos, siguieron el enlace y vomitaron la comida que siempre dejan en la bandeja? ¿Y cómo puede ser que un tal RyRy99, que bien podría ser Ryan Fiske, hacía muy poco había publicado una foto muy pasada en la que se veía su rostro y también otras partes de su cuerpo? ¿Me lo puedes explicar, Junie?

Los ojos de Evan brillan con la intensidad del demonio de su interior. Quisiera gritarle: *¡Cállate! ¡No la asustes! ¡No seas tan mierda!*

Junie abre y cierra la boca, como un pez en el agua. Quisiera meter mis dedos por ese orificio y seguir bien hondo hasta llegar a su corazón. Tomo aire, y mantengo mis manos a ambos lados de mi cuerpo.

—No lo entiendo. ¿Es cierto todo eso? —pregunta al fin—. ¿Ryan hizo todas esas cosas?

—¿Qué entiendes tú por cierto? —responde él—. Porque ahora mismo es tan cierto como el infierno.

—¿Cómo hiciste para que apareciera como participante durante dos años? ¿Y la foto…?

—Ay, todo eso es tan fácil. Un niño podría haberlo hecho —y sé que la confusión de June lo excita aún más. A veces lo imposible es posible. Morimos, ardemos, volvemos a la vida. Podemos viajar en el tiempo, derretir el rígido acero del pasado y moldearlo.

—¡Por Dios! —dice June, pero no parece contenta.

Quiero que sonría. Esperaba que lo hiciera. Al fin y al cabo, esto es gracioso. Se toma unos segundos y luego, veo su boca que pasa por toda una secuencia de gestos hasta asentarse en algo que parece una sonrisa mínima y poco convencida. Pero yo la conozco mejor de lo que ella se conoce y lo cierto es que le encanta. Es lo más dulce que hay, casi casi hasta el fondo, pero no tanto.

—Eso... eso es... ¿Cómo hiciste...? —sacude la cabeza incrédula. Pero sé que por dentro se imagina el rostro de Ryan, tan guapo pero tan sin gracia, retorcida de horrible vergüenza, tal como se lo merece.

—Evan es un genio —le digo.

El aludido se encoge de hombros y sonríe.

El semblante de June cambia de nuevo.

—Es divertido pero... ¿de verdad se merece eso? O sea, lo único que hizo fue tratar de conquistarte con insistencia. Y... ¿y quién lo puede culpar por eso? ¿O no?

Siento que un párpado se me acalambra. Me obligo a respirar... inhalo exhalo, adentro afuera. No le gusta. No lo entiende. Yo estaba tan emocionada. Me siento mal. Siento que Ashling tiene la mirada clavada en ambas. *Deja ya de mirarnos así.*

—Él prácticamente nos separó, Junie —le digo. Trato de mantener la calma en la voz, aunque por dentro estoy a punto de hacer cortocircuito—. Tiene suerte de haber recibido sólo eso.

—Además —dice Evan—, ya es demasiado tarde. Los rumores ya salieron del gallinero y están revoloteando por todas partes. No podría acallarlos por más que quisiera.

June tiene el rostro muy rojo.

—Se lo merece —afirmo, y en mi mente lleno el resto... es exactamente lo que merece, por lo que hizo. Y me fuerzo a sonreír, levantando las comisuras de los labios en un gesto sonriente que no siento desde adentro—. Ya no pensemos más en eso, porque hay otro exnovio con el que tenemos que lidiar —y sostengo en alto la carta para Jeremiah. Esta carta sí la escribí yo, y está llena de detallitos íntimos que sólo él conoce. Y luego Ashling escribió una notita explicando que esa carta se la envié a ella y le pedí que se la hiciera llegar a él.

—La pondremos en el correo hoy, y la recibirá mañana, y todo quedará arreglado.

June parece agobiada, como si estuvieran sucediendo demasiadas cosas demasiado rápido. Necesita que le ayude a saber qué pensar, y eso hago. Mi cabeza desciende en un lento gesto de asentimiento. *Está bien, todo esto está bien,* es lo que le transmito. Y al fin responde, asintiendo. No muevo ni un músculo del rostro, y oculto la radiante sonrisa que florece en mi interior.

Ay, mi querida Junie, espera y verás...

Capítulo 40

June

A veces hay tanto en qué pensar que uno es incapaz de pensar en absoluto. A veces no hay más remedio que sentarse a esperar. Así que esperamos.

¿Qué esperamos? No pregunto. A lo mejor me da miedo enterarme.

Sebastian está en la cocina, tecleando en una computadora. Evan y Ashling están jugando cartas. Y Delia y yo estamos sentadas en el sofá, una junto a otra, y ella me trenza y destrenza el cabello, como solía hacerlo. Tengo los ojos cerrados. Hacía tanto que nadie juega con mi cabello así, porque Delia es la única que lo ha hecho. Es tan relajante, que me va arrullando, me pone en una especie de trance, me lleva a ese lugar que es la antesala del sueño. Y luego tira de un mechón.

—Un nudo —susurra en mi oído, como siempre. Pero nunca ha habido nudos.

Un timbre de alarma empieza a sonar. Delia toma aire. Abro los ojos. Todos voltean. Y así me entero de que esto es lo que estábamos esperando.

Evan levanta un teléfono de la mesa, uno de los tres que tiene ante sí. Manipula la pantalla y asiente.

—Muy bien, ahí va Willy en acción —dice. Señala la pantalla, donde un minúsculo punto rojo se va desplazando por un mapa. Me mira, porque soy la única que no sabe qué está sucediendo—. Es un chip de rastreo por radiofrecuencia —aclara—. Mientras tú estabas en la casa con él, Sebastian lo puso en su coche.

Me volteo hacia Sebastian, que hace un gesto afirmativo.

—Va en dirección sureste, por Ridgefield —se voltea hacia Delia—. ¿Tienes idea de adónde se dirige?

—Supongo que a su gimnasio —responde ella.

Ashling sonríe traviesa.

—Tal vez de repente tiene mucha energía y no sabe qué hacer con ella —me mira, y sus labios se abren lentamente en una sonrisa mayor—. Me pregunto cómo le pasaría eso.

Respondo con una sonrisa.

—Nunca se queda mucho en el gimnasio —dice Delia—. Va a masturbarse en el sauna, más que nada, creo —habla con dureza, pero el miedo se trasluce en su voz.

Y de repente ya no siento ningún miedo. Me siento con la fuerza suficiente para ambas.

—Bien —dice Sebastian—, hagamos lo que tenemos que hacer.

Pocos minutos después, estamos en la camioneta, entrando al estacionamiento del gimnasio Brentwood Fitness. Nadie dice nada; hay una seriedad de hierro en todos ellos. En todos nosotros.

Damos una vuelta por todo el estacionamiento, despacio.

—Allí —Delia golpea el vidrio con sus nudillos cuando pasamos frente a un Audi plateado que reconozco. El auto de William. Ashling se estaciona unos cuantos lugares más allá.

—Nosotros nos quedamos aquí —me dice Sebastian—, vigilando, listos para crear una distracción si fuera necesario. Pero no pasará nada. Es cosa de un minuto y ya.

Ashling busca debajo de su asiento y saca una delgada lámina metálica y una barreta. Entonces, Delia se sube la bufanda para taparse la boca, y se baja la capucha para cubrirse más. Luego, ella, Ashling y Evan se bajan de la camioneta. El estacionamiento está casi vacío, pues la multitud que llega al terminar las horas de oficinas aún no ha aparecido. El corazón me late con fuerza. Después de esto, no hay marcha atrás. A lo mejor nunca la hubo.

Miro a través de los vidrios polvorientos. El vinilo de la tapicería está frío, pero mis manos sudan y se pegan a él.

Sebastian extiende un brazo y posa la mano sobre mi hombro.

—Relájate —dice. Y se estira hasta el asiento del piloto, para mover la llave en el encendido y poner la calefacción y el radio. Pasa de una estación a otra hasta que aparece una de música clásica tranquila, pianos tintineando. Luego se recuesta y cierra los ojos—. Sólo escucha —me volteo hacia él y lo miro, su quijada, sus labios. Toma mi mano en la suya, como si fuera completamente normal, como si lo hubiera hecho antes. Le da un apretoncito. Yo le respondo el apretón. Con la otra mano, los ojos aún cerrados, hace como si tocara piano sobre su pierna.

—¿Tocas el piano? —pregunto, y el corazón me late desbocado.

Abre un ojo y me mira:

—Se supone que debes tener los ojos cerrados, pero sí —su rostro se ve calmado, inmóvil mientras suena la música.

Otro apretoncito a mi mano. La suya está tan tibia.

Veo cómo Ashling toma la tira de lámina de metal y la introduce en la ranura entre el vidrio y el marco de la puerta, y la desliza hacia abajo. La sacude hacia todos lados y, un instante después, la puerta del Audi se abre. De repente suena un atronador ruido de alta frecuencia, la alarma del auto de William. Evan teclea algo en su teléfono y el escándalo cesa.

Delia abre la puerta delantera. Toma la bolsa de papel del bolsillo de su abrigo y la embute debajo del asiento del piloto. Cierra la puerta y la asegura. Evan teclea algo en su teléfono, tal vez para reactivar la alarma.

Evan le ofrece la barreta a Ashling, luego a Delia, que le responde con un gesto de la mano para indicarle: *El gusto es todo tuyo*. Y Evan sonríe con dulzura empalagosa, levanta su corto brazo como si fuera a batear, y estrella la barreta contra el grueso plástico de la luz trasera, y vuelve a golpear hasta que la destroza y cae al suelo en pedazos.

Ashling besa a Delia. Evan apoya un extremo de la barreta en el piso y hace una extraña danza alrededor. Y luego los tres regresan con nosotros. Ashling toma su teléfono y hace una llamada.

Sebastian recorre mis nudillos con su pulgar.

—Sigues mirando, ¿cierto? —aún tiene los ojos cerrados.

—Tal vez —le contesto, y luego—: ¿Qué están haciendo? ¿Con quién habla Ashling?

—Con la policía, seguramente —dice Sebastian—. Para informarles que hay un auto con el faro trasero destrozado y algo oculto bajo el asiento delantero. Pero es mejor no saberlo todo. Ya aprenderás...

Ashling cuelga y sonríe. Después besa de nuevo a Delia. Finalmente cierro los ojos. Poco después se abren las puertas de la camioneta. Sebastian suelta mi mano. Ashling y Delia se suben adelante, Evan se va a la parte de atrás, junto a mí. Durante unos instantes nadie dice nada. Ashling enciende el motor. Delia se vuelve despacio y me mira. Sonríe, alarga una mano y me da un apretoncito en la rodilla. Sé lo que quiere decir: *gracias*. Mi corazón se hincha de felicidad.

Delia vuelve a mirar al frente y se recuesta en su asiento.

—Hasta la vista, Willy —dice… dirigiéndose a nosotros, a sí misma, a nadie. Y luego pone el radio a todo volumen.

Capítulo 41

June

Mi cerebro tarda unos cuantos segundos en descubrir qué es ese extraño sonido, entre gruñido y resoplido, qué se supone que debe ser, y entonces me doy cuenta, es un relincho. Adam Bergan y sus amigos le están relinchando a Ryan.

Estoy en la escuela, al día siguiente, y está sucediendo de todo.

En todo el tiempo que salimos juntos, jamás vi a Ryan incómodo, ni siquiera un poco. Pasaba de un lugar a otro, de fiesta a fiesta, con la confianza y la seguridad de ser rico, alto, guapo y atlético, con una familia normal que te ama... un nivel de confianza que es casi injusto que alguien llegue a tener, si se piensa en las poquísimas personas que reúnen todas esas ventajas. Pero ahora, miércoles en la mañana, en el pasillo de la escuela, oigo un coro de relinchos. Y Ryan se ve como si fuera a desplomarse ahí mismo, muerto de vergüenza.

Unas chicas bastante lanzadas de primer año le hacen gestos obscenos con la lengua. Y luego, clip clop clip clop, Chris McGimpsey pasa a su lado al galope y se detiene justo frente a él:

—Hazme tuyo, todo tuyo, granjero malo, malito, ¡que lo necesiiiiii-iiiiiii-to!

Qué rápido puede cambiar todo, qué rápido pueden invertirse los papeles.

—¡Vete a joder a otro! —le dice Ryan con un tono de voz que pretende sonar despreocupado. Y luego sacude la cabeza, tratando de no darle importancia. Pero sé que en el fondo está muy preocupado. Cree que al no negarlo, no le echa más leña al fuego. Pero lo cierto es que algunos fuegos no necesitan fundamentos ni combustible, y consumen todo sin miramientos.

—Definitivamente, porque para ti soy de la especie incorrecta —le contesta Chris, sin rodeos, y se va a galope tendido.

Ryan se encoge de hombros como si no le importara pero, cuando su mirada se encuentra con la mía, veo lo que hay allí... miedo, vergüenza, confusión, dolor auténtico. Y siento un asomo de remordimiento.

¿Pero qué puedo hacer? No pedí esto, ni puedo detenerlo. Además, sea que Ryan se lo merezca o no, hay mucha gente que no se merece las cosas, mucho peores, que le suceden. Todos los días pasan cosas terribles.

Voy a mi salón y me siento lejos de todos. Krista trata de llamar mi atención pero esquivo su mirada. Me pongo mis audífonos y no levanto la vista.

Termina el periodo. Mi teléfono vibra con un mensaje de texto de Ashling.

Demasiado bueno para no contarte. ¡Bórralo! XD

Me envía una foto de la pantalla de tele, durante el noticiero del canal 7. Ahí está la fotografía oficial de William tomada del sitio web del hospital donde trabaja. Y debajo, el titular:

"Respetado cirujano local detenido por posesión de metanfetamina, inhabilitado para operar, libre bajo fianza."

¡Increíble! Funcionó.

Durante las horas siguientes no me entero de mucho. Inglés, arte. Es hora de comer. Quiero irme ya de la escuela, volver a la casa. Sólo estoy aquí porque Delia dijo que era importante que siguiera con mi vida normal. Pero, en serio, ¿sería sospechoso que faltara un día? Odio pensar en todo lo que me estoy perdiendo ahora. Quiero ser parte de eso, estar con ellos allí.

Porque lo cierto es que, quién sabe cuánto más tiempo andarán por aquí. Siento un nudo en el estómago al pensarlo.

¡Al diablo con todo! ¡Me largo! Delia entenderá.

Empiezo a caminar hacia la puerta. Oigo que me llaman. Me doy vuelta.

Jeremiah.

—¿Qué hizo que Delia y tú dejaran de ser amigas? —el borde de sus ojos está muy rojo. Parece que no hubiera dormido ni un minuto desde la última vez que nos vimos—. Dijiste que llevaban un tiempo sin ser amigas, pero nunca dijiste por qué.

Al recordar nuestra última conversación, la pregunta me parece una trampa.

—Nos distanciamos.

—¡No! Dime la verdad... —un músculo se mueve involuntariamente en su quijada.

—Eso fue lo que sucedió.

Jeremiah niega en silencio.

—Dejaron de ser amigas porque ella se acostaba con tu novio.

—Eso no es cierto.

—Pero claro que sí. Debió darte mucha rabia, ¿no? Tu mejor amiga y tu novio, en ésas... Así que mi pregunta es: ¿en qué momento te enteraste?

—Nunca, porque nunca sucedió —contesto.

—No te hagas la tonta —insiste.

Tomo aire. Necesito mantener la calma.

—Delia y Ryan llevaban meses acostándose cuando yo empecé a salir con ella. Fue la misma Delia quien me lo contó. Como si fuera una hazaña o algo así, contaba y contaba hasta que la obligué a no hacerlo más.

—¿Te dijo que había tenido relaciones sexuales con Ryan?

—Dijo que el tipo era un nadador, rico y lindo. Me lo dijo cuando estaba borracha, supongo que quería molestarme. Traté de no ponerme a adivinar quién podría ser. No quería saber quién era. Pero después me contaste sobre ella y Ryan, y las piezas encajaron. Era con él. El asunto es que... jamás dejaron de hacerlo.

—¡Jamás empezaron a hacerlo! Me equivoqué en eso. Estaba saltando a las conclusiones... —niego con la cabeza mientras en mi estómago un pequeño tornado se desata y gira cada vez más rápido.

Él continúa.

—Esto es lo que sucedió. Al principio pensé que estabas encubriendo a Ryan. Quizás ella quedó embarazada y él no quería tener un bebé. Él enloqueció, pero tú lo amabas como una tonta y no querías que acabara en la cárcel. Esa versión de la historia funciona, más o menos. Sólo que Delia hubiera abortado sin siquiera parpadear. Y entonces me puse a pensar y me di cuenta de que... de que lo estaba viendo al revés —Jeremiah hace una pausa y luego inclina la cabeza a un lado—, porque en realidad Ryan lo que está haciendo es encubrirte a ti.

Mi expresión no se altera, pero dentro de mí, vibro de pies a cabeza. Está esperando que reaccione. Empieza a hablar de nuevo, más despacio, casi con cariño.

—Cuando me contaste de Ryan, esperabas que fuera a molerlo a golpes, ¿cierto? Me estabas usando, June. Músculos sin ningún costo. Resulta obvio ahora. Mi pregunta, entonces, es por qué Ryan iba a encubrirte. Es obvio que no le importabas tanto, pues si no, no habría estado engañándote. No, tú le importabas bien poco. Pero creo que ahora lo entiendo. Él te encubría porque tú conocías su vergonzoso secreto, todo ese asunto de los animales. Lo chantajeaste y permitiste que la cosa se filtrara, a lo mejor para mostrarle que hablabas en serio. Supongo entonces que hay más. Eres demasiado inteligente para jugar todas tus cartas en una sola mano.

Miro fijamente a Jeremiah. ¡Dios del cielo! En realidad se cree ese cuento. Se lo cree todo.

—Nada de eso es lo que sucedió —le digo—. Estás completamente equivocado, en todo —y quisiera contarle de la carta que le va a llegar por correo cualquier día de éstos. Pero por supuesto que no puedo. Y ahora me doy cuenta de que ni siquiera creo que vaya a ayudar. No es suficiente, va a llegar muy tarde.

—Puedes ir a contarle a la policía —dice Jeremiah—. Estoy seguro de que les encantará profundizar en el tema contigo —y con eso, da media vuelta y se aleja.

Me quedo allí, me arde todo por dentro. Quisiera gritar y chillar, insistirle en que se equivoca. Pero no me queda nada por decir, nada por hacer. Todo va a derrumbarse.

Capítulo 42

Delia

Había una vez un muchacho llamado Trevor que hizo algo muy malo pero por muy buenas razones. A ojos de los malos de la película, estas razones ni siquiera importaban, les importaba un rábano por qué lo había hecho. Así que en lugar de sentarse a esperar los problemas que se le venían encima, en lugar de aguardar a que lo mataran, con ayuda de unos nuevos amigos, Trevor se despeñó en su vehículo por un precipicio. Y su cuerpo se hundió en el agua, tan profundo que nadie nunca lo encontró.

A Trevor le gustaba mucho la música. Sabía tocar seis o siete instrumentos y también era DJ. Sus antiguos amigos tocaron en su funeral, hubo un cuarteto de cuerdas, un guitarrista. Luego se enterró en una fosa, una urna con su nombre tallado en la superficie. Pero fue un entierro simbólico, pues no había nada dentro. *Está tan vacía como mi corazón ahora,* dijo su madre.

Ahora ese chico se llama Sebastian.

Y hoy hizo una mezcla en su computadora.

Respetado cirujano, res-res-respetado... me-me-metanfetamina. Es la voz de la presentadora de noticias, manipulada con *autotune,* y un video de William, volteando la cabeza para quedar fuera del alcance de la cámara, repetido una y otra vez. Lo hemos estado viendo sin parar. La melodía es bastante pegajosa. Estamos eufóricos, todos. Ashling baila, con los brazos en alto, meneando su culo perfecto. Me acerco y le doy una palmada. Se ríe. Estamos drogados con la sensación de ser capaces de todo con tal de hacer justicia.

—¿No nos vamos a cansar nunca de esta canción? —digo sin dirigirme a ninguno, pero a la vez, a todos. No necesito que contesten. Ésta es la parte divertida. Lo que me angustia es lo que viene después. Pero las razones lo son todo. Las razones son lo que importa.

No me tuve que esforzar mucho para hacerlos entender qué debía venir luego. Ashling aceptó inmediatamente, e incluso quiso apropiarse de la idea, hacerla suya. Evan también aceptó. Sebastian fue el indeciso, pero se lo expliqué en términos que le resultaran comprensibles. Lo que él hizo con su propia vida no fue muy diferente. *¿Qué tal que el bebé sea una niña?*, pregunté. *¿Qué va a pasar a la larga?*, y con eso bastó.

Pero no tenemos que pensar en eso ahora.

La canción termina.

—¡OTRA VEZ! —dice Ashling. Y Sebastian muestra una insinuación de sonrisa. Está atento a la puerta. Sé que también está esperando la llegada de Junie. Pues fórmate en la fila, querido. A la cola.

Y luego sucede. La percibo antes de verla, su luz azul brillante en mi pecho, iluminando todos los rincones oscuros. Llega más temprano de lo esperado.

—¡Junie! —la llamo en una voz alta que suena áspera. Podría abrumarla si no me fijo. Tengo que tener cuidado de no hacerlo. No me le lanzo al cuello, como quisiera, y además Ashling nos mira.

Pero cuando Junie se voltea hacia nosotros, su rostro lo dice todo y siento que la luz parpadea dentro de mí, algo se enciende y no es bueno porque no sé si sea posible controlarlo.

Se detiene al centro de la habitación y toma aire.

—Jeremiah piensa que... que yo te maté.

Su voz se oye hueca, baja, aterrada. Siento una oleada de alivio. Pensé que iba a ser algo malo de verdad. Jeremiah es un pichón, un burro, una mosca. Es una velita que puede apagarse soplando.

—No te preocupes —le digo. Quisiera abrazarla, acariciarla como si fuera un dulce conejito.

—No, no entiendes —insiste. Me mira, con los ojos desmesuradamente abiertos, vibrando. Está más asustada de lo que pensé. Estoy sintiendo lo que ella siente debajo de mi piel—. Dice que va a contarle a la policía —la atraigo hacia mí y la siento temblar. Está helada. Dejo que el fuego que llevo dentro la caliente—. Está desquiciado. Me dijo que... —hace una pausa, como si no quisiera pronunciar las palabras que está a punto de decir.

—¿Qué sucede? —y ahora me asusto yo también. Me asusta saber lo que viene ahora, y me asusta no saberlo.

—Me dijo que te estabas acostando con Ryan desde antes de empezar a salir con él. Me contó que le dijiste que te acostabas con un nadador que era rico y guapo, y que se lo dijiste, y él decidió que debía ser Ryan. ¿Es cierto eso? ¿Que te acostaste con un nadador?

Sus palabras salen embrolladas. Y esto es lo peor, lo que me aterra: dice que Jeremiah está chiflado, pero no cree que lo esté del todo. No es la policía o una investigación lo único que la asusta, sino que él pudiera estar diciendo la verdad.

La llama en mi interior parpadea y crece. No me puedo permitir respirar porque el oxígeno sólo servirá para alimentarla. Cierro los ojos. Espero hasta sentir la sangre que me late en los oídos, a mi cuerpo que grita y suplica que respire. Una vez me desmayé haciendo esto, tratando de sofocar un incendio en mi interior. Siento que se está reduciendo, empequeñeciendo. Cuando se me empieza a nublar la vista, abro de nuevo la boca.

—Miente —digo, y mi voz suena casi como una voz común y corriente saliendo de una boca común y corriente—. Eso debes saberlo. Si cree que me hiciste algo, a lo mejor sólo trata de enojarte. Debe estar esperando que te derrumbes para revelarle cosas sin querer. Pero yo me ocuparé de eso. Jeremiah no puede hacerte daño —esta vez ni siquiera me molesto en incluirme diciendo que *nos* ocuparemos esta vez. Yo. Voy a solucionar esto. Nadie más que yo, yo sola. Haré lo que tengo que hacer.

Pongo mis manos en sus mejillas. El fuego interior se aviva, glotón y hambriento. Me siento más enferma que nunca en los últimos tiempos.

—Está bien, todo va a estar bien. Te lo prometo —sostengo su rostro y la miro a los ojos, a lo más profundo, hasta que siento que vuelve a mí.

Hago un gesto de asentimiento. Ella responde con el mismo gesto. Tenemos que salir de esta casa, hacer algo en un lugar normal.

—Vámonos —digo—. Vámonos de compras. Necesito ropa —me volteo hacia Ashling. Hay una bolsa de dinero en el armario, es tanto que parece de juguete. Ashling una vez volcó la bolsa en la cama y me obligó a hacerle el amor allí. Nos reímos todo el tiempo, porque era tan ridículo. *Algún pervertido pagaría millones por un video de esto,* dijo, *pero es obvio que no necesitamos dinero.* Y se embutió un billete de cincuenta en la boca y luego, como estaba borracha y podía darse ese lujo, se lo comió.

Lo obtienen de muchas maneras. Las habilidades de Evan resultan muy adecuadas para eso. Hay tanto dinero por aquí que prácticamente no significa nada. El dinero es útil en la medida en que nos permite comprar algo, y durante un tiempo no hubo nada que me interesara. Pero ahora, lo hay.

Tenemos que hacer como si fuéramos gente normal que vive en el mundo normal, pero mejor. Tenemos que mostrarle a June lo bueno que es esto, lo bueno que puede llegar a ser. Si no lo hacemos, la voy a perder para siempre.

Capítulo 43

June

Han pasado tres horas, tres horas desde que regresé a la casa, asqueada y asustada con todo. Y ahora estamos en un centro comercial lujoso, a dos horas de carretera, jugando a probarnos ropa. Es tan loco y tan surrealista, pero de alguna forma funciona, me estoy tranquilizando. Es un día como cualquier otro, con la diferencia de que tenemos una bolsa con dinero en efectivo que no sé de dónde vino, y que debemos viajar dos horas de donde vivimos para que a Delia no la reconozcan, pues se supone que está muerta.

Delia mira con aprobación la imagen de Ashling en el espejo.

—Cómprala, sería un crimen no hacerlo —le dice sin rodeos.

Ashling se está probando una chamarra de talle ajustado, confeccionada con piel muy suave y con cremalleras de bronce en los lados y en el pecho. Se ve espectacular con ella. Se mira en el espejo y luego se da media vuelta. Reviso la etiqueta del precio. Vale la mitad de lo que podría pedir por mi auto, y estuve ahorrando durante más de un año para comprarlo.

—Bueno, me la llevo —dice Ashling—, definitivamente no quiero convertirme en una criminal —y saca la lengua. Trata de ser simpática y juguetona, pero hay algo que se siente forzado. Más bien, todo esto parece forzado.

Ya hay cinco bolsas a los pies de Delia. Jeans, camisas, vestidos, zapatos, botas, ropa interior, de todo. Suficiente para una nueva vida. Delia ha pagado por todo en efectivo, apilando fajos de billetes sobre los mostradores, sonriendo demasiado, radiante. Conozco a esta Delia, la encantadora, la que se hace amiga de todos, la que habla a toda prisa. La había echado de menos pero también le temo. Puede hacer lo que quiera. Lo ha hecho, lo hace.

El probador está tapizado con montones de ropa que Delia ha traído a brazos llenos. Estoy sentada en una banca cerca del espejo. Delia saca de pronto un vestido envolvente color crema, de un material que hace pensar en un suéter de encaje. Me lo lanza a los brazos.

—Pruébate éste —dice.

—Estoy bien así —niego con la cabeza.

—Vamos, juega un poco —insiste, y tiene esa expresión… la sonrisa aduladora que dice: *Anda, salgamos a jugar*. Sé que no tengo opción.

Me quito el suéter y la blusa por encima de la cabeza, y de repente me siento medio desnuda frente a ellas, aunque no sé por qué. Ponerse el vestido me recuerda a la manera en que se pone uno la bata. El material se siente muy suave sobre mi piel, pero el cinturón me confunde y no entiendo cómo abrocharlo. Delia me mira, sonriendo. Se acerca, toma el extremo del cinturón y lo introduce por un agujerito diminuto en un lado del vestido. Tira de ambos extremos para ajustarlo y ata el cinturón en mi espalda, apretándolo. Ashling me mira fijamente. Me doy cuenta de que me sonrojo.

—Pareces una lechera, una ordeñadora —dice Delia—, y serías capaz de hacer que un tipo como Ryan deje de pensar en echarse a las vacas.

Siento algo que se tensa en mi estómago. Trato de sacar una risa forzada. No quiero pensar en nada de eso ahora. Así que me concentro en el vestido.

—¿No te parece que…? —le pregunta a Ashling.

Ashling asiente, no muy convencida.

—Bueno —afirma Delia—, te lo llevas.

Meneo la cabeza.

—Me lo probé por diversión. No lo necesito. No es mi dinero. Es tuyo.

—No es de nadie —contesta Delia—, y sucede que lo tenemos, y compartimos las cosas entre nosotros. Y tú estás con nosotros. Al menos mírate en el espejo.

Me volteo lentamente para ver a la chica en el vestido color crema, con la piel rozagante y fresca, y las curvas suaves y acogedoras.

—Es tuyo. No te resistas, porque sabes que siempre te gano —insiste Delia.

Niego con la cabeza.

—Parezco otra persona —digo al final.

—Entonces, conviértete en otra persona durante un rato —sus labios se abren en una sonrisa lenta—. Quién sabe, quizá te guste.

La casa es hermosa de noche, iluminada desde el interior, anaranjada y dorada contra el cielo oscuro. Sacamos las innumerables bolsas de Delia del maletero del auto, y la chamarra de Ashling y el vestido, que supongo es ahora mi vestido.

Entramos a la casa.

—Queriditos, ya llegamos —grita Delia.

—Hola, queriditas —contesta Evan desde la cocina. Se oye música, trompetas y un piano por encima de la percusión. Las luces están bajas. El mesón central de la cocina está cubierto de bandejas de comida. El aire huele dulce y tibio, como a mantequilla y ajo y otras cosas que no reconozco. Me llena una oleada de felicidad, por la suerte que tengo de estar aquí. Y luego siento un estremecimiento en el pecho, porque no quiero que esto se acabe nunca.

Pero terminará. Pronto. Se irán. Esto se acabará.

Y me quedaré sola otra vez.

Y esta idea viene seguida por todas las otras cosas en las que no quiero pensar... Jeremiah y lo que me dijo, lo que podría llegar a hacer. Ryan y lo que le hicieron.

Pero por ahora estoy aquí. Me obligo a concentrarme en eso. Al menos lo intento.

Es hora de cenar.

La mesa está puesta: pesados platos blancos sobre la madera natural, copas de vidrio grueso artesanal. Hay tres velas delgadas que parpadean en el centro de la mesa. Me puse el vestido nuevo porque Delia me obligó. Sin zapatos ni medias porque no tengo. Hace frío afuera, pero aquí estoy a gusto, calientita.

Y cuando entro en la cocina bajo esa luz dorada, con el vestido nuevo color crema, sin medias ni zapatos, y Sebastian me mira, su vista se desliza de arriba a abajo antes de fijarse en mi rostro, siento mariposas en el estómago y un golpe de energía que me sube por la médula.

Sé que Delia arregló esto, todo esto, para mí.

—Te ves muy bonita —dice Sebastian. Y me sonrojo, avergonzada por lo feliz que me hacen sus palabras. Y luego trato de encontrar algo que hacer, porque todos están haciendo algo a mi alrededor, y no sé dónde poner las manos.

Evan y Delia llevan la comida a la mesa: zanahorias asadas de un anaranjado brillante, papas tostadas en los bordes. Una sopa cremosa color azafrán. Salmón asado, sazonado con eneldo. Ashling llena nuestras copas de vino.

Sebastian saca algo del horno, un pay que burbujea su relleno de fruta, y lo pone a enfriar.

Todos funcionan juntos como una máquina, como si fueran un solo ser, y no me queda nada por hacer, así que enderezo los cubiertos, de metal martillado y brillante, hasta que llega el momento de sentarse.

—Esto se ve impresionante, muchacho —dice Evan.

—Sí, gracias —agrega Ashling.

Y me doy cuenta de que Sebastian fue quien preparó todo. Lo miro, veo su rostro serio. Se encoge de hombros, pero me parece que se le dibuja una sonrisa fugaz.

Estamos todos reunidos alrededor de la mesa. Delia levanta su copa:

—Por la familia —dice, y me mira directo a los ojos.

Clavo mi tenedor en una papa. La muerdo, la superficie está tostada mientras que el interior es de un cremoso perfecto. Es la cosa más deliciosa que he comido en la vida. Y lo mismo con el bocado de salmón que devoro después, y con el resto de los platillos que vienen.

Estoy muerta de hambre. El estómago me gruñe. No quiero mancharme el vestido.

Bebo un sorbo de vino para frenarme un poco y me sorprende darme cuenta de que me gusta. Tiene un sabor intenso y completo, se arremolina en mi lengua. Levanto la vista y Sebastian me está mirando.

Así que bebo otro sorbo y luego otro. Siento que el rostro se me va enrojeciendo y que empiezo a sonreír. Los demás también sonríen. Todos sonreímos. Estamos contentos todos aquí reunidos. El mundo exterior, las cosas en las que no quiero pensar, nada de eso importa.

—Entonces —comienza Evan despacio—, eso que hemos estado esperando… —hay algo en su tono de voz que me hace pensar que ha estado buscando el momento adecuado para decir esto—, está casi listo. Llegará el viernes a más tardar.

Ashling sonríe y Delia me lanza una mirada, para luego asentir.

Bebo otro trago de vino. Entre más tengo, mejor sabe.

—¿De qué hablan? —pregunto.

—De unas cosas que hemos estado esperando —responde Ashling. Se encoge de hombros—. Para Delia.

Sebastian mira a Ashling, no se ve tan contento.

—Ya es hora de terminar porque se acerca el momento de partir —dice Evan.

Me estremece un tirón de pánico:

—¿Y qué es lo que sigue? —pregunto. Trato de sonreír y de que mi voz suene despreocupada.

Quiero hacer más preguntas, las que no me he permitido formular, las que he tenido en la punta de la lengua desde que llegué a esta casa. El vino me las libera y van a empezar a arremolinarse en mi boca en cualquier momento. Pero mantengo los labios bien cerrados. Este momento es demasiado perfecto y no quisiera echarlo a perder. Todo se va a terminar muy pronto y se irán, adondequiera que vayan. Más que nada, quiero aferrarme a esto para llenarme el corazón hasta el tope, de manera que cuando se hayan ido y yo esté sola, flotando en el espacio sin nadie más, al menos tenga el recuerdo de esta noche para mantenerme atada a la tierra.

—¿Quién quiere más salmón? —pregunta Sebastian. Está tratando de cambiar de tema. No quiere que yo pregunte más, ni que sepa más.

Delia me mira, me hace un guiño.

Ha pasado un rato. Estamos afuera, en el patio de atrás, y sé que hace frío porque mi aliento forma una nube a nuestro alrededor, pero no lo siento. Estoy a gusto, calentita, me siento acogida, esto es lo contrario de la soledad. Es la mejor sensación del mundo. Creo que tal vez estoy algo ebria.

Evan se frota las manos mientras Sebastian enciende una fogata. Ashling le pasa la botella de vino a Evan, que le da un buen trago antes de pasársela a Delia, que también bebe y me la da.

—No puedo creer que esta botella nos haya durado toda la noche —digo.

Y Ashling me mira divertida y suelta una carcajada que parece tos.

—Pero June, si es como la quinta que abrimos.

—Mmmm —contesto—, eso lo explica todo —sonrío y dejo escapar una risita sin querer. Bebo un trago. Sabe igual que el interior de mi boca. Miro a los demás, con los labios teñidos de morado. Los labios de Sebastian, morados y todo, son perfectos.

Está de pie junto a la pira de leña, retuerce hojas de periódico y coloca ramitas. Enciende un fósforo y lo deja caer. Hay un crujido y luego una especie de silbido y las llamas brotan.

Me pregunto si así se vería el fuego de Delia. Me pregunto si fue Sebastian el que lo encendió.

Hay sillas alrededor de la hoguera, sillas grandes hechas de troncos. Parece una locura tener sillas de madera en torno a una fogata tan grande. Sería tan fácil que el fuego las consumiera también, pienso. ¡Hay tantas cosas tan inflamables! Es increíble que no esté incendiándose todo el tiempo, si pensamos en la facilidad con la que se extienden las llamas.

Nos sentamos cómodamente y nos entibiamos al calor de las llamas. Delia no está asustada. Estamos sentados alrededor de una fogata, una bien grande, y ella se inclina hacia el fuego.

Me siento flotar. Miro las estrellas en lo alto. Imagino que me remonto más y más arriba en el espacio. Vuelvo a mirar a las personas que me rodean, cálidas en esta noche fría. En la oscuridad, siento que podría decir cualquier cosa. Todas esas preguntas que tengo atoradas en mi interior. Que puedo abrir la boca y dejarlas salir y no habrá problemas. Así que lo hago.

—¿Cómo lo hicieron?

Todos se vuelven hacia mí.

—¿Cómo hicimos qué? —pregunta Delia lentamente. Me ve mirando el fuego y sé que sabe qué es lo que quiero preguntar.

—¿Quién era el cuerpo calcinado en el cobertizo? —pregunto. Incluso ahora, en medio de esta atmósfera de oscuridad y humo y vino, me sorprende oírme tan tranquila, pronunciando esas palabras como si no fueran nada. Durante un buen rato todos permanecen en silencio.

Y al final Delia toma la palabra:

—Nunca supe su nombre.

El viento sopla y la fogata se altera pero sigue ardiendo con fuerza.

—Era más o menos de mi tamaño, más o menos de nuestra edad. Tenía cáncer, creo. Se suponía que la iban a cremar.

—¿Y cómo hicieron para conseguir…? —titubeo un poco al no saber cómo referirme a ella o a eso.

—Fue sencillo —dice Delia pero, por su tono de voz, de pronto tengo la sensación de que no fue tan fácil—. Contactos en la morgue, un soborno… ah, y una mamada —me parece que puede estar bromeando con respecto a lo último. Pero cuando trato de asegurarme por su gesto, no logro saberlo. Tiene una semisonrisa que luego desaparece.

—Cuéntenme más —pido—, por favor.

—¿De verdad quieres enterarte de todos los detalles?

—Delia… —comienza Sebastian, pero ella no le hace caso.

Asiento.

—Fuimos adonde nos dijeron que fuéramos. Subieron un cuerpo a la parte trasera de la camioneta. Una chica. La vestimos con mi ropa y mis joyas. Le puse la gargantilla de titanio al cuello, ésa que siempre solía usar. La de titanio, para que no se fundiera en el fuego. Toqué su piel. Me daba miedo lo que podría sentir, pero no sentí nada. Nada malo. Sólo gratitud.

—¿Qué más? —pregunto. Estoy susurrando.

—Después hubo un montón de gasolina, y el cobertizo ya de por sí tenía mucha leña, así que el fuego fue enorme… y para cuando se apagó, ya no quedaba suficiente de ella, de mí, como para poder hacer una autopsia.

—¿Y qué hay de los registros dentales? ¿Identificación con ADN? —pregunto. Todas las preguntas que llevan días cociéndose en mi interior salen al fin a este aire frío de la noche, entre las llamas y el humo. A duras penas sé lo que son los registros dentales, pero he oído de ellos en la tele.

Delia niega.

—Nadie revisa esas cosas a menos que haya razones para dudar de la identidad —dice—. Y en este caso no había razones, porque dejé una nota de despedida...

Contemplo el fuego, los leños que crepitan, que se consumen lentamente. A través de las llamas puedo ver los ojos de Evan que brillan en la noche, y también los de Ashling.

—¿Y todos ustedes pasaron por lo mismo? —pregunto—. ¿Qué había en sus vidas tan malo que tuvieron que dejarlo atrás y hacer creer a todos los que los conocían que habían muerto?

Y sé que he ido demasiado lejos.

—Cada uno hizo... cosas diferentes... —dice Ashling, sopesando cada palabra. Y luego enmudece.

—Yo me pegué un tiro en la cabeza... supuestamente —Evan toma la botella que tiene entre las rodillas. Se la lleva a los labios y da un enorme trago.

Sebastian se pone de pie.

—No más —dice—, ya fue suficiente —y luego—. No es seguro para ella saber tanto.

Estoy ebria, pero incluso en este estado, siento esa vergüenza, ese dolor. *Ella* se refiere a mí. No soy uno de ellos. Me vuelvo hacia Delia.

—Sigo sin entender —mi voz se oye rara, forzada—. ¿Por qué tenías que hacerlo? ¿No podías sencillamente huir de tu casa? —de repente me veo desesperada y las palabras salen en torrente—. A lo mejor puedes volver y decir que todo fue una travesura. Y entonces... —sé que no puede, que no lo hará. Pero por unos instantes, el tiempo transcurrido entre mi pregunta y su respuesta, me permito creer que sí podría hacerlo. Delia podría quedarse conmigo, podría quedarse a vivir para siempre conmigo y nunca dejarme.

—¿Y después qué? —niega—. No, si huyes, nunca dejarán de buscarte. Seguirás existiendo, atrapada en la misma vida. Pero si mueres —su voz es suave y dulce. Se vuelve hacia mí y sonríe—: si mueres, Junie, quedas libre.

Capítulo 44

June

Pensé que la fogata duraría para siempre, pero eventualmente fue reduciéndose y dejando más humo que llamas hasta que se apagó. Estamos en la casa de nuevo, recostados en el sofá y formando una hilera: Sebastian, luego yo, Delia, Ashling y Evan, más o menos sobre ellas dos. Hace un rato (¿una hora? ¿media? ¿cien años?) Evan dijo: *Yo también quiero de esto*, y trató de introducirse en el espacio entre ambas. Y ahí es donde está ahora, con los ojos que se le van cerrando. Es tan pequeño que parece un niño.

Estamos viendo una película tonta en el gigantesco televisor. Hay más vino. ¡Corre con tal facilidad garganta abajo! Sebastian está un poco alejado de mí en el sofá, y no puedo dejar de pensar en lo que dijo: *No es seguro*. Como si yo fuera motivo de peligro, como si implicara un riesgo para ellos. Me doy la vuelta. Delia me mira mientras observo a Sebastian. Me parece que ella también está borracha.

—Puedes tener lo que quieras —dice—. Con nosotros puedes tener todo esto.

Se oye un ronquido suave. Miramos hacia un extremo del sofá. Evan está dormido, acurrucado sobre Ashling, que también duerme, con un brazo sobre el hombro de él.

Sonrío porque se ven muy tiernos. Y miro hacia Delia, esperando encontrar también una sonrisa en su rostro pero no veo en él expresión alguna.

Estira el brazo para acariciarle el cabello a Ashling, como si lo acunara para dormirlo, cuando ella ya duerme. Ashling deja escapar un murmullo.

—Bebé —dice Delia—, es hora de irse a la cama.

—Gracias, corazón —contesta Evan. Sonríe y se sonroja. Se levanta y se aleja por el pasillo, no muy seguro sobre sus pies. Me río, y Delia también. Se acomoda de nuevo.

—Todo lo que quieras —murmura.

Luego le ayuda a Ashling a levantarse.

—Hasta mañana, niños —dice más alto, y se lleva a la adormilada Ashling, y yo me quedo ahí, mirando el cielo nocturno por las ventanas oscuras. Sebastian está junto a mí en el sofá, mirando fijamente hacía el frente.

Siento un cosquilleo en todo el cuerpo. Me volteo hacia él y estudio su perfil, sus ojos, la nariz recta, su boca, que casi nunca sonríe. Sus labios, insoportablemente bellos. Y de repente siento rabia de que crea que yo sería capaz de hacer o decir algo que pudiera lastimar a cualquiera de ellos. Amo a Delia más que a mi vida, y a los demás estoy empezando a quererlos. ¿Será cierto? ¿O será el vino que me inunda el cerebro? ¿O será que los confines de mi cerebro se fundieron en el vino? Podría abrir la boca y decir cualquier cosa. Quiero decirle que puede confiar en mí. Quiero conocerlo. Quiero llegar a conocer quién es él en realidad.

Sebastian está junto a mí en el sofá, mirando fijamente al frente. Se estira para tomar la botella de la mesa y se la lleva a su hermosa boca. La empina durante un buen rato. Después me la pasa. Nuestros dedos se rozan. La habitación está caliente, de repente todo hierve. Dejo la botella sobre mis piernas. Abro la boca. Tomo aire. Sebastian mira fijamente hacia el frente.

Al final voltea, y me mira.

Capítulo 45

Delia

Quería que hicieran justamente eso. Lo arreglé todo para que así fuera. Un regalo para mi Junie, algo que sé que quería y necesitaba. Cierro los ojos. Es algo bueno. Es lo que yo quería. Es algo muy bueno. Pero ahora mi interior arde en llamas.

Cierro los ojos, y el interior de mis párpados es un portal que lleva al mundo que hay más allá de la puerta.

No quiero verlo. Por favor, cerebro mío, no me obligues a verlo.

No lo puedo evitar.

Sebastian y June se están besando, muy suavemente al principio. Incluso borrachos se mueven con delicadeza. Con timidez también, tal vez por lo mucho que han deseado esto. Ella estará pensando *No puedo creer que esto me esté pasando*; él estará pensando *¡Qué diablos!* Labios contra labios, suaves y dulces, que activan las zonas reptiles de sus cerebros, circuitos endiablados que se encienden. Para eso estamos. Así es como sobrevivimos. Sin esto no seríamos más que *levántate y anda hasta tu muerte*.

Alguno de los dos deja escapar un suspiro, un gemido mínimo, y ninguno sabe quién fue. El sonido queda atrapado como un animalito en ese espacio caliente y húmedo que forman sus labios entreabiertos. El eco resuena hasta el interior de sus tripas. Un estremecimiento. Los brazos de él son más fuertes de lo que ella había pensado. Él desliza sus manos por la curva de la espalda de ella, hacia arriba bajo su ropa. Su piel está caliente y es tan suave. Ella esconde su rostro en el cuello de él e inhala hondo. El olor de su cuello es como el efecto de una droga. Biología, ciencia, arte, magia, más más más. Todo se acelera, corazones, sangre en las venas, dientes y lenguas, que ahora chocan entre sí. Desear algo con tanta fuerza llega casi a doler, y es imposible refrenarse. La ropa se derrite. Sus cuerpos colisionan, las zonas blandas y las duras. Las luces se apagan pero el brillo de la luna entra por la ventana y vuelve radiante su piel. Y radiantes, escasamente humanos, levitan y flotan hacia la cama. Un huracán empieza a girar a su alrededor, en esa habitación. Masas de nubes y rayos y truenos. Las paredes se esfuman. Van flotando por el espacio, dejando atrás las estrellas, hacia la nada, atados únicamente al otro. Él está sobre ella. Ella grita. Los dedos de él rodean la garganta de ella. Ella hunde los dientes en la piel de él. Son animales salvajes. Son fieras en celo y van a devorarse uno a otro. Él la va a devorar y no va a dejar nada.

No puedo respirar. No puedo soportar esto.

—¿Bebé? —esa pregunta me saca violentamente de mi trance. Oigo la voz de Ashling, reducida a su mínima expresión, que me llama a través de la puerta abierta de nuestra habitación. Cuando se despierta en medio de la noche es como una niñita asustada. Y se supone que yo debo ir a buscarle un vaso de agua. Voy a la cocina de puntillas, tomo un vaso de la mesa, lo enjuago, lo lleno. Me tomo el agua, fría y transparente. Pero no me sirve de mucho. Estoy más sedienta que nunca en la vida. Tomo un vaso tras otro hasta que mi estómago está a punto de explotar, y sólo en ese momento puedo volver a la cama.

Capítulo 46

June

Antes de abrir los ojos ya viene la avalancha de recuerdos... labios, manos, piel, sudor. Pero cuando me doy vuelta, la cama está vacía. Estoy sola, con la boca seca y dolor de cabeza.

De repente me siento asustada y ni siquiera sé por qué.

Salgo al pasillo.

—¿Seb? —murmuro. Yo no lo llamo así, es Delia la que lo hace. Me siento rara al pronunciar su nombre. El reloj del microondas parpadea: 4:06. Por la ventana se ve lo que parece terciopelo negro. Veo el brillo de una computadora en la mesita frente al sofá, un salvapantalla con el mapa estelar, moviéndose por el firmamento. Ilumina el rostro de Sebastian. Su quijada, sus labios.

Está tendido de lado. Me siento, con la espalda contra su estómago, y poso la mano sobre su piel tibia y desnuda.

—¡Hola! —susurro, pero no se altera. ¿Por qué está aquí? ¿Qué estaba haciendo? Estiro el brazo y le doy un toquecito a la almohadilla del ratón, aunque sé que sería mejor no hacerlo. Tal vez sigo borracha. A lo mejor eso no es más que una excusa. Su computadora me muestra un sitio web. En la parte superior hay una franja con un collage de fotos: una hilera de niños en un campamento, un niño en una canoa, un bebé con su mamá y una foto de… ¿Sebastian? Tiene menos años que ahora, el cabello medio largo con mechones verdes, y una patineta. Está de pie, abrazando a una niña que se parece a él, con piernas flacas y bronceadas y una enorme sonrisa.

Debajo de la franja de fotos hay un letrero en una fuente verde y curvilínea: Te extrañamos, Trevor.

Y debajo: A la memoria de Trevor Emerson.

El 21 de mayo, el mundo se hizo más oscuro y el cielo ganó un ángel de luz.

El resto de la página son mensajes que la gente le ha escrito. Empiezo a bajar.

Te extraño, amigazo, siempre te extrañaré. FM.

Nunca lo olvides: pantuflas de arcoíris.

Trev era la mejor persona del mundo. Todos los que lo conocían lo adoraban. Era amable, divertido y considerado.

Lo extraño mucho, pero sé que está allá arriba. Saluda a mi abuelita si la ves por allá, chico.

El mundo no tiene sentido.

Conocí a T en una fiesta donde él estaba de DJ y yo no era más que una chica ebria coqueteando con el DJ.

Y siguen y siguen, páginas y páginas de mensajes. Deben ser centenares.

Al final están los más recientes. Uno de apenas anoche.

Han pasado casi dos años, pero no hay un día ni un minuto en que no pensemos en ti. Todos nosotros. Te quiero, mamá.

Siento una punzada en el pecho y me llevo una mano a los labios. Miro su dulce semblante adormecido. Pienso en toda la gente que lo extraña. Algunos habrán seguido su vida, tal vez, pero otros nunca lograrán hacerlo.

Cierro la computadora y me deslizo en el espacio que hay entre Sebastian y el sofá, aprieto mi mejilla contra su espalda, lo abrazo desde atrás, lo sostengo como si fuera a salir volando. Y en esa posición me rindo al sueño.

Capítulo 47

Delia

Todos los días mueren miles de personas.

Algunas saben que el día llega... están enfermas o viejas o llevan una vida llena de riesgos. Otros no tienen la menor idea.

Se despiertan y ni se molestan en pensar que ése es el día, porque les parece igual que los miles que han vivido y los miles que vendrán después.

Pero no vendrá ninguno después.

Vuelan chispas, se enciende un fusible y todo se quema hasta la mecha. Y entonces, buuum.

No soy religiosa. No soy una persona espiritual. Pero hay algo tajante y hermoso con respecto a esto. Parece que significara algo. Cierro los ojos y despido a todos los que saben que éste será su día, y en especial a los que no lo saben.

Esto es lo que tengo que hacer. Y pensé que iba a tener miedo, pero lo que siento es emoción.

Y entonces siento la mano de Ashling en uno de mis pechos.

—Beso —dice, asueñada, aturdida, con los ojos hinchados, medio abiertos. Ashling tiene resaca. Se acurruca junto a mí. Cierro los ojos e imagino cosas. Luego, la beso con fuerza en la boca.

—Más tarde —le digo. Me inclino hacia ella, y le susurro en el cuello. Le recuerdo lo que viene ahora, lo que significa este día, todas las cosas que tenemos que hacer. Y a Ashling no le importa, pues la mitad del asunto es un secreto que sólo conocemos ella y yo. Quiere más secretos, sólo para nosotras. *Los secretos nos unen para siempre,* me dijo una vez, como si pudiera ser posible que yo no lo supiera ya.

Capítulo 48

June

Estoy sola de nuevo, esta vez en una cama. En el buró hay un vaso de agua y un frasco de aspirinas. Alguien me los dejó ahí. ¿Quién pudo ser? ¿Sebastian?

Anoche.

Todo vuelve de nuevo y me golpea de frente como un camión… todo ese vino, la fogata, el otro fuego, hablar con Delia, Sebastian volviéndose hacia mí, inclinándose hacia mí. Luego yo, sola. La búsqueda. La computadora. Lo que vi. Dormirme abrazada a él, apretujada en el sofá. *Su verdadero nombre es Trevor.*

Los demás también tienen nombres de verdad.

Pronto Delia ya no será más Delia.

Los sentimientos se agolpan tras los pensamientos, uno a uno. Esta mañana siento absolutamente todo.

Me levanto. La habitación gira a mi alrededor. Vuelvo a sentarme. Respiro, adentro afuera adentro afuera. Tengo puesta una camiseta que no es mía. Gris, grande, que me llega hasta medio muslo.

Oigo un portazo. Salgo al pasillo, hacia la cocina. Sebastian prepara panqueques frente a la estufa. Lo observo desde la puerta. El calor se me sube a las mejillas.

Levanta la vista. Nuestras miradas se encuentran.

—Anoche... —empiezo, pero ni siquiera tengo idea de lo que quiero decir—... fue... —¿Divertido?, ¿sexy?, raro, aterrador, asombroso, torpe, absurdo.

—Creo que hubo un poco de todo —dice él, y caigo en cuenta de que es exactamente lo que fue—. Oye —empieza, con voz grave—, tengo que decirte algo. No debería pero...

La puerta del pasillo se abre y entra Evan, adormilado, con una playera de Superman y pantalones de cuadros azules y rojos de piyama. Me mira, luego a Sebastian, y vuelve a mí.

—¡Oh, no! ¿En serio? ¿Ustedes también? ¡Diablos! —pero sonríe—. ¿Dónde está el otro par de amorcitos?

Amorcitos, un término de Delia. Sonrío.

—Se fueron temprano a hacer algún mandado —dice Sebastian. Se encoge de hombros, y voltea el último panqueque para ponerlo en una torre. Divide la alta torre en dos y le da una mitad a Evan y la otra a mí.

—¿Y para ti? —pregunto.

Sebastian niega.

—Quizá más tarde. Curiosamente, no tengo mucha hambre.

Y durante un rato no estamos más que nosotros tres, Evan y yo devorando panqueques, y Sebastian bebiendo café a sorbos. Apenas pasa de las 11. Si estuviera en la escuela sería hora de biología. Estaría en clase de biología, encerrada en una burbuja, sola. Pero esto es pura dicha. Nada fuera de este momento me importa. Miro a Sebastian, que también me mira. Sonrío. Responde sonriendo.

Un vehículo se detiene frente a la casa.

Capítulo 49

Delia

Ashling estaciona y me mira.

—¿Seguro que estás decidida? —pregunta—. ¿No tienes remordimientos?

Niego con la cabeza y tomo su mano.

—Ninguno. Protegemos a aquéllos que amamos.

—Así es —dice ella. Y luego asiente y sonríe, y sé que trata de contener su sonrisa para que no me deslumbre y me aterre por lo fácil que fue todo esto para ella. El hecho es que no me aterra, me impresiona.

Nos quedamos allí unos momentos, respirando juntas, a la vez. El aire entra y sale de mis pulmones, de los suyos, de los míos. Sé que ella trata de absorberme, de tomarlo todo. Y luego se lleva mi mano a los labios y la besa.

—¿Y estás segura de que no quieres contarle antes?

El amor desaparece con una oleada de rabia hirviente, muy profundo en mi ser, como un encendedor que prendiera un incendio. Ella conoce la respuesta. Sólo pregunta porque está celosa. Me pregunta porque quiere que le cuente y cree que Junie se negará, se horrorizará, y que no vendrá. Y Ashling me tendrá toda para ella.

Me volteo hacia ella. *Ni se te ocurra*, le digo con la mirada. *Te vas a arrepentir si llegas a intentarlo*. Pero mis labios le dicen:

—Seguro, bebé —y después—, te amo —como nunca digo semejante cosa, sé que con eso se quedará callada.

La sonrisa que se le pinta es la más resplandeciente que he visto. Tanto que lastima la vista. Me enferma.

—Yo también te amo, bebé —me dice.

Diez minutos después, en la casa, le estoy contando a June lo que planeaba decirle, y ella parpadea una y otra vez sus asombrados ojos de conejito. Está confundida. Está asustada. Y eso me pone nerviosa.

—¿Pero, por qué? Pensé que el sentido de lo que hicimos fue que pasara lo que tenía que pasar. Que fuera a parar a la cárcel, como se lo merece.

—El problema es que tenemos razones para… —hago una pausa—, creer que todo eso no va a funcionar. Que va a salir bien librado.

—¿Cómo lo sabes? —pregunta.

Niego con la cabeza.

—Confía en mí. Tenemos… información. Así que tenemos que hacerle saber que lo tenemos vigilado, que yo lo vigilo. Que tiene que portarse como un perfecto Boy Scout de ahora en adelante o tendrá que enfrentar las consecuencias.

—¿O sea que tú también irás a verlo?

Hago un gesto de asentimiento.

—Pero entonces sabrá que estás viva…

—No le va a decir a nadie, te lo aseguro.

June mueve la cabeza de un lado a otro y se muerde sus labios rojos, haciendo que la piel se hinche alrededor de sus dientes blancos.

—No lo entiendo. Querrá contarle a tu mamá, ¿no crees? —detecto los engranajes mentales que giran como locos en su cabecita. También los siento en la mía. Quisiera envolverla en mis brazos, acunarla, atraerla hacia mi pecho como si fuera un bebé.

—Lo convenceremos de que no lo haga —afirmo.

—¿Cómo?

Es hora de contarle el resto.

—Hay otras cosas que desconoces... cosas que él ha hecho —la miro, dando a entender que sé de qué hablo—. Tiene secretos que prefiere guardar.

—¿Como qué? —pregunta con un hilo de voz.

Niego en silencio. Aquí tengo que contenerme.

—No quieres saberlo. No quiero echarte esa carga encima. Pero fue algo horrible, y además ilegal.

—¿Y entonces por qué no podemos meterlo a la cárcel?

—El sistema de justicia no sirve para nada —digo—. Ella estará más segura si nosotros controlamos todo el asunto. El bebé estará más seguro si él sabe que lo vigilamos, y que así será siempre. Tenemos que proteger a aquéllos a quienes amamos —hago una pausa. Llegó el momento de hacerlo. Ahora. Ahora es cuándo—. Pero necesitamos tu ayuda de nuevo.

June me mira fijamente. Asiente despacio. Capta la idea.

—Está bien —responde.

Tenemos que hacerlo antes de que cambie de idea, porque la necesitamos para lograrlo.

—Y debemos hacerlo hoy mismo.

La carita de June se torna blanco brillante. Parece un ángel. Es un ángel. Durante unos instantes, me siento casi mal por haberle contado todo esto. Pero me digo que cuando uno quiere a alguien, eso no necesariamente implica contarle todo. A veces lo mejor que uno puede hacer por una persona es evitarle lo que no le será de ayuda. Hay que tomar la decisión y cargar con todo el peso, de manera que aquéllos a los que uno quiere no tengan que hacerlo. Sé que me perdonará.

Capítulo 50

June

Estamos todos formando un círculo estrecho, nuestro aliento se convierte en niebla en el helado aire que nos rodea.

—¿Listos? —pregunta Evan.

—Lista —digo yo.

Delia se acerca y me da un abrazo. Su cabello me hace cosquillas en la mejilla.

—Te adoro, Junie.

Cuando se aleja, siento la mano de Sebastian en mi espalda. Se acerca para que nadie más tenga que oír.

—No estás obligada a hacerlo —susurra—. Lo sabes, ¿verdad?

El sol empieza a bajar por la gris pendiente que es el cielo. Siento el corazón que me late en los oídos, pero ya no estoy asustada.

—Lo sé.

Cuando el reloj de mi teléfono pasa de 4:04 a 4:05, recorro el caminito de entrada de la casa de Delia y subo los escalones de pizarra hacia la gran casa gris. Timbro con un dedo helado. El timbre suena, la puerta se abre.

William da la impresión de no haber dormido en todo un mes.

—¡Hola! —digo. Bajo las mangas, cierro mis manos en puños—. Disculpe que lo moleste de nuevo, pero estaba pensando en las fotos. O sea, usted dijo que había más fotos en las que podía buscar. Esperaba poder verlas. Debí venir antes pero... estaba agobiada.

Se pasa la lengua seca por los labios agrietados.

—Entiendo cómo te sientes —dice—. A lo mejor te enteraste de lo que pasó.

Hago un gesto de asentimiento.

—No es cierto que yo haya hecho lo que dicen —su voz se oye ronca y habla lentamente. Quizás esté bajo el efecto de algo, tal vez se autorecetó algo para relajarse.

—Está bien —contesto.

Pero me pregunto qué fue lo que en realidad hizo, lo que van a aprovechar para chantajearlo. Por la forma en que Delia hablaba del asunto, tengo cierta idea.

Se queda allí parado, mirando al vacío, como si ya no estuviera aquí. Y de repente vuelve.

—Ah, sí, las fotos. Por supuesto. Pasa.

Se hace a un lado para permitirme entrar. Cierra tras de mí y pone el pestillo. Cuando se adelanta un poco y veo su enorme espalda, me estiro para quitar el pestillo.

Me lleva hacia el sótano. Los álbumes están abiertos sobre el sofá. A lo mejor él los estaba hojeando.

—¿Cuándo es el homenaje que le harán en la escuela? A lo mejor debería asistir. A lo mejor a su mamá le gustaría saber cómo estuvo.

—La semana entrante —digo. Me siento en el sofá… no sé qué más hacer. Tomo un álbum y voy pasando las páginas lentamente. Me sudan las manos. El corazón se me va a salir del pecho. William se sienta junto a mí, con todo su peso sobre el sofá.

Ojalá lleguen pronto.

Y no me hacen esperar mucho.

Oigo sonidos que provienen de arriba, voces, pisadas.

William se levanta:

—¿Oyes eso? —va hasta el pie de las escaleras—. ¿Hola? —empieza a subir.

Yo empiezo a contar.

Uno dos tres.

Miro una foto de Delia a los tres años en un triciclo. Se veía tal como es, incluso entonces, la sonrisa ladeada, algo en sus ojos.

Siete ocho nueve.

Cuando llego a cincuenta, me levanto y subo las escaleras también. No sé lo que me voy a encontrar cuando atraviese la puerta, pero tengo que ser valiente ahora.

El mundo es justo sólo cuando uno se encarga de hacerlo así.

—¡Caramba! —oigo a Evan decir—. Sí que tienes ánimos para resistirte, ¿no? —entro a la cocina. William está bocabajo en el piso de azulejos, retorciéndose y gruñendo como un animal, y a su lado hay una taza azul rota en el suelo y un charco café de Coca-Cola dietética que se va extendiendo hacia él. Evan está sentado sobre la espalda de William, mirando hacia sus pies, mientras le ata las muñecas con cable de hule. Ashling está arrodillada sobre las piernas de William, que ya están atadas.

Sebastian sigue de pie, mirando en silencio.

—¡June! —grita William, y tuerce el cuello para mirarme—. ¡Llama a la policía!

Tiene el rostro enrojecido, aterrorizado, y trata de sacudírselos de encima. Pienso en el pánico que debió sentir Delia cuando lo tenía encima.

—No voy a llamar a nadie —digo.

Se lo merece.

Cuando terminan de atarlo, Ashling y Evan retroceden, y los tres se quedan mirándolo desde arriba.

—¿Qué quieren? —se las arregla para voltearse y quedar de lado, impulsándose con las piernas para intentar ponerse de pie pero no lo consigue—. No hay dinero en la casa. Tampoco guardo recetas en blanco aquí…

Ashling toma una de las sillas de la cocina.

—Levantémoslo, chicos.

Entre los tres lo alzan como si no pesara nada. Lo ponen en la silla, con los brazos tras el respaldo. Y es ahí cuando noto los guantes, guantes de látex azul claro. Todos llevan guantes puestos.

—Sus manos —señalo.

Evan busca en su bolsillo y me arroja un par.

—Póntelos. Limpiaremos tus huellas antes de irnos, no te preocupes.

¿Mis huellas? Me pongo los guantes. El látex se siente liso y como si tuviera talco.

William jadea y mueve la boca sin decir nada inteligible.

—¡Sorpresa! —dice Delia. Se acercó tan sigilosamente que ni siquiera yo la oí.

—¡Dios mío! —exclama William.

Se inclina hacia delante y Ashling lo retiene.

—Subo un momento —dice Delia—. Espérenme aquí.

—¡Espera, Delia! —grita William, y ella desaparece—. ¿Está viva? —se le llenan los ojos de lágrimas—. ¿Cómo es posible que esté viva? —se vuelve para mirarnos—. No tengo idea de qué está pasando aquí, pero sea lo que sea que estén haciendo, están equivocados. No tienen que hacerlo...

—Usted fue el que se equivocó —dice Ashling—. ¿Creyó que podría tratar de violarla y después qué? ¿Que no pasaría nada?

—Siempre hay consecuencias —dice Evan. Sonríe, pero con una sonrisa diferente de las que le he visto. En ésta no hay el menor asomo de dulzura.

Sebastian mueve la cabeza de un lado a otro.

—¡Qué pedazo de idiota!

—¡Yo no hice nada de eso! ¡Jamás lo haría! ¿Cómo es que Delia está viva? ¿Cómo es que estás viva?

Delia ya ha vuelto. Tiene en la mano un frasquito de vidrio y una jeringa. El frasquito tiene un letrero en negro que dice Levemir, y debajo Insulin Detemir. Delia inserta la aguja en el diminuto agujero en la boca del frasco, y tira del émbolo hasta que la jeringa se llena.

—Delia —comienza William—. Esto que estás planeando hacer es una locura. Por favor, detente.

Delia niega con la cabeza.

—No es una locura —suena perfectamente calmada—. Es una medicina que tomas todos los días.

—Esperen —digo yo, pero nadie voltea a mirarme. Tomo aire. Necesito calmarme. Todo lo que está sucediendo es parte del plan. Del plan para asustar a William y demostrarle que somos poderosos y que tenemos el control. Después de esto, no tendrá la menor duda.

—Delia, si estás en problemas, sea lo que sea, puedo ayudarte. Hablemos del asunto.

—Es demasiado tarde para hablar —dice Delia.

—¿Necesitas dinero? Puedo conseguirte todo el que quieras. Puedo enviarte un giro adonde sea que se te antoje.

Pero Delia niega con la cabeza. Los miro, a los dos juntos. Una imagen pasa por mi mente: ella luchando bajo su peso, él sonriendo, apretándose contra ella, ella intentando desesperadamente escapar, hundiendo sus dientes en su piel.

—Cállese —le digo. Todos se voltean hacia mí, sorprendidos al oírme hablar. Yo también me asombro—. Guarde silencio y preste atención, violador de mierda.

Delia me mira a los ojos. Sonríe.

—Exacto, querido Willy. Ahora es el momento de callar —Delia sostiene la jeringa en alto. Ashling toma el borde de la camisa de William y tira de él, para revelar una lonja de carne pálida en su estómago.

Delia roza la piel con la aguja.

—¿Dónde te la pones normalmente? —pregunta—. ¿Dónde quieres que te la meta?

—No —contesta William. Niega con la cabeza y se recuesta lo más posible en la silla para mantenerse lejos de ella. Pero no tiene cómo escapar. De verdad tiene pánico. Justo como queríamos—. No es demasiado tarde para detenerte.

Miro a Delia.

Nadie se mueve durante un instante.

Ahora es cuando ella va a decir lo que sabe. Es el momento en que le dirá lo que pretende. Miro. Espero.

Pero Delia no dice nada, sólo introduce la aguja en el estómago de William y presiona el émbolo.

El semblante de William pasa de rojo encendido a blanco deslavado. Empieza a retorcerse otra vez. Ashling lo inmoviliza y lo empuja hacia atrás con una mano en su garganta.

—Quieto —dice.

—No lo magulles —advierte Evan—. Es como un enorme durazno maduro. Tenemos que tener cuidado, o si no, no se verá bien.

—¡Por favor! —dice William, suplicando.

Delia llena nuevamente la jeringa, y lo inyecta otra vez. ¿Qué está pasando aquí?

—¿Qué es lo que no se verá bien? —pregunto—. ¿Delia?

—Dicen que las personas se ponen profundas en sus momentos finales —dice Evan—. ¿Tienes alguna lección de vida para nosotros, viejo?

—Mierda —susurro, y empiezo a entender algo. Los guantes. El asunto de las huellas—. ¿Qué está sucediendo?

Evan se vuelve hacia mí.

—La insulina disminuye el nivel de azúcar en la sangre —dice como si hablara de cualquier cosa—. Eso es muy importante si uno es diabético y el cuerpo no produce insulina. Pero si uno toma demasiada insulina y el nivel de azúcar baja mucho, entra en *shock* y luego cae en coma, y la respiración y el pulso se hacen lentos. Y a la larga... uno deja de respirar y el corazón deja de latir.

—Esperen —digo—. Entonces, en realidad están planeando matarlo.

Al oír esas palabras, William deja escapar un grito, pero no parece sorprendido. Levanto la vista. Fui la última en comprenderlo.

Evan y Ashling observan a William. Sebastian abre la boca, como si fuera a decir algo, pero se limita a negar con la cabeza y cierra la boca de nuevo. Busco la mirada de Delia.

—Junie —dice ella.

—Dijiste que sólo iban a amenazarlo.

Ella niega. Por un instante, todo ese fuego desaparece.

—Por favor, no te enojes conmigo, Junie —me mira directo a los ojos, y habla tan bajo que apenas consigo oírla.

No puedo despegar mis ojos de los suyos. Siento que trata de llegarme al corazón.

—Tú no lo sabías —dice William, con voz que de repente suena muy tranquila—. Me doy cuenta de que no lo sabías.

Me doy la vuelta. Su boca se ve húmeda.

—Por favor —su mirada es suplicante y desesperada. Trato de desviar la vista pero no lo consigo. Está metiendo el dedo en las grietas de mis dudas y tratando de ahondarlas lo más posible—. Tráeme jugo de naranja del refrigerador. Eso es todo lo que necesito. Y podemos hacer de cuenta que esto nunca sucedió. Me olvidaré de todo esto...

—Silencio —digo, pero se nota que titubeo, que no estoy tan decidida—. ¿Delia? —soy débil y pequeña—. Tengo miedo.

Delia le entrega la jeringa a Ashling, y me abraza.

—Está bien. Te prometo que todo está bien —me aprieta contra ella, y su cuerpo se siente tan tibio.

—No la escuches —dice William.

—Cierra el pico —le dice Ashling a William—. Acallaracallaracallaracallaracallar.

—Te pido perdón por no haberte contado, pero no podía hacerlo —dice Delia—. Esto es lo que tiene que pasar. Él no se merece el aire que respira. No merece vivir. El mundo entero estará mejor si él desaparece del planeta...

—Yo no hice nada —dice William—. June, te está mintiendo, cualquier cosa que te haya dicho...

Delia se vuelve hacia él.

—¿Creíste que te iba a dejar en esta casa a solas con mi madre? ¿Con el bebé que está por nacer? ¿Y qué pasa si el bebé es niña? ¿Vas a violarla como trataste de hacer conmigo?

—Nada de eso es cierto —dice él.

—Te propongo una idea —dice Evan—. Tal vez, en lugar de un montón de mentiras de mierda, tus últimas palabras deberían decir la verdad —se encoge de hombros—. ¡Anda, Willy! Yo diría que te quedan... no sé... ¿unos diez minutos de vida? Seguramente habrá algo que quieras decir. Ni siquiera le has pedido perdón a Delia. ¿No quieres intentarlo?

—Nada más tráiganme algo de la cocina —contesta William. Su voz se va adormilando, habla despacio—. Cualquier cosa que tenga azúcar.

Delia atraviesa la habitación y desaparece en la cocina. Oigo cerrarse la puerta del refrigerador. Regresa un segundo después, con un frasco de cerezas marrasquino en la mano. A lo mejor cambió de opinión. Quizás éste era el verdadero plan desde el principio.

Abre el frasco, mete los dedos dentro, y saca una apetitosa cereza, de un rojo artificial. La sostiene frente a su rostro.

—¿Algo como esto?

William asiente.

—Sí, exactamente como eso. Por favor. Gracias, Dios mío, gracias, Delia —abre la boca. Aguarda la cereza como un pajarito que espera la comida de su madre. Veo cómo mueve su lengua dentro de la boca. Delia sostiene la cereza por encima de William, y luego se la embute en su propia boca y la destroza con sus dientes. De los ojos de William ruedan lágrimas—. Si me dejas morir, te van a atrapar —su voz se oye más baja. Parece más drogado que antes.

—No lo sé —dice Delia—. Me parece que estar muerta es una buena coartada, ¿no te parece? —sonríe.

—Habrá una investigación —contesta William—. Descubrirán lo que sucedió. Nadie va a creer que esto fue un accidente.

Delia niega con la cabeza.

—Bueno, no necesitan creerlo, porque no es un accidente. Tu hijastra se suicidó, y luego te arrestaron a causa de tu adicción a la metanfetamina. Eres un reconocido cirujano que tiene todo qué perder. Seguramente a nadie le extrañará que acabes suicidándote también.

—La droga —exclama William—. Mi auto —arrastra las palabras—. Fuiste tú.

—Mira, si hasta estás dejando una nota —saca una hoja de papel de su bolsillo, la desdobla y la sostiene ante los ojos de William—. Es tu letra, ¿cierto? —es una carta larga. Las palabras *A mi amada esposa* aparecen en la parte superior.

Delia se acerca a Ashling y la besa en los labios.

—Gracias por esta idea brillante, bebé.

—June, por favor —dice William—. Puedesevitaresto. Porfavor, ayúdame.

Miro a Delia, mi mejor amiga, a la que quiero más que a la vida misma, a William, que babea atado a una silla. Ambos me miran. No tengo dudas de quién es el que miente y quién dice la verdad. Esta vez es fácil saberlo. El asunto es qué viene después. Pienso en Delia, sola en esta casa, sola en esa habitación. Pienso en la mamá de Delia. Pienso en ese indefenso bebé que aún no ha nacido.

—Avísenme cuando todo termine —digo, me doy vuelta y voy hacia la cocina. Me paro frente al refrigerador, con miedo de tocar cualquier cosa, de moverme, de respirar. Me quedo allí, atenta a las voces que vienen de la otra habitación. Me siento mareada. Me acurruco en el suelo, con el rostro contra el piso de azulejo, y hago lo posible por no desmayarme. Cierro los ojos. Y luego de un rato, oigo la voz de Delia, muy bajito por encima de mí:

—Junie, ya puedes venir.

Capítulo 51

June

Todos guardamos silencio. Y estamos inmóviles. Y mi corazón late más despacio y todo en esta habitación va cada vez más lento y no estoy segura de si sigo respirando. Me obligo a darme la vuelta y mirarlo. Pensé que se vería como si estuviera dormido.

No, no se ve como si durmiera.

Ashling junta las manos en un aplauso amortiguado por el látex.

—Muy bien —dice—, terminemos con este asunto —y de repente todos empiezan a moverse de nuevo.

Ashling desata a William, y su cuerpo cae hacia adelante en la silla. Luego toma la jeringa de manos de Delia y la coloca en la mano de William para luego cerrarla sobre la jeringa. La mano inerte vuelve a su posición inicial y la jeringa cae al suelo.

—El sótano ya quedó listo —dice Evan—. Junie, ¿qué tocaste allá abajo? ¿Sólo los álbumes? —pero sigo en silencio; no puedo ni abrir la boca—. No te preocupes —dice con una sonrisa irónica—, soy muy cuidadoso —y se va.

—Ya limpié las perillas de las puertas —dice Sebastian.

Y quiero preguntarles qué se supone que haga yo ahora, pero simplemente me quedo ahí. Y todos se mueven, pero yo no. Contemplo el rostro de William, y él tampoco se mueve.

El tiempo pasa, me parece. Evan vuelve.

—Mierda —exclama—. Su camisa —y señala una mancha oscura en la parte de atrás.

—De lo que estaba tomando —dice Sebastian—, ahí, en el piso.

—Un momento —dice Delia. Vuelve a subir las escaleras y regresa unos segundos después con una camisa del mismo azul claro de sus guantes—. Le encantaba ésta —comenta, y su voz suena casi enternecida.

Empieza a desabotonarle la camisa. Evan y Sebastian lo sostienen y se encargan de quitarle la camisa. El pecho de William es pálido y suave, se ve húmedo, salpicado con mechones de vello oscuro, flácido alrededor de las tetillas y en el estómago.

Toman la camisa manchada, la convierten en una pelota y la meten en una bolsa de basura. Deslizan los brazos de William por las mangas de la camisa limpia y la abotonan para ajustarla, con mucha delicadeza. Delia termina de acomodarla.

—Ya está —dice.

Ya no estoy aquí. Estoy en otro mundo. Siento que todo se mueve a mi alrededor y luego viene Delia hacia mí. Se quita uno de los guantes y lo embute en su bolsillo, luego toma mi mano, pero no siento nada a través de mi propio guante. Me da un estrujoncito:

—Es hora de irnos —dice.

Caminan con cuidado hacia la puerta de atrás. Los sigo. Salen, y yo salgo tras ellos al porche. El sol empieza a ocultarse.

El mundo parece irreal con esta luz. Evan mantiene abierta la puerta, uno a uno la atravesamos y bajamos las escaleras. Soy la última. Me doy vuelta y miro el porche, las piedras que forman el borde, la casa en donde pasé tantos días y tantas noches con Delia. Y luego miro hacia otro lado.

¿Qué demonios hicimos?

Capítulo 52

Delia

Mi mamá siempre quiso que yo sintiera cariño por él. *Es parte de la familia,* me decía, me rogaba con desesperación. Pero yo no podía, no podía… no después de cada maldita cosa que él hacía.

Pero ya ha pagado por sus pecados. Se sacrificó para darme lo que necesito. Observé cómo se fueron cerrando sus ojos, cómo se le fue relajando el semblante y se transformó en una especie de indefenso bebé babeante y dulce. Por unos instantes llegué casi a sentir pena por él. Y cuando se fue, dejando atrás nada más que ese montón de carne de su cuerpo, sentí un arranque de algo que a lo mejor era cariño. A lo mejor ahora sí lo quiero. Un poco.

Cuando nadie me miraba, me incliné hacia él para darle un beso de despedida.

Capítulo 53

June

Salimos por el lado del bosque, caminando rápido y en silencio. Nada de esto es real. Voy flotando y me siento asqueada.

En medio de la niebla siento como si algo caliente me hurgara la base del cráneo. El diminuto huevo de un pensamiento que aún no rompe el cascarón, y está atrapado dentro, rascando y rascando para conseguir salir.

—Ven —dice Delia. Y me doy cuenta de que aún me tiene tomada de la mano.

Ácido caliente burbujea en mi estómago y me pregunto si voy a vomitar. Trato de respirar, pero mis pulmones han olvidado cómo hacerlo. Tengo que luchar para sentir algo de aire.

Y seguimos caminando, calle abajo, hacia la presa.

Nadie habla y estamos de regreso en los autos: el de Ashling y el de Sebastian. El aire que me rodea vibra. No podemos deshacer lo hecho. Esto nunca podrá volverse atrás.

—Vendrás de regreso con nosotros —dice Delia.

—¿De regreso? —estoy perdida en la niebla. Oigo las palabras.

—A la casa —dice ella.

Me sonríe. Evan, Ashling, Sebastian. Todos sonríen. ¿Quiénes son? ¿Quién es Sebastian? ¿O Delia? ¿Qué diablos hicimos?

—Necesito ir a casa —respondo.

—Pero tu casa está donde yo estoy —dice Delia en voz baja.

—Quiero irme a mi casa —insisto. Pienso en mi cama, mi casa oscura y triste, mi mamá.

Delia me observa. No soy capaz de mirarla ahora.

Evan y Ashling cruzan una mirada.

—No, no puede —dice Evan.

Ashling niega con la cabeza:

—Después —dice.

Sebastian se voltea, les da la espalda. Me pone las manos en los hombros y me vuelve hacia él.

—Los pensamientos que se te vendrán a la cabeza no te harán bien. No deberías quedarte sola con ellos.

Enmudece y sus palabras resuenan en mi mente. Ya ha hecho esto antes.

Me abraza con fuerza.

—Hicimos algo bueno.

—June —dice Delia—. Por favor —pero no sé lo que pienso ni lo que siento en este momento.

—Tengo que irme —digo. Y me obligo a mirarla—. Siento mucho que todo lo que pasó haya pasado —percibo la frialdad en mi voz. Lo que digo es cierto pero no consigo que mi voz lo transmita. No logro que nada diferente de miedo helado salga a la superficie—. Me alegra que hubieras logrado escapar de todo eso.

—De verdad no creo que debas irte ahora —insiste Delia, sopesando cada una de las palabras. La luz está desvaneciéndose. Prácticamente no la veo ya. El instante se alarga hasta el infinito.

Pero meneo la cabeza. Me libero.

—Lo siento —le digo.

Evan me mira fijamente. Empieza a hacer el intento de acercarse para decirme algo.

—No —dice Delia—. Ahora no.

Sebastian me lleva a su auto y me sienta adelante. Los demás siguen afuera, frente al auto de Ashling. Me parece que Evan está gritando, pero no puedo distinguir las palabras. Ashling besa a Delia en los labios, pero ella no se mueve. Las miro mientras Sebastian enciende el motor y nos vamos alejando.

El sol se está ocultando. Miro la carretera y los árboles y los vehículos frente a nosotros.

Frena frente a la puerta de mi casa. Mueve la cabeza en ademán de negación.

—Te dije que no tenías que hacerlo —dice en voz baja—. ¿O no te lo dije?

Me da un beso suave en la mejilla. Sus labios queman al contacto. Sigo sintiendo su calor ardiente mientras saco la llave para entrar.

Capítulo 54

Delia

Se suponía que ella no me abandonaría. Se suponía que ella no me abandonaría.

No lo hará.

Capítulo 55

June

Sueño con fruta podrida, magullada, dulce hasta la repulsión. Evan y Ashling están en cuatro patas entre la fruta, se la embuten a manotadas en la boca, y les escurre el jugo por la barbilla. Me invitan a unirme. Y luego está Delia, diciéndoles que yo ya comí, que me dio de esa fruta mientras dormía. Siento que empiezo a atragantarme, me atoro con lo que comí. Me despierto en medio de la noche, ahogada, y en cuestión de instantes recuerdo lo que sucedió ayer. Lo que hicimos. Cierro los ojos y todo está justo ahí, aguardándome: su piel, la manera en que su gesto se transformó cuando ya no estuvo más en su cuerpo.

Todavía está oscuro afuera. Salgo de la cama y voy hacia el baño. Y en ese momento pasa: el huevo alojado en la base de mi cráneo se rompe. Esto es lo que salé de él: las palabras de Delia cuando me contó lo que había sucedido esa noche, lo que él le hizo.

Lo mordí hasta que sentí el sabor de su sangre.

Recuerdo el pesado cuerpo de William. Y su piel, pálida y como de cera... pero nada de una cicatriz de un mordisco.

Cierro los ojos. De repente no consigo recordar haber visto una marca. ¿O sí? ¿Había algo allí?

Lo mordí hasta que sentí el sabor de su sangre.

Tengo que hablar con Delia, decirle para que me ayude a entender. Hicimos lo que debíamos, él se lo merecía. El mundo es mejor si él no está. Yo no hice nada, pero tampoco impedí que otros lo hicieran.

Tampoco impedí que otros lo hicieran.

Me visto de cualquier manera, me trago la bilis. Corro escaleras abajo, con el estómago totalmente revuelto.

Lo mordí hasta que sentí el sabor de su sangre.

Mi mamá está en la cocina, de pie ante la estufa.

—¿Quieres cenar algo? —pregunta—. O mejor digamos desayunar. Acabo de terminar mi turno —jamás pregunta esas cosas, al menos hace años que no lo hacía. Voltea un sándwich de queso a un plato. Lo corta en dos y sale vapor humeante.

Tengo la boca seca, la saliva espesa. Siento que el ácido me quema las tripas.

Me mira. Nuestros ojos se encuentran. Nuestros ojos nunca se encuentran.

—¿Estás bien? —suena preocupada de verdad—. ¿Qué haces levantada a esta hora? ¿Y además vestida?

Muevo la cabeza a ambos lados. No recuerdo las palabras. Tengo que salir de aquí.

Lo mordí hasta que sentí el sabor de su sangre.

—Dios, es que la vida a veces parece no tener ningún sentido —dice ella. Mueve la cabeza con incredulidad—. Supongo que ya lo supiste por las noticias.

William. Ya se supo.

Trato de mantener la calma. Tomo aire.

Continúa:

—O sea, ¿qué probabilidades hay de que algo así suceda? Dos estudiantes de tu escuela en menos de dos semanas. Aunque supongo que uno de los casos fue un accidente.

—¿De qué accidente hablas? —pregunto.

—Un accidente automovilístico —dice.

—¿Qué dices?

—No recuerdo el nombre del muchacho. No estaba en tu curso. Era del último año. Me sorprende que no te hayas enterado.

Algo dentro de mí se hunde, luego flota, luego empieza a girar. Tengo que salir de aquí. Me pongo la chamarra.

Mi mamá me mira de nuevo e inclina la cabeza hacia un lado.

—¿Adónde vas? Son las cinco de la mañana.

—Tengo que estar temprano en la escuela —digo, y llego a la puerta antes de que ella pueda añadir algo más.

Me subo a mi auto, que parece una nevera. Me tiemblan las manos. Saco mi teléfono. Busco Breswin, accidente de auto, North Orchard. Lo que sale es esto:

> Un adolescente de Breswin murió luego de estrellar su vehículo contra una barrera de seguridad durante la mañana de ayer. Las autoridades creen que el accidente fue provocado por una falla en los frenos.
>
> La víctima, Jeremiah Aaronson, de 17 años, fue declarado muerto por el personal médico que atendió el siniestro, a la 1:46 de la tarde. Ésta es la segunda muerte trágica del año en la comunidad estudiantil de la Escuela North Orchard…

Me llevo la mano a los labios. Tengo una sensación espantosa, horrible. Pierdo el piso. Pero esto fue un accidente, ¿cierto? Una coincidencia terrible, no más. Ésa es la explicación. Eso es. Tiene que ser.

Capítulo 56

June

No grito, no pienso. No soy más que movimiento puro. Una bala disparada hacia esa casa.

Llego a la entrada. Se ven luces encendidas adentro. El aire está silencioso y en calma, y detecto un leve olor a humo a lo lejos.

Me bajo del auto temblando de frío. Las piedritas crujen bajo mis pasos. Tengo miedo de quedarme aquí, de adelantar un pie y caminar, de moverme, de estar en este planeta. Me quedo temblando ahí durante no sé cuánto tiempo. Miro al cielo, a ese vacío oscuro, y sé que nunca habrá nada que lo alcance a llenar.

Oigo pisadas tras de mí.

Y la voz de Delia.

—Viniste, Junie.

Me doy vuelta. La veo al lado de la casa, se acerca a mí. Ahora sí puedo ver su rostro, iluminado por la luz que sale por las ventanas. Nuestras miradas se encuentran. Ella está dentro de mí, en mi cuerpo, en mi corazón. Nos miramos, y por unos momentos no hay nada más que eso.

—Sabía que vendrías —susurra—, pero me asustaste.

Hay alguien más ahora. Evan, quien también se acerca por un lado de la casa, entrecerrando los ojos para ver mejor en la oscuridad.

—¿Es ella?

Delia tose, se da vuelta y responde.

—Les dije que vendría.

—Muy bien —contesta Evan—. Es más sencillo así —pero no me mira. Se devuelve por donde vino.

—Necesito hablar contigo —murmuro. Hay tanto que decir, tanto por preguntar. Y tengo tanto tanto miedo.

Delia niega con un gesto.

—Ahora no, Junie. Espera un poco, por favor.

Me toma de la mano. Empieza a correr y no me suelta. Corremos dando tumbos sobre el césped, siguiendo la pista del humo que viene de un lado de la casa. Hay una fogata junto al río, que brilla contra el cielo que poco a poco se va iluminando. Allí están Ashling, Evan y Sebastian, echando cosas al fuego.

Hay una pila de papeles en medio de las llamas, y tela, tal vez sea una camisa. La fogata es demasiado grande para este solar. Pero no hay nadie en varios kilómetros a la redonda. Nadie que vea siquiera el humo.

—¿Qué sucede? —pregunto.

—Nos preparamos para irnos de aquí —dice Delia en voz baja.

—¡Qué bien que regresaste! —exclama Ashling. Detecto un dejo diferente en su voz.

El sol empieza a asomarse. Hay una delgada línea roja oscura en el horizonte, como un tajo de navaja en el cielo.

Cruzo la mirada con Sebastian pero él me esquiva.

—Entonces, ¿ya sabe? —pregunta, pero a los demás.

—¿Qué...? —empiezo. Todo el cuerpo me vibra.

—Me voy a ocupar de eso —Delia suena casi enojada, y se voltea hacia mí. Su voz se suaviza—: Vamos a dar una vuelta —sigue sin soltarme la mano.

Me guía por la orilla del río hacia el bosque. Caminamos en silencio. Se detiene. Me volteo. Estamos lejos de los demás. Ahora no somos más que las dos. La cabeza me da tantas vueltas que ya nada parece real.

Me acuerdo de la razón por la que vine.

Ella quiere decirme algo. Se lo impido.

Tomo aire:

—¿Qué le pasó a Jeremiah?

Delia me mira con expresión vacía a la luz de la mañana. A lo mejor no lo sabe todavía. En ese instante me siento extraña y apenada por tener que darle la noticia. En ese instante brota algo de esperanza.

—Tuvo un accidente, en su auto. Fue horrible.

Aguardo a que mis palabras le hagan sentido, pero su expresión no se altera.

—¿Me oíste? —la sensación vuelve a mi estómago. Era su novio—. No sobrevivió.

—Protegemos a aquéllos que amamos —habla lentamente.

—No entiendo.

—Junie, uno protege a quienes ama. Sin importar lo que tenga que hacer para lograrlo.

—¿A qué te refieres cuando hablas de proteger? ¿Qué quieres...? —me interrumpo. No puedo respirar. El corazón me late desbocado—. El pecho de William. No estoy segura de... No me parece recordar la huella de un mordisco.

Ella mueve la cabeza despacio a un lado y otro.

—¿Y eso qué?

—Cuando trató de violarte —mi voz no parece mía—, dijiste que lo mordiste hasta que te supo a sangre. Pero cuando le quitaron la camisa… no consigo recordar si vi algo.

—Pues… no sé —dice Delia—. ¿Viste algo?

El miedo me produce náuseas.

—Mira, June —sigue—, Junie, mi corazón, mi amor. Eso no es ni siquiera importante. No tiene nada qué ver. Llegó la hora de irnos de aquí. ¿Entiendes lo que eso quiere decir?

La línea roja en el horizonte se va ensanchando. El sol va subiendo veloz. Puedo oler el humo en el viento. Me doy vuelta. La fogata crece y crece.

Siento el calor en mi estómago, que sube hacia mi boca.

—Hicimos… hicimos lo que hicimos por lo que tú contaste que te había hecho… —empiezo a temblar—. ¿De verdad lo hizo?

—No puedo creer que me preguntes eso —dice Delia y sacude la cabeza incrédula—. No hablemos más del asunto. No fue a eso a lo que viniste.

Siento que algo sucede detrás de mis ojos… William, Jeremiah… hasta Ryan. Ya no sé qué es verdad y qué no.

—¿A qué vine?

—June —responde—, viniste aquí por mí.

Vuelo por el aire, giro, floto.

—Vine para averiguar qué fue lo que sucedió. La huella del mordisco. Jeremiah. Delia…

—¡No! —me grita. Enmudece, toma aire—. Viniste aquí por mí —hace un gesto señalando la fogata—. Y es hora de irnos. Nos vamos.

—Ustedes se irán —digo. Siento que mi corazón sale volando de mi cuerpo y que late en el aire frío que nos separa.

Jeremiah. El pecho de William.

Delia niega con un movimiento de cabeza.

—No, *nos* vamos. Eso te incluye a ti. Ellos estuvieron de acuerdo. Vendrás con nosotros. Saben que puedes… que puedes afrontar verdaderas mierdas. Saben cuánto me quieres. Cómo nos cuidamos una a otra. Como siempre lo hemos hecho.

—¿Me estás pidiendo que vaya con ustedes? —la tomo por los hombros. La zarandeo un poco para obligarla a que me mire—. Delia, ¿entiendes lo que te estoy diciendo? —le digo—. No sé qué es lo que está sucediendo y estoy muy asustada —parezco desesperada. Estoy desesperada—. ¿De verdad William trató de violarte? ¿De verdad hizo todas las cosas que nos dijiste?

Ha dejado de respirar.

Siento el aire frío contra mi piel. Me imagino flotando hacia el espacio. Nada ni nadie me ata.

Se inclina hacia mí. Me susurra:

—O podemos irnos tú y yo, sólo nosotras, si eso es lo que quieres.

Hay algo en sus ojos. Lo veo. Allí dentro tiene todas las edades por las que ha pasado, todas las edades en las que la he conocido.

—¿Para qué me trajiste aquí? ¿Para qué me llevaste a tu casa a matarlo?

—Porque te necesitaba allí —responde.

—¿Para qué? —pregunto. Pero de repente lo sé. Y por debajo del miedo, de ese terror sobrenatural, siento la soledad que tira de mí por dentro, el agujero negro que amenaza con arrastrarme.

—Estuve a punto de matarme de verdad, ¿sabes? —dice—. Una, cien, mil veces. Cada día estaba a punto de matarme.

¿Sabes qué lo impidió? —sus ojos se llenan de lágrimas—. Tú —ruedan las lágrimas. Busca algo en su chamarra.

Creo que yo también estoy llorando. Y en ese instante no importa nada más que nosotras, nosotras dos, mi mejor amiga. ¡Por Dios! ¿Qué hemos hecho?

Empiezo a abrazarla de nuevo, pero ella no responde. Me doy cuenta de que tiene en la mano lo que sacó de su chamarra. Y entonces comprendo algo. Había sólo una cosa que olvidaba.

Ahora la recuerdo. Tig. Lo que Delia le robó. Jamás lo devolvió.

—No le voy a contar nadie, lo prometo. Lo juro. Jamás lo haría. Esto nunca sucedió, nada de esto.

—Cada día desde que te conocí, fuiste lo que me frenó —ya no me mira. Las lágrimas ruedan por sus mejillas como si fueran lágrimas ajenas por mejillas ajenas. Suena tan lejana—. Incluso cuando ya no eras mi amiga, me mantuviste viva. Porque sabía, yo sabía, que algún día... que algún día volverías a mí —lo sostiene ante sí ahora—. Robé esto para mí, para usarlo en mí. Antes de que supiera lo que era posible —lo levanta—. ¿Entiendes lo que te digo? Tienes que decidirte ahora.

—¿Entre qué y qué? —pregunto en un susurro.

—Por favor, Junie, por favor —me ruega—, que no puedo permitir que me dejes otra vez.

—Delia —le digo.

—Junie —agrega—, te amo.

Capítulo 57

5 años, 3 meses, 15 días antes

Más adelante, Delia le explicaría a June que encontrar a tu mejor amiga es como hallar tu verdadero amor: cuando sucede, lo sabes. Pero la verdad es que no fue así como sucedió.

Era la tercera semana del sexto grado cuando Delia, recién ingresada a la escuela y llena de rabia con la vida, se paró ante todos sus compañeros y fue presentada al salón. Su mamá acababa de casarse con un costal de mierda y se habían ido a vivir con él. A Delia no le daba tristeza haber dejado su antigua escuela, porque allí habían pasado cosas que prefería olvidar. Pero tampoco quería estar en esta escuela. De hecho, habría preferido no existir. Le dolía vivir así, con este fuego rabioso que tenía por dentro. El dolor estaba ahí todo el tiempo.

Pero entonces, ese primer día, divisó a June, y las llamas ardientes se aplacaron un poco. Y todo pasó a convertirse en un ansia devoradora, todavía dolorosa pero de otra manera. ¿Qué era lo que ansiaba? No lo sabía bien. No es que quisiera acostarse con esta chica, ni tampoco ser ella. Lo que quería era más bien comérsela. Delia de repente ansiaba devorar a esa rubia con ojos de conejito de unas filas más atrás. Quería tomarla, engullirla con huesos y todo, tragársela enterita.

Claro que eso no es el tipo de cosa que uno le dice a una posible nueva amiga en una nueva escuela. Razón por la cual hizo lo que sabía que era normal. Porque eso sí lo sabía, al menos la mayor parte del tiempo. Invitó a la chica, que se llamaba June (un nombre que le encajaba a la perfección) a dormir a su casa.

Y June abrió sus ojazos azules con asombro placentero. Y aceptó.

La noche en que la invitó, el padrastro de Delia se iba a quedar hasta tarde en el trabajo, porque eso era lo que hacía ese costal de mierda, y Delia le dijo a su madre que iban a pedir una pizza y a comerla en su habitación. Y su madre no se opuso porque ya no discutía con ella, lo cual era malo en cierta forma, porque era como si ya no fuera capaz de discutir, como si ni siquiera tuviera la energía para hacerlo. Y todo eso desde que el costal de mierda se había inmiscuido en su vida. Pero también significaba que Delia podía hacer lo que quisiera.

Arriba en su habitación, con June, Delia a duras penas podía pasar bocado, y menos aún sentarse tranquila. Estaba llena de una energía frenética, iba y venía por la habitación señalando cosas como una especie de guía turística chiflada... había un cuadro de una diminuta escena de invierno que Delia había robado de una tienda de vejestorios, había un palito de cereza con un nudo que Delia había atado con la lengua, había un frasquito de pastillas que contenía su plan secreto de escape, arreglado paso a paso a partir del botiquín de medicinas en el baño de su madre, cuando nadie se daba cuenta.

A veces en las noches, tarde, las vaciaba en su mano. Una vez había llegado a metérselas todas en la boca. A June le mintió, diciéndole que eran mentas.

June miraba todo fascinada, irradiando bondad pura y luz.

Poco después de las diez, el costal de mierda llegó y empezó a gritarle a su mamá tras la puerta cerrada de su habitación. Delia sintió que su fuego interno se avivaba, pero se obligó a respirar profundo tres veces, y luego sonrió como si todo estuviera en orden, y le dijo a June que era hora de escaparse.

Salió por la ventana y se dejó caer al césped del jardín. June trataba de no mostrar su temor, y era tan dulce, y la siguió. Caminaron de un extremo a otro de la cuadra varias veces. Metieron flores en los buzones de varias casas, lo cual era la tierna idea de travesura que tenía June. Espiaron la ventana del vecino de Delia, de diecisiete años. Lo vieron quitarse la ropa y, cuando llegó a la ropa interior, corrió la cortina.

—¡Maldita sea! —dijo Delia. Y luego sonrió con picardía, como si todo esto fuera pura diversión, como si el día anterior no le hubiera ofrecido una mamada al muchacho (había dicho que no, y parecía bastante perturbado con la propuesta). Pero no importaba. Al estar ahí con June, le importaba un demonio el muchacho. Ahora quería hacer algo que las uniera entre sí. ¿Qué hacía la gente normal? ¿Qué sería lo adecuado?

Se le ocurrió una idea. Se quitó el brasier, y después convenció a June de hacer lo mismo y le enseñó a quitárselo sin necesidad de sacarse la ropa. El brasier de June no parecía de verdad, y ella parecía avergonzada. Sus tetitas diminutas se trasparentaban cual uvas pasas a través de la delgada tela de su blusa. Delia sintió el deseo irrefrenable de pellizcarlas con fuerza hasta que June hiciera un gesto de dolor y arrugara su linda carita. En lugar de eso, se obligó a desviar la vista y dijo, sin mayores pretensiones, como si tan sólo estuvieran divirtiéndose como chiquillas:

—Ahora marcamos nuestro territorio —tomó a June de la mano y ambas se escabulleron hasta alcanzar el buzón de granjita roja de la casa del muchacho, lo abrieron y Delia metió dentro los dos brasieres.

—Listo —dijo—. Y ahora ya tenemos un secreto. Los secretos compartidos hacen las verdaderas amistades —dijo—. Los secretos crean lazos que te unen —en su interior, Delia pensaba en todos los secretos que compartirían de ahí en adelante, cada uno como una delgada cuerda que se enrollara alrededor de ambas y las uniera entre sí.

Después entraron, y Delia pudo sentir la conexión. Pudo percibir esos lazos cuando se acostaron las dos en su cama, cuando peinó a June con toda delicadeza. Quería que los lazos fueran más estrechos, más abundantes. Una cantidad infinita.

Esta chica iba a cambiarlo todo. Y Delia nunca la iba a dejar alejarse de su lado.

Querida Delia:

Cuando moriste, una parte de mí murió también. Ahora estoy terminando con lo que quedó para así poder estar juntas las dos.

Alguna vez deseaste que pudiéramos dejar atrás este mundo y viajar al espacio, donde nunca había sucedido nada malo. Creo que la eternidad debe ser algo así: tú y yo y nada más, flotando en la negrura infinita, atadas sólo la una a la otra.

Nunca creí que existiera el cielo, pero ahora sé que estaba equivocada: el cielo es esa sensación de hogar. Y para mí ese lugar siempre has sido tú.

Allá voy.

Siempre tuya,

June

Agradecimientos

Gracias infinitas a mi agente, Jenny Bent, por ser una increíble editora, consejera y defensora: una inspiración. También por ser tan divertida. Trabajar contigo es una absoluta dicha, en cada paso del proceso. Me da gusto tener la oportunidad de hacerlo.

Estoy muy agradecida con todas las personas extraordinarias de Simon Pulse, entre ellas Mara Anastas, Mary Marotta, Lauren Forte, Sara Berko, Carolyn Swerdloff, Teresa Ronquillo, Jodie Hockensmith, Michelle Leo, Christina Pecorale, Rio Cortez, y todo el equipo de ventas de este sello. Un agradecimiento enorme a Regina Flath por diseñar la hermosa portada de la edición estadounidense. Y mi gratitud especial a Michael Strother por su ayuda inspiradora para muchos detalles, entre ellos, averiguar cosas como la temperatura a la que se funde el titanio y la droga más adecuada para mezclar en una bebida.

Mis agradecimientos a las encantadoras Victoria Lowes y Gemma Cooper de The Bent Agency.

A la fabulosa Nicola Barr de la agencia Greene and Heaton, mis agradecimientos y muchos caramelos con forma de pez.

Tengo la enorme fortuna de trabajar con la increíble gente del sello Electric Monkey, de la filial británica de Egmont. Muchas gracias a Alice Hill, Charlie Webber, Denise Woolery, Laura Grundy, Laura Neate, Lucy Pearse, Sarah Hughes, y Sian Robertson. Mis reconocimientos a Andrea Kearney por la hermosa portada y las ilustraciones interiores de la edición británica. Y muchos agradecimientos adicionales a mi fantástica editora en Gran Bretaña, Stella Paskins.

Un millón de gracias a Robin Wasserman. Por leer el manuscrito, por sus notas tan agudas, astutas y pertinentes, y por todo su ímpetu, que tan bien me vino. Gracias a Brendan Duffy por hablar del libro conmigo, por sus increíbles sugerencias y por hacer las preguntas precisas. Gracias a Micol Ostow por los excelentes comentarios al manuscrito final, y por el apoyo a lo largo del proceso.

Mil y mil gracias a Siobhan Vivian por, entre otras cosas, esa conversación telefónica que fue definitiva. A Paul Griffin por toda su ayuda cuando apenas empezaba a trabajar en este proyecto, y a Aaron Lewis por su contribución con aquel asunto hacia el final. Gracias a Martin Arrascue por aceptar cada vez que yo le preguntaba "Oye, ¿puedo leerte en voz alta otra parte?". Gracias a Mary Crosbie por sus lecturas, por ser mi interlocutora, y por mandarme todas esas fotos de gatos.

Millones de gracias a Melanie Altarescu por muchas cosas, pero especialmente con respecto a este libro, por dejarlo todo para leerlo de un tirón en la etapa final. (¡Y me disculpo por las pesadillas!)

Mis agradecimientos a todo el personal del Cocoa Bar, y a mis fantásticos compañeros de escritura de allí.

Mi gratitud para Cheryl y Donald Weingarten, mis fabulosos padres.

Gracias también a mis amigos de internet, entre los cuales hay algunos a quienes nunca he visto en persona, pero que adoro. Un gigantesco agradecimiento a todos los blogueros que han escrito reseñas muy profesionales. Gracias a todos los que han dedicado un rato de su tiempo a leer esta novela.

Por último, un eterno reconocimiento para mi editora, Liesa Abrams Mignogna. Gracias por ser tan brillante; por ser una persona tan divertida al trabajar; por tus comentarios tan agudos y las sugerencias que siempre me transmitiste con amabilidad, y por tu destreza para salir adelante de los problemas grandes y pequeños. Por siempre entender hacia dónde iba.

Esta obra se imprimió y encuadernó
en el mes de diciembre de 2015,
en los talleres de Edamsa Impresiones, S.A. de C.V.,
Av. Hidalgo No. 111, Col. Fraccionamiento
San Nicolás Tolentino, Delegación Iztapalapa
México, D.F., C.P. 09850